TRÄNENTOD

ZONS-THRILLER

CATHERINE SHEPHERD

1. Auflage 2017
Copyright © 2017 Kafel Verlag, Inh. Catherine Shepherd, Franz-
Radziwill-Weg 12, 26389 Wilhelmshaven

Korrektorat: SW Korrekturen e.U. /
Franziska Gräfe
Lektorat: Gisa Marehn

Covergestaltung: Alex Saskalidis
Covermotiv: pixabay

Druck: CPI Books GmbH, Birkstraße 10, 25917 Leck

www.catherine-shepherd.com
kontakt@catherine-shepherd.com

ISBN 978-3-944676-07-4

4. DER BLÜTENJÄGER (KAFEL VERLAG JULI 2019)
5. DER BEHÜTER (KAFEL VERLAG JULI 2020)
6. DER BÖSE MANN (KAFEL VERLAG JULI 2021)

JULIA SCHWARZ-THRILLER:

1. MOORESSCHWÄRZE (KAFEL VERLAG OKTOBER 2016)
2. NACHTSPIEL (KAFEL VERLAG NOVEMBER 2017)
3. WINTERKALT (KAFEL VERLAG NOVEMBER 2018)
4. DUNKLE BOTSCHAFT (KAFEL VERLAG NOVEMBER 2019)
5. ARTIGES MÄDCHEN (KAFEL VERLAG NOVEMBER 2020)

ÜBERSETZUNGEN:

1. FATAL PUZZLE - ZONS CRIME (TITEL DER DEUTSCHEN ORIGINALAUSGABE: DER PUZZLEMÖRDER VON ZONS, AMAZONCROSSING JANUAR 2015)
2. THE REAPER OF ZONS - ZONS CRIME (TITEL DER DEUTSCHEN ORIGINALAUSGABE: ERNTEZEIT, AMAZONCROSSING FEBRUAR 2016)

Alle Dinge sind Gift, und nichts ist ohne Gift.

Paracelsus

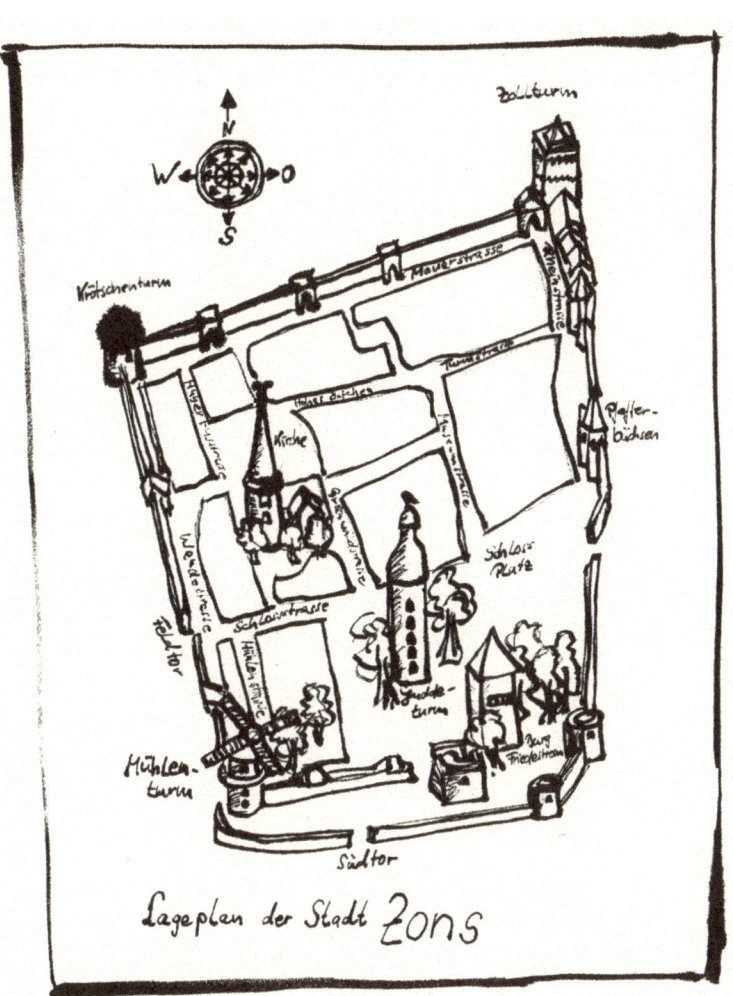

Lageplan der Stadt Zons

PROLOG

Er hatte sich viel Mühe gegeben. Kerzen erfüllten den Raum mit warmen, romantischem Licht. Im Hintergrund lief Carolins Lieblingslied, dazu spendeten Aromastäbchen einen betörenden Duft von Rosen und Vanille. Er lächelte. Ein perfektes Ambiente. Das eigentlich schlicht eingerichtete Wohnzimmer spiegelte die tiefen Gefühle wider, die zwei Menschen füreinander empfinden konnten. Er näherte sich Carolin und strich ihr sanft über das blonde Haar. Sie sah ihn an. Das Blau ihrer Augen funkelte im Kerzenschein. Offenbar war sie zu Tränen gerührt. Das freute ihn. Sein Finger strich über ihre langen Wimpern und folgte der Kurve hin zu ihren rosigen Wangen. Carolins Unterlippe zitterte unmerklich unter seiner Berührung. Sie saß auf einem Stuhl, die Beine elegant übereinandergeschlagen. Er zog sie hoch und schwang sie durch den Raum. Seine Hüften bewegten sich rhythmisch im Takt der Musik. Mit geschlossenen Augen drehte er sich im Kreis, Carolin fest in den Armen. Ihr warmer Körper lag so dicht an seinem, dass er jeden ihrer Atemzüge spürte. Ihr zierlicher Brustkorb hob und senkte sich. Carolins Atem kitzelte ihn am Hals. Er blinzelte und betrachtete ihr langes, golden schimmerndes Haar, das wie das eines Engels durch die Luft schwebte. Mit jeder Drehung wurde ihr Körper weicher und schmiegte sich enger an ihn. Sein Herz raste bei der Vorstellung, den ganzen Abend mit dieser schönen Frau zu verbringen. Er würde ihr all ihre Geheimnisse entlocken, sie entdecken und etwas Magisches aus dieser Begegnung schaffen. Seine Blicke flogen durch das Zimmer, über die helle Ledercouch, den dazu passenden Wohnzimmertisch, der an eine indische Antiquität erinnerte. Er fixierte das Schränkchen, von dem er ein paar Bücher geräumt hatte, damit die Kerzen darauf Platz fanden. Das Flackern der Flammen ähnelte seinem Puls, der wie ein Vögelchen flatterte. Pures Glück floss durch seine Adern. Das Lied neigte sich dem Ende zu. Atemlos setzte er Carolin ab, zurück auf den Stuhl. Dann ging er in die Knie, um ihren Duft in sich aufzunehmen. Abrupt hielt er inne.

»Entschuldigung. Das Parfüm fehlt noch«, murmelte er und erhob sich wieder. Er war einfach zu aufgeregt. Obwohl er diese Situation im Kopf schon oft durchgespielt hatte, war er jetzt, wo seine Fantasien sich in Realität verwandelten, viel nervöser als erwartet. Schnell lief er ins Badezimmer und kehrte mit einem rosafarbenen Flakon zurück.

»Darf ich?«

Carolin nickte kaum merklich. Er sprühte eine

Wolke aus feinsten Tröpfchen an ihren Hals und berauschte sich an dem sinnlichen Duft.

»Wow«, hauchte er und strahlte sie an. Am liebsten hätte er sie sofort geküsst. Aber er hatte ein anderes Programm für diesen Abend vorgesehen. Also beherrschte er sich, ging ins Bad und stellte das Parfüm zurück auf das Glasregal oberhalb der Toilette. Sein Blick blieb am Spiegel hängen. Kritisch begutachtete er seine Haare, die ungekämmt und zottelig wirkten. Er benetzte die Hände mit ein wenig Wasser und strich sie glatt.

»Möchtest du vielleicht ein Glas Wein?«, fragte er, ohne eine Antwort abzuwarten, als er durch das Wohnzimmer in die Küche lief. Dort hatte er schon alles vorbereitet. Er griff nach einem Glas und goss geübt die dunkelrote Flüssigkeit ein. Er seufzte glücklich. Es versprach, ein wundervoller Abend zu werden.

Ein Röcheln schreckte ihn auf. Mit gerunzelter Stirn und dem vollen Weinglas in der Hand ging er ins Wohnzimmer.

»Was ist los?«, fragte er Carolin, deren schreckgeweitete Augen sich nicht auf ihn, sondern auf etwas anderes richteten. Auf etwas, was noch im Raum war. Genauer gesagt war es nicht etwas, sondern vielmehr jemand. Ein Mann mit dunklem Lockenschopf, vielleicht Anfang dreißig, kräftig gebaut, in Jeans und einem dünnen T-Shirt, der ihr gegenüber am Tisch saß.

»Was zum Teufel …«, brüllte er und stellte das Weinglas ab. »Verdammt!« Mit einem Satz war er bei dem Lockenkopf und riss ihm den Knebel aus dem Mund.

»Jetzt werd mir bloß nicht ohnmächtig«, befahl er

und schlug dem Mann abwechselnd auf die Wangen. Die Abdrücke seiner Finger zeichneten sich augenblicklich auf der blassen Haut ab. Der Mann stöhnte, sein Blick glitt ins Unbestimmte und er sackte zusammen.

»Mist!«

Carolin zerrte an den Fesseln, die er geistesgegenwärtig festgezurrt hatte, als sie wieder auf dem Stuhl saß. Ohne auf ihre hektischen Bewegungen zu achten, brachte er den Mann in die stabile Seitenlage. Es fehlte noch, dass der Lockenkopf sich übergab und womöglich erstickte. Im Hintergrund begann erneut Carolins Lieblingslied in einer Endlosschleife. Das Weinglas fiel hinunter, der rote Wein färbte den hellen Teppich, und er spürte, wie eine unbändige Wut in ihm aufstieg. Wie lange hatte er auf den heutigen Tag hingearbeitet? Er würde es nicht zulassen, dass dieser Mistkerl alles verdarb.

Konzentriere dich!, spornte er sich selbst an. Er blendete die heißen Wellen des Zornes aus, die sich von seinem Magen aus im ganzen Körper ausbreiteten. Dann griff er nach einem Wasserglas auf dem Tisch und wartete geduldig ab, bis der Lockenkopf wieder zu sich kam. Um den Teppich konnte er sich nicht kümmern. Dafür fehlte die Zeit. Er nahm eine Decke von der Couch und warf sie über die hässlichen Flecken. Anschließend zerrte er den Mann zurück auf seinen Stuhl.

Erst jetzt kam ihm Carolin wieder in den Sinn. Er drehte sich zu ihr um und musterte sie. Glücklich sah sie nicht aus. Aber immerhin war die Panik aus ihren Augen verschwunden. Sie starrte den Lockenschopf an und bewegte den Kiefer. Ihre schwerfälligen und dumpfen Worte klangen völlig unverständlich. Er beschloss, ihr endlich zuzuhören. Dafür hatte er diesen Abend schließlich geplant. Er wollte alles über sie wissen. Über sie und ihre große Liebe. Er band den Mann am Stuhl fest und vergewisserte sich, dass er wach war. Schließlich widmete er Carolin seine ganze Aufmerksamkeit.

»Wie lange kennt ihr euch schon?«, fragte er, um sie ein wenig aufzuwärmen. Die komplizierteren Fragen würde er erst zu einem späteren Zeitpunkt stellen. Wieder bewegte sich Carolins Kiefer.

»Oh, das tut mir leid. Warte!« Er war wirklich durcheinander. Rasch entfernte er ihren Knebel, zog sich einen Stuhl heran und setzte sich neben sie.

»Was wollen Sie von uns?« Das Krächzen ihrer Stimme wollte so gar nicht zu der hübschen, zierlichen Frau passen. Er runzelte überrascht die Stirn, bewahrte jedoch die Ruhe.

So freundlich, wie er konnte, wiederholte er seine Frage.

»Fünf Jahre.« Carolin schluchzte laut und schlug die Augen nieder, als wäre ihre Antwort ein Todesurteil.

»Das ist gut«, tröstete er und zog ein Heft aus der Tasche. Er hatte seine Fragen vorher notiert. Natürlich kannte er die meisten Antworten. Er wusste, dass Carolin seit fünf Jahren mit dem Lockenkopf liiert war. Wäre es anders, wäre er heute Abend nicht hier. Es freute ihn, dass sie die Wahrheit sagte. Vielleicht wäre er mit den anderen Fragen schneller durch als gedacht. Er tätschelte zufrieden ihre rechte Hand, die über der linken lag und mit einem Kabelbinder darauf fixiert war.

»Wollt ihr zusammenbleiben?«, fragte er weiter und Carolin nickte wie erwartet.

»Sieh ihn an«, forderte er sie auf und ging die restlichen Fragen mit ihr durch. Carolin war ein außerordentlich braves Mädchen. Bedauern kroch in ihm hoch und blockierte seine Kehle. Er schluckte das Gefühl hinunter wie eine schleimige Kröte. Er konnte es nicht gebrauchen.

»Darf ich jetzt gehen?«, flüsterte Carolin nach einer ganzen Weile.

Er nickte. »Ihr geht natürlich zusammen.« Er könnte es nicht verantworten, dieses liebende Paar auseinanderzureißen. Carolins Blick zeigte echte Dankbarkeit. Sie vertraute ihm. Lächelnd fuhr er mit einem Finger durch ihr Haar und stopfte den Knebel zurück in ihren Mund. Er verharrte einen Moment und sog ihren Anblick in sich auf.

»Ich fange mit ihm an«, erklärte er und sprang auf. Das Werkzeug lag in der Küche. Er würde den beiden noch ein paar gemeinsame Momente schenken. Gewissenhaft prüfte er die Instrumente, die einwandfrei funktionierten. Weitere Zwischenfälle konnte er jetzt nicht gebrauchen. Zurück im Wohnzimmer schaltete er das Licht aus. Er zählte still bis zehn und vollführte sein Werk. Es gab kaum Gegenwehr. Das zähe Knirschen von Haut und Knochen machte ihm zu schaffen. Er hasste sowohl das Geräusch als auch den Widerstand, den er mit Gewalt überwinden musste. Als kein Röcheln mehr zu hören war, knipste er das Licht wieder an. Leise und auf Zehenspitzen räumte er auf.

Dann ging er zur Wohnungstür. Den letzten Blick auf Carolin ersparte er sich. Er war schon fast draußen, als er doch zögerte. Aus dem Augenwinkel hatte er etwas Rotes wahrgenommen. Er lief zurück in den Flur zum Garderobenständer und betrachtete einen Umschlag, der aus der Jackentasche des Lockenkopfes herausschaute. Er zog ihn heraus und stellte überrascht fest, dass Carolin nicht der Absender war. Verwundert öffnete er die Nachricht. Abermals übermannte ihn eine unglaubliche Wut. Er zerknüllte das Papier und stopfte es in seine Tasche. Die Information aus dem Brief war ihm neu. Die ganze Arbeit schien umsonst. Zerknirscht zog er die Wohnungstür von außen zu. Er würde noch einmal von vorn beginnen müssen.

I

VOR FÜNFHUNDERT JAHREN

»Drachenkraut und Birkenrinde. Ein wenig Melisse mit einer Prise Lavendel und dann noch meine geheime Zutat.« Der Alte grinste geheimnisvoll. Seine trüben Augen blickten in einen Kessel, der über knisterndem Feuer an einer verkohlten Astgabel hing. Die Flammen leckten an dem eisernen Gefäß und legten sich als schwarze Rußschicht auf die Kraterlandschaft, die sich im Laufe der Zeit in die Oberfläche gebrannt hatte.

»Und das soll helfen?« Bastian musterte den gebeugten Mann mit den langen weißen Haaren voller Zweifel.

»Wollt Ihr sie nun vergessen oder nicht?« Die Stimme des Alten klang genauso trocken, wie seine aufgesprungenen Lippen es vermuten ließen.

Bastian nickte zögerlich und nahm den Becher vorsichtig in die Hand, den der Alchemist ihm vor die Nase hielt. In dem heißen Gebräu schwammen die Kräuter, die der Alte gerade hineingegeben hatte. Ein unangenehmer Geruch stieg Bastian in die Nase. Er pustete in den Becher und schluckte. Sollte er es wagen? Sein Herz war schwer. Seit er das Zelt des Alchemisten betreten hatte, pochte es im Takt von Annas Namen. Wollte er sie wirklich vergessen? Alles aus seinem Gedächtnis streichen, was sie je verbunden hatte? Wollte er tatsächlich ihr wunderschönes Lächeln aus seinem Leben verbannen und auch die Liebe, die er immer noch für sie empfand? Er seufzte und stellte den Becher ab.

»Was ist, mein Freund? Habt Ihr es Euch anders überlegt?« Der Alte tippte mit seinen knochigen Fingern auf den Becher. »Zahlen müsst Ihr aber trotzdem.«

Bastian nickte.

»Ich frage mich gerade, ob ich sie überhaupt aus meinem Gedächtnis verbannen will«, flüsterte er heiser und sah den Alchemisten unverwandt an.

»Ihr leidet, mein Freund. Eure Liebe zu dieser Frau ist so stark, dass ich Euch nur mit dem starken Trank des Vergessens helfen kann.« Er warf Bastian einen mitleidigen Blick zu. »Ich kenne diesen Schmerz. Es war vor langer Zeit, da verlor auch ich mein Herz an jemanden, der für mich unerreichbar war. Ich probierte alles, um sie nicht mehr lieben zu müssen. Nichts hat je geholfen. Ich nahm sogar eine andere zum Weibe. Dennoch blieb mein Herz an meiner ersten Liebe hängen. Ich war durch und durch mit der Sehnsucht nach ihr vergiftet. Das unbändige Verlangen verfolgte mich selbst in meinen Träumen. So lange, bis ich diesen Trank hier zu mir nahm.« Seine Finger streckten sich in

Richtung Becher. »Vergessen ist die einzige Heilung für Euch.«

»Linderung würde mir schon reichen.« Bastian schob den Becher ein Stück von sich. Als er das Zelt betreten hatte, war er sicher gewesen, alles hinter sich zu lassen. Doch jetzt, wo die Möglichkeit zum Greifen nahe war, brannte der Zweifel in seinen Eingeweiden. Unablässig tauchten Bilder von Anna vor seinem inneren Auge auf, wie eine Mahnung, über sein Vorhaben noch einmal genau nachzudenken. Er kannte Anna lediglich aus seinen Träumen. Vor ein paar Jahren hatte es ganz harmlos angefangen, doch schnell war sein Herz vollständig für die dunkelhaarige Schönheit entflammt. Nie hatte es eine tatsächliche Begegnung zwischen ihnen gegeben. Dafür jedoch waren diese Träume so voller Wirklichkeit, dass sie ihm fast wie ein zweites – vielleicht sogar paralleles – Leben erschienen. Er begehrte Anna wie keine andere Frau. Ein Teil von ihm schämte sich hierfür. Schließlich hatte er Marie zum Eheweib genommen. Das war, bevor er Anna kennengelernt hatte. Bis dahin war sein Leben in Ordnung gewesen. Er liebte Marie. Es gab ein Band der Zuneigung zwischen ihnen, das schon in ihrer Kindheit entstanden war. Sie waren von jeher füreinander bestimmt gewesen. So war es üblich, und Bastian konnte sich glücklich schätzen, ein braves und hübsches Weib sein Eigen zu nennen.

Mit Anna war unverhofft eine ungeahnte Gefühls-welt über ihn hereingebrochen. Diese Frau entfachte eine Leidenschaft in ihm, die er nicht in Worte fassen konnte. Die Verbundenheit mit Marie glomm wie das

Licht einer Kerze, seine Liebe für Anna hingegen loderte wie ein Feuerwall, der binnen kurzer Zeit einen ganzen Wald versengen könnte. Er seufzte und nahm den Becher wieder zur Hand. Vielleicht sollte er die Mixtur so schnell wie möglich trinken. Er musste Anna vergessen. Anders ging es nicht. Sie würde ihm nie gehören, und es war zwecklos, sich nach ihr zu verzehren. Das Porträt, das er von ihr hatte anfertigen lassen, erschien vor ihm. Pfarrer Johannes hatte sichergestellt, dass sein Vermächtnis den nächsten Generationen weitergegeben wurde. Damit hatte Bastian alles getan, was möglich war. Er musste loslassen. Entschlossen führte er den Becher an die Lippen. Die übel riechende Flüssigkeit traf allerdings nur auf seinen geschlossenen Mund und schwappte dann ins Gefäß zurück.

»Ich kann nicht.« Bastian stellte das Gebräu ab und sprang auf. Hastig zerrte er ein paar Münzen aus seiner Hosentasche und warf sie dem Alchemisten zu.

»Habt Dank für Eure Dienste«, krächzte er und rannte aus dem Zelt zurück auf den Marktplatz, der von Menschen nur so wimmelte. Das Stadtfest war in vollem Gange. Einmal im Jahr wurde die Vergabe der Stadtrechte gefeiert. Der Kölner Erzbischof Friedrich von Saarwerden hatte im Jahr 1372 den Rheinzoll von Neuss nach Zons verlegt und dem Örtchen ein Jahr darauf die Stadtrechte verliehen. Seitdem war es bergauf gegangen mit Zons und auch weit über einhundert Jahre später wurde dieses schicksalhafte Ereignis gebührend gefeiert. Bastian schlängelte sich durch die Feiernden. Überall auf dem Marktplatz standen Fackeln, die die Nacht zum Tage machten. Der wolkenverhangene Himmel warf kaum Sternenlicht auf den Boden, sodass der warme Schein der Fackeln die einzige Lichtquelle in dieser Nacht war. Bastian quetschte sich durch eine Menschengruppe hindurch. Den durch die Luft fliegenden Wortfetzen entnahm er, dass es sich um Weinhändler handelte, die gerade ihre Vorhersagen über die zu erwartende Ernte austauschten. Ein paar Waschmägde kicherten hinter vorgehaltener Hand und begutachteten einige junge Burschen, die am Nachbartisch ihre Kräfte im Armdrücken maßen. Bastian erkannte einen seiner Stadtsoldaten unter ihnen. Er kämpfte sich weiter durch die Massen und atmete die von Wein, Met und Schweiß geschwängerte Luft ein, die trotz des aufkeimenden Sommers noch ziemlich kühl war. Von den Anwesenden schien jedoch niemand zu frieren. Ganz im Gegenteil, die meisten Feiernden hatten hochrote Gesichter, die der Alkohol erhitzt hatte. Bastian bemerkte Marie, die inmitten einer Gruppe von Frauen stand und herzhaft lachte. Ihre goldenen Haare glänzten im Fackelschein, ihre blauen Augen blitzten. Sie amüsierte sich offensichtlich sehr. Unwillkürlich zog Bastian den Kopf ein und schlug einen Bogen um sie herum. Seine Gedanken kreisten weiter um Anna. Sein Blick blieb an einem Gaukler haften, der ein paar Bälle durch die Luft wirbelte und sie gekonnt wieder auffing. Die gaffende Menge raunte bewundernd und klatschte begeistert in die Hände. Bastian schaute sich das nächste Kunststück an. Diesmal löschte der Gaukler eine Fackel, indem er diese in den Mund führte. Beeindruckt lief Bastian weiter. Vor einem großen Zelt entdeckte er Pfarrer Johannes, der ihm schon von Weitem winkte.

»Mein lieber Bastian, nehmt einen kräftigen Schluck Wein. Der wird Euch guttun.« Der Pfarrer, dessen Wangen bereits verdächtig gerötet waren, lallte ein wenig und grinste zufrieden. »Jetzt schaut doch nicht so trübsinnig drein. Ist Euch eine Laus über die Leber gelaufen?« Johannes' kluge, blaue Augen ruhten auf Bastian, der schnell den Blick senkte.

»O weh. Ich sehe, was in Eurem Kopf wieder einmal vor sich geht. Feiert Euer Weib deshalb ohne Eure Gesellschaft und unter den Mägden?«

Bastian antwortete nicht. Stattdessen leerte er den Becher in einem einzigen Zug und knallte ihn auf den Tisch.

»Kann ich noch mehr haben?«, fragte er den Pfarrer, um ihn abzulenken.

»Natürlich.« Johannes füllte seinen Becher bis zum Rand. »Trinkt so viel, wie Ihr könnt.« Er prostete Bastian zu. Anschließend nahm er einen mächtigen Schluck und strich sich wohlig über den dicken Bauch. »Es gibt doch nichts Schöneres als ein Fest mit gutem Wein.« Johannes hob den kräftigen Arm und schlug Bastian väterlich auf die Schulter.

»Zeigt mir Euer Notizbuch«, bat er plötzlich.

Bastian zog es verwirrt aus der Tasche. »Was wollt Ihr damit?«

Das Notizbuch diente Bastian als zweites Gedächtnis. Er war in der Stadtwache für die Bekämpfung von Mord und Betrug verantwortlich. Jeden Fall notierte er sorgfältig. Bisher hatte dieses Buch ihm wertvolle

Dienste geleistet. Hin und wieder, wenn er auf einer falschen Fährte war, begann er, einen Fall noch einmal von vorn aufzurollen. Dann lieferten ihm seine Notizen kostbare Hinweise. Er schob dem Pfarrer das Buch hinüber. Johannes, der Bastian bereits in frühester Kindheit Lesen und Schreiben beigebracht hatte, warf ihm einen durchdringenden Blick zu.

»Jetzt schaut mich doch nicht so traurig an.« Er schlug das Buch auf und blätterte darin, bis das gezeichnete Portrait einer Frau mit zarten Gesichtszügen und langer Lockenmähne zum Vorschein kam. *Anna.* Johannes seufzte.

»Sie ist wirklich wunderhübsch. Ich kann schon verstehen, dass Ihr an diesem Mädchen hängt.« Er hob den Zeigefinger. »Aber Ihr müsst sie loslassen. Marie ist Euch ein gutes Eheweib. Euer Herz muss wieder Freude empfinden. Ich dachte, Eure Träume hätten ein wenig nachgelassen in letzter Zeit?«

Bastian zuckte mit den Schultern. Seine Augen verschlangen die Zeichnung regelrecht. Die Träume, in denen ihm Anna begegnete, waren tatsächlich seltener geworden. Doch das änderte nichts daran, dass er sich nach wie vor nach ihr verzehrte. Er schnaufte und wandte den Blick ab.

»Habe ich Euch nicht schon einmal erklärt, dass Gottes Wege unergründlich sind?«, sprach Johannes weiter. »Der Herr zeigt Euch dieses Weib nur im Traume, weil Ihr nicht dazu bestimmt seid, mit ihr das Leben zu teilen. Ein anderer ist es, dessen Schicksal sich mit dem dieser Frau verbinden wird. Ihr solltet loslassen und Euch auf das besinnen, was Ihr bereits habt.«

Bastian nickte traurig. Er wusste, dass Johannes recht hatte. Doch das half wenig. Der Kummer fraß ihn beinahe auf. Er konnte ihn körperlich spüren. Sein Herz glich einem verletzten Vogel, der nicht fliegen konnte.

»Ich habe eine Idee«, hob der Pfarrer erneut an und tippte auf die Zeichnung von Anna. »Ihr trinkt jetzt noch einen guten Becher Wein und dann seht Ihr Euch mal wieder nach Eurem angetrauten Eheweib um. Marie ist eine Schönheit. Bietet ihr ein paar Tänzchen an, und Ihr werdet merken, wie schnell Ihr vergessen könnt.«

Vergessen. Das hörte sich gut an. Gesagt, getan. Bastian stürzte gleich zwei Becher hinunter und erhob sich ein wenig torkelnd.

»Dort drüben«, stieß er hervor und deutete auf eine junge Frau mit langen, blonden Haaren. Er machte einen Schritt, doch Pfarrer Johannes hielt ihn am Arm fest.

»Wartet! Das ist nicht Eure Marie.«

Bastian gehorchte schwankend. Der Wein vernebelte ihm nicht nur den Verstand, sondern auch die Sehkraft. Angestrengt blinzelte er, die Augen auf die Haarpracht der Frau gerichtet, die mit dem Rücken zu ihnen stand. Er fiel zurück auf die Bank und betrachtete das Kleid, das sie mit einem Gürtel um die schmale Taille zusammenhielt. Die Ähnlichkeit mit Marie war erstaunlich. Johannes hatte recht. Nach ein paar Bechern Wein ging es ihm erheblich besser. Erst als das Mädchen sich umdrehte und Bastian einen Blick auf sein Profil erhaschen konnte, sah er, dass es eine Fremde war. Die relativ große, krumme Nase gefiel ihm überhaupt nicht. Mit Marie war er in der Tat sehr gut dran. Ein kräftiger Hieb landete auf seiner Schulter und er drehte sich um.

»Da bist du ja, mein Freund.« Wernharts Stimme klang heiser. Bastian stand auf und begrüßte seinen besten Freund. Eine Fahne von Met wehte ihm ins Gesicht. Wernhart hielt sein Eheweib Adelheid im Arm, dessen Bauch sich zart unter dem Gewand wölbte. Bastian grinste. Jemand, der es nicht wusste, konnte es noch nicht sehen, aber Adelheid war endlich guter Hoffnung. Noch vor ein paar Monaten war Wernhart so verzweifelt wegen des ausbleibenden Nachwuchses gewesen, dass er sich einer Kräuterfrau anvertraut hatte. Der Arzt Josef Hesemann hatte ihn nur mit Mühe davon abbringen können, die unbekannten Kräuter der kauzigen Alten weiter zu sich zu nehmen. Stattdessen hatte dann Josef mit seinen Heilkünsten binnen kürzester Zeit Erfolg gehabt. Seit feststand, dass Wernhart Vater wurde, strahlte er ununterbrochen wie ein Honigkuchenpferd. Bastians Blick wanderte weiter zu der Frau, die neben Adelheid auftauchte. Marie. Sein Herz zuckte schuldbewusst. Er konnte noch so viel trinken, der Wein würde sein schlechtes Gewissen nicht besiegen. Im Gegensatz zu Adelheids wölbte sich Maries Bauch sichtbar vor. Die Geburt ihres zweiten Kindes stand unmittelbar bevor. Bastian setzte ein schiefes Grinsen auf. Marie sah ihn mit diesem wissenden Blick an. Es war, als könnte sie durch seine Fassade hindurch mitten in sein Herz blicken. Bastian wusste, dass sie enttäuscht von ihm war. Er kümmerte sich nicht genug um sie. Das lag weniger an Anna, sondern vielmehr an seinen Aufgaben als Stadtsoldat. Bastian war ehrgeizig. Er wollte, dass Zons eine friedliche Stadt und frei von kriminellem Gesindel blieb. Deshalb verbrachte er jede freie Minute damit, sich neue und vor allem bessere Sicherungsmaßnahmen zu überlegen. Das begann mit der Besetzung der Stadttore mit standhaften Wachen und endete in Gesprächen mit der Zonser Gerichtsbarkeit, die ihr Urteil über Diebe und andere Kriminelle verhängte, die Bastian mit seinen Männern zur Strecke gebracht hatte.

»Habt Ihr getrunken?« Marie versuchte, den Vorwurf in ihrer Stimme zu verbergen, aber Bastian entging ihre Empörung nicht.

»Nur ein wenig«, erklärte er verlegen. Er musterte die Frau, die er seit seiner Kindheit kannte. Ihr goldblondes Haar leuchtete viel heller als sonst. Ihre rosigen Wangen und vollen Lippen luden eigentlich zum Küssen ein, aber Bastian lenkte seinen Blick schnell weiter zu Maries blauen Augen, die ihn missmutig anfunkelten.

»Erweist mir die Ehre und tanzt mit mir«, sagte Bastian, getrieben von seinem schlechten Gewissen. Er torkelte auf Marie zu und bemerkte, dass sie jetzt lächelte. Es war ein schönes, warmes Lächeln. Erleichtert atmete er auf. Sie war nicht mehr böse auf ihn. Er bot Marie den Arm an und zog sie durch die Menschenmenge auf ein freies Plätzchen. Berauscht vom vielen Wein und von der guten Stimmung, schwang er Marie sanft im Kreis. Sie war längst nicht mehr so beweglich wie vor ein paar Wochen. Ihr rundlicher Leib fühlte sich verletzlich an.

»Ich danke Euch dafür, dass Ihr mir Eure Aufmerksamkeit schenkt.« Marie lächelte verschmitzt. Diesmal lag keinerlei Vorwurf in ihrer Stimme. Bastian schwankte leicht, ließ sein Weib aber nicht aus den Armen. Ihr heißer Atem kitzelte an seinem Hals. Mit vernebeltem Blick musterte er Marie. Es gab nichts an ihr auszusetzen. Andere Paare tanzten an ihnen vorbei. Alte, junge, hübsche und hässliche. Eines hatten sie alle gemeinsam: Sie genossen das Fest. Bastians Herz wurde leichter. Endlich vermochte er das Leben ein wenig zu genießen. Je länger er mit Marie tanzte, desto ausgelassener wurde seine Stimmung. Die Bewegung tat ihm gut. Das Blut pulsierte heiß durch seine Adern und alles um ihn herum verblasste allmählich. Seine Konzentration lag ganz auf Marie, die sich glücklich lächelnd von ihm führen ließ. Erst als ihr Atem schneller wurde, entließ Bastian sie und brachte sie zurück zu der Bank, auf der immer noch Pfarrer Johannes und Wernhart mit seinem Weib saßen. Er entschuldigte sich, da ihn die Blase schmerzte. Marie warf ihm einen liebevollen Blick zu und entspannte sich. Gut gelaunt verließ Bastian das bunte Treiben auf dem Marktplatz und verrichtete seine Notdurft hinter einem Zelt. Eigentlich wollte er sogleich zu Marie und seinen Freunden zurückkehren, aber etwas hielt ihn auf. Sein benommenes Gehirn machte in der Menschenmasse eine Frau mit dunklen Locken aus. Er blickte weg und versuchte, die Gedanken an Anna zu verdrängen. Doch es wollte ihm nicht gelingen. Sein Herz verwandelte sich augenblicklich in einen scharfkantigen Eisklumpen, der in seiner Brust schmerzte.

Verdammt, dachte er und hielt sich schwankend an einem Pfosten des Zeltes fest. Der Wein hatte seine Wirkung gezeigt, genauso wie der Tanz, aber das Ergebnis war nicht nachhaltig. Er konnte einfach nicht vergessen. Bastian schloss die Augen und seufzte. Als er sie wieder öffnete, fiel ihm auf, dass er sich vor dem Zelt des Alchemisten befand. Er hatte keine Ahnung, wie er eigentlich hierhergekommen war. Ob der Becher mit dem Trank des Vergessens noch auf dem Tisch stand? Einem Impuls folgend öffnete er das Zelt und trat ein. Der Alte saß unverändert an seinem Platz. Er schien nicht im Mindesten überrascht. Überhaupt wirkte alles so, als wäre Bastian nie weg gewesen. Der Trank stand nach wie vor auf dem Holztisch. Ohne ein Wort zu sagen, schob der Alchemist den Becher in Bastians Richtung. Mit zittrigen Fingern ergriff Bastian das Getränk und stürzte es in einem Zug hinunter. Der Alte lächelte.

»Bald seid Ihr geheilt. Bedenkt, die wahre Liebe ist ein Segen, ein Allheilmittel gegen jeglichen Kummer. Doch wenn sie unerfüllt bleibt, dann kann sie schäd-lich, ja sogar tödlich sein.«

Seine Worte hallten in Bastians Kopf. Er taumelte nach draußen, zwängte sich durch die Feiernden und blieb wankend stehen. Ihm war schwindlig. Er breitete die Arme aus und versuchte, sich irgendwo festzuhal-ten. Tausende Bilder stürzten auf ihn ein. Das Atmen fiel ihm auf einmal schwer. Er ging zu Boden und blieb einfach liegen. Die Welt hörte auf, sich zu drehen. Die

Stimmen der vielen Menschen verstummten. Danach wusste er nichts mehr.

* * *

Stille hielt ihn umfangen wie ein Leichentuch. Kühl und dunkel lag sie auf ihm, drang in seine Poren und machte ihn bewegungsunfähig. Sein Geist ruhte. Er war merkwürdig leer, seine Gedanken erstarrten in der Kälte. Die Bilder, die gestern auf ihn eingestürmt waren und ihn schwindelig gemacht hatten, waren verblasst. Alle Farben ausgelöscht wie nach einem starken Regenguss. Verschwommen hingen nur noch Überbleibsel in seinem Kopf. Fühlte sich so der Tod an? Blieb das Leben einfach stehen und mit ihm die letzten Bilder, die die Augen wahrgenommen hatten?

»He, jetzt wach endlich auf!«

Ein grober Schlag auf die Brust löste ihn aus der Starre. Bastian riss die Augen auf und fuhr hoch. Er war also am Leben. Der Alte hatte ihn nicht vergiftet. Sein letzter Satz hatte sich tief in sein Bewusstsein gegraben: Liebe kann tödlich sein.

»Lasst ihn doch noch schlafen. Der Tote läuft Euch nicht weg.«

Als Bastian Marie erblickte, stellte er erstaunt fest, dass er in seinem Bett lag. Daneben stand Wernhart, der ein breites Grinsen aufgesetzt hatte. Marie war bereits komplett angekleidet und lehnte mit dem Rücken am Türrahmen, während ihre Hände über den üppigen Bauch strichen.

»Der viele Wein hat dir ganz schön zugesetzt. Du

hättest mit Wasser vorliebnehmen sollen. Du wirkst richtig mitgenommen.« Wernhart reichte ihm die Hand und zog ihn aus dem Bett. »Wir haben zu tun. Ein Alchemist hat das Fest nicht überlebt. Die Magd Hildegard hat ihn heute Morgen tot in seinem Zelt gefunden.«

»Warst du schon dort?«, fragte Bastian mit rauer Stimme und leckte sich über die ausgetrockneten Lippen.

»Ich dachte, wir gehen zusammen. Da ahnte ich allerdings nicht, dass du dich immer noch im Rausch befindest.« Wernhart grinste erneut.

Bastian warf einen Blick aus dem Fenster. Die Sonne näherte sich dem Höchststand. Verdammt, wie lange hatte er denn geschlafen? Zudem war ihm völlig schleierhaft, wie er überhaupt in sein Bett gelangt war. Verwirrt strich er durch die blonden, strubbeligen Haare. Er konnte sich an nichts entsinnen. Die letzte Erinnerung hörte an dem Zelt des Alchemisten auf. Bastian wusste nicht einmal mehr, wie oft er dort hineingegangen war. Wenigstens konnte er jetzt etwas klarer denken. Die Starre, die ihn eben noch ans Bett gefesselt hatte, wich aus seinen Knochen. Bastian griff nach seiner Kleidung. Seitdem er aufgestanden und etwas herumgelaufen war, ging es ihm richtig gut. Er fühlte sich unerwartet ausgeschlafen und sogar erholt.

Auf dem Weg durch die Küche schnappte er sich ein wenig Brot und trank hastig einen Krug Wasser. Dann folgte er Wernhart, der bereits die Haustür geöffnet hatte.

»Kennst du den Namen des Toten?«, wollte er

wissen, während er ein Stück Brot kaute und sie sich der Schloßstraße näherten.

»Nein. Der Mann stammt nicht von hier. Hildegard wusste nur, wie er heißt: Burcklin Zoobe.«

Der Name sagte Bastian nichts. Das war allerdings nicht weiter verwunderlich. Zons lockte insbesondere am Markttag und zu den Stadtfesten viele Besucher an, die quer durch das Land reisten. Die Bevölkerung verdoppelte sich zu solchen Zeiten. Das machte die Lage unübersichtlich und kriminelles Gesindel hatte es deutlich leichter. Taschendiebstahl war beispielsweise ein bekanntes und nur schwer einzudämmendes Übel, für das Bastian immer noch nicht die richtige Lösung gefunden hatte.

Sie steuerten auf den Marktplatz zu. Die meisten Gaukler und Händler hatten ihre Stände schon abgebaut. Einige Zelte waren noch unberührt. Bis zum Abend würden auch sie – mit Ausnahme des Zeltes von Burcklin Zoobe – verschwunden sein. Bastian entdeckte einen seiner Männer, der ihm bereits zuwinkte.

»Wir müssen dort hinüber«, sagte er zu Wernhart und stockte. Eine unscharfe Erinnerung durchzuckte ihn beim Anblick des Zeltes. Er wurde blass und durchforstete angestrengt sein Gedächtnis. Doch über dem Ende des gestrigen Abends lag ein dicker Schleier. Eine böse Vorahnung beschlich ihn und er beschleunigte seine Schritte. Am Zelt angekommen schlug er forsch den Stoff des Zeltes zur Seite. Was er sah, machte ihn fassungslos. Das lag nicht nur an der Leiche, sondern auch an dem Becher, der an derselben Stelle stand, an der Bastian ihn in der Nacht abgestellt hatte.

II

GEGENWART

Leonie blickte zuerst Frauke an, deren Augen so gerötet und aufgequollen waren, als wäre sie Opfer eines Pfeffersprayangriffs geworden. Sie schluckte und betrachtete dann den großen Mann mit den stahlblauen Augen und beinahe schwarzen Haaren, der so gar nicht wie ein Kriminalkommissar aussehen wollte. Unter anderen Umständen hätte sie ihn attraktiv gefunden. Er trug ausgewaschene Jeans und ein Shirt, unter dem sich seine Muskeln abzeichneten. Aber in ihrer derzeitigen Verfassung hätte Kommissar Oliver Bergmann auch ein neunzigjähriger Greis sein können. Es hätte keinen Unterschied gemacht. Sie schniefte in das Papiertaschentuch, das Bergmann ihr reichte.

»Am besten wäre es, wenn Sie noch einmal ganz von vorne beginnen«, sprach Bergmann behutsam und mit tiefer Stimme. »Wann sind Sie gestern Abend zu Bett gegangen? Vielleicht fangen wir an dieser Stelle an.«

Leonie nickte. Ja, möglicherweise hatte er recht. Was sie bisher zu Protokoll gegeben hatte, war nicht sonderlich strukturiert gewesen. Eventuell half es, wenn sie den kompletten Tag durchging. Sie schloss die Augen und blendete das Drumherum aus. Wann war sie gestern nach Hause gekommen? Sie hatte noch lange in der Bücherei gesessen. Leonie absolvierte eine Ausbildung zur Chemikantin im Dormagener Chemiepark und arbeitete gerade an einer Hausarbeit. Der Stoff war komplex, und sie hatte große Mühe, alles zu begreifen und die komplizierten Zusammenhänge verständlich zu Papier zu bringen. Sie mochte die Ausbildung und war fasziniert von den vielfältigen Einsatzmöglichkeiten der Chemie. Immer dann, wenn sie morgens ins Werk kam, fühlte sie sich wie eine richtige Wissenschaftlerin. Allerdings hatte Leonie, was das Bilden von chemischen Formeln anging, erheblichen Nachholbedarf. Der Abgabetermin der Hausarbeit rückte unaufhörlich näher und mit jedem Tag wuchs der Druck. Ihr Magen fühlte sich zurzeit an wie ein Betonklotz. Anorganische Chemie stand momentan auf dem Stundenplan. Leonie fand das Thema spannend, aber diese verdammten Formeln machten ihr das Leben schwer. Mit Müh und Not hatte sie die Harnstoffsynthese von Friedrich Wöhler nachvollziehen können. Dabei wurde der natürliche Harnstoff aus der anorganischen Verbindung Ammoniumcyanat hergestellt. Jetzt musste sie ihr Wissen über Metalle und Halbmetalle unter Beweis stellen. Das hatte sie bereits mehrere Wochen und auch den ganzen gestrigen Tag gekostet. Stundenlang hatte sie dicke Fachbücher gewälzt und ihr Hirn zum Kochen gebracht. Sie konnte von Glück reden, dass Pia gegen Abend dazugestoßen war und ihr den einen oder anderen Kniff beigebracht hatte.

Pia. Leonie schluckte schwer. Sie konnte es immer noch nicht glauben. Der Name ihrer Freundin löste einen Bilderstrudel aus, der sie frösteln ließ. Sie schüttelte sich. Wenn sie etwas für Pia tun konnte, dann musste sie sich endlich konzentrieren und der Polizei mit ihrer Aussage helfen.

Sie holte tief Luft und ging in Gedanken zurück zu jenem Punkt, als Pia in der Bibliothek zu ihr kam.

»Hey, Leonie. Wie sieht es aus? Hast du deine Hausarbeit fertig?« Die Frage klang obligatorisch. Typisch Pia. Sie ging immer von sich selbst aus und ihrer eigenen Intelligenz. Natürlich hätte sie die Arbeit längst abgeschlossen, wäre sie an ihrer Stelle gewesen. Leonie rollte unwillkürlich mit den Augen. Ihr fiel die Materie nicht so eben in den Schoß. Ihre Vorstellungskraft, was die chemischen Prozesse anging, stieß häufig an ihre Grenzen.

»Nein«, erwiderte sie und registrierte, wie Pias Augenbrauen überrascht in die Höhe schossen. »Aber wenn du mir hilfst, diese Formel auszugleichen, kann ich wenigstens das Kapitel über Halbmetalle abschließen.« Ohne die Antwort abzuwarten, schob sie Pia ihren Block hin. Darauf waren etliche Gleichungen gekritzelt und immer wieder durchgestrichen. Leonie schaffte es einfach nicht allein.

Pia nahm den Block und tippte gedankenverloren mit dem Stift auf die letzte Zeile. Anschließend schrieb sie die Formel um und drehte das Papier, sodass Leonie das Ergebnis begutachten konnte.

»So sollte es passen«, sagte Pia und gab Leonie den Stift zurück.

Diese runzelte konzentriert die Stirn und versuchte, Pias Rechenoperationen nachzuvollziehen. Sie stöhnte. Ein kleiner Flüchtigkeitsfehler hatte ihr die ganzen Probleme bereitet. Eine winzige Zahl, die sie in der Aufgabenstellung übersehen hatte. Warum passierten ihr immer wieder diese dummen Fehler? Seit über zwei Stunden bastelte sie an der Aufgabe, nur um dann die Lösung innerhalb weniger Sekunden präsentiert zu bekommen.

»Danke. Das hätte mir auch selbst auffallen müssen«, sagte Leonie zermürbt. Sie war einfach nicht gründlich genug. Das war schon immer so gewesen. Bereits als Kind hatte sie sich nicht lange auf eine Sache konzentrieren können und war ständig zwischen mehreren Spielen hin und her gesprungen. Hinzu kam ihr Hang zur Unordnung, der alles nur noch verschlimmerte und ihr bereits so manchen Ärger in ihrer Wohngemeinschaft eingebracht hatte. Sie klappte ihre Bücher zu.

»Mir reicht es für heute. Lass uns nach Hause gehen«, schlug sie vor und sammelte ihre Utensilien zusammen. »Ist Frauke nicht mit dem Abendessen dran?«

»Ja, ich freue mich schon.« Pia half ihr, die restlichen Sachen zu verstauen und die Bücher zurückzustellen. Pia trug ihr schwarzes Haar kurz. Ihr ganzes Wesen war irgendwie praktisch angelegt, ganz im Gegensatz zu Leonies. Obwohl Pia lange Haare viel besser standen, wollte sie sich nicht damit belasten. Im Labor würde sie die Haare ständig hochstecken oder unter einer Haube verbergen müssen. Nach dem Abitur hatte Pia sie kurzerhand abgeschnitten. Leonie brächte das nie fertig. Sie mochte ihre lange, blonde Mähne, die ihr beinahe jeden Morgen Ärger bereitete. Den nahm sie gerne in Kauf, denn sie kannte die Wirkung dieses Looks auf die Männerwelt. Ihr junger Körper war voller Hormone, und Leonie tat einfach das, wozu die Natur Frauen bestimmt hatte: Sie lockte junge Männer an.

Unterschiedlicher konnten drei junge Auszubildende, die sich zusammen eine Wohnung teilten, nicht sein. Leonie achtete sehr auf ihr Aussehen. Pia, die Praktikerin, legte ihre ganze Energie in die Ausbildung, und dann war da noch Frauke, die Sanfte und Fürsorgliche. Frauke war nicht gertenschlank wie Leonie, sondern deutlich rundlicher. Sie konnte hervorragend kochen und hatte ein großes Herz. Egal, in welchen Schwierigkeiten jemand steckte, Frauke war zur Stelle, um sie auszubügeln. Leonie spürte, wie ihr der Magen knurrte, und hievte den Rucksack über die Schulter. In Vorfreude auf das Abendessen verließen sie die Bibliothek. Vor dem Gebäude standen ihre Fahrräder. Die Strecke zur Wohnung betrug knapp drei Kilometer. Als sie zu Hause ankamen, empfing sie bereits der Duft, den Fraukes Kochkünste verströmten. Die Probleme mit der Hausarbeit waren auf einen Schlag vergessen. Leonie stürzte sich hungrig auf die leckere Kost. Hähnchen-Zucchini-Spieße mit Mandel-Dip. Sie selbst brachte allerhöchstens eine Pizza oder Rührei zustande.

»Oh, Leonie ist morgen mit dem Kochen dran. Kannst du mir was von dem Hähnchen aufheben, Frau-

ke?«, witzelte Pia und warf Leonie dabei einen spitzbü-
bischen Blick zu.

»Ich habe viel zu viel gekocht. Es reicht für zwei
Abende.« Frauke lächelte, zufrieden mit sich und der
Welt. Dann sah sie Leonie prüfend an. »Du hast doch
nichts dagegen, oder?«

Leonie schüttelte eifrig den Kopf. »Bestimmt nicht«,
erwiderte sie, froh, um den anstehenden Kocheinsatz
herumgekommen zu sein. Sie würde morgen noch
genug mit ihrer Hausarbeit zu kämpfen haben.

Der Abend plätscherte fröhlich dahin. Gegen zwei-
undzwanzig Uhr, nachdem Leonie sich bereit erklärt
hatte, die Küche aufzuräumen, gingen sie zu Bett.
Leonie versuchte, sich an die letzten Augenblicke vor
dem Einschlafen zu erinnern. Aber da war nichts
Außergewöhnliches gewesen. Alles verlief wie jeden
Abend. Sie putzten sich gemeinsam die Zähne und
dann ging jede von ihnen in ihr Zimmer. Leonie hatte
sich hingelegt und nicht einmal mehr die Kraft gehabt,
noch ein wenig zu lesen. Sie war sofort eingeschlafen.

Auch der nächste Morgen begann ohne Aufsehen.
Leonie war wie immer die Letzte im Bad und diejenige,
die am Ende den größten Stress hatte. Doch weder
Frauke noch Pia kommentierten diesen Umstand. Sie
hatten sich daran gewöhnt und warteten geduldig, bis
Leonie sich sortiert hatte. Zu dritt fuhren sie mit dem
Bus zum Chemiepark. Die erste Unterrichtsstunde war
grauenvoll. Dr. Meuten, ihr Ausbilder, referierte über
Säure-Basen-Reaktionen und erklärte, wie dabei
Protonen übertragen wurden. Leonie fielen fast die
Augen zu. Ihr Gehirn befand sich nach wie vor im

Schlafmodus. Unterricht vor zehn Uhr morgens ging an ihr vorbei wie ein Schnellzug, der ohne Halt durch den Bahnhof raste. Wären ihre beiden Mitbewohnerinnen nicht gewesen, hätte sie diese Veranstaltungen sicherlich längst geschwänzt. Aber so wollte sie nicht als schwarzes Schaf dastehen und zog deshalb mit. Hin und wieder krakelte sie eine Notiz aufs Papier. Zur großen Uhr an der Wand schaute sie regelmäßig. Sie wünschte sich, die Zeiger würden schneller kreisen. Als die Stunde endlich zu Ende war, Dr. Meuten seinen Laptop zuklappte und den Beamer ausschaltete, war Leonies erster Gang der zum Kaffeeautomaten. Sie drückte auf den Knopf und wartete ungeduldig.

»Hey, heute schon so früh wach?« Fabian grinste sie fröhlich an.

»Ha, ha«, erwiderte Leonie und beobachtete die Milch in ihrem Becher. Ob wohl eine bestimmte Reaktion dahintersteckte, wenn sie sich mit dem Kaffee verband? Pia hätte sicher eine Antwort darauf. Leonie konzentrierte sich wieder auf Fabian, der ziemlich attraktiv war. Er sah sie mit diesem Blick an, den sie von Männern hinreichend kannte. Wohlweislich trat sie einen Schritt zurück. Männer wie Fabian musste man zappeln lassen, ansonsten benahmen sie sich wie übereifrige Hummeln und flogen ruckzuck zur nächsten Blüte. Ein bisschen Flirten konnte jedoch nicht schaden. Leonie warf ihre Mähne zurück. Fabians Adamsapfel hüpfte und sie lächelte.

»Hast du deinen Wagen wieder?«, fragte sie und setzte sich auf den nächsten Stuhl.

»Ja. Kann ich dich irgendwo hinbringen?«

Natürlich biss Fabian sofort an. Es war die perfekte Gelegenheit für ihn. Aber so schnell gönnte Leonie ihm den Erfolg nicht.

»Nein. Ich habe mich nur gefragt, ob du noch mit dem Fahrrad fährst. Dann hätten wir möglicherweise zusammen fahren können.«

Ein Schatten huschte über Fabians Gesicht. Leonie konnte nicht anders. Sie genoss dieses Spiel und die Macht, die sie über ihn hatte.

»Ich könnte dich morgen begleiten, wenn du möchtest«, säuselte er und rückte mit seinem Stuhl näher heran.

Leonie konnte sich noch genau an diesen Augenblick erinnern. Obwohl sie schon oft mit Fabian geflirtet hatte, waren ihr noch nie vorher die gelben Pünktchen in seinen grünen Augen aufgefallen. Sie nickte und lockte ihn mit einem halb geflüsterten *Vielleicht*. Sie scherzten ein paar weitere Minuten miteinander und gingen dann zurück in den Unterrichtsraum. Niemand von ihnen ahnte, dass danach nichts mehr so sein würde wie zuvor.

Sie waren eine kleine Gruppe von Auszubildenden. Jeder sollte die Gelegenheit bekommen, selbst praktisch zu arbeiten. Leonie liebte Laborversuche. Sie tat sich immer schwer damit, theoretische Zusammenhänge zu begreifen. Die Tätigkeit im Labor veranschaulichte ihr die Theorie und meistens hatte Leonie danach keine Verständnisprobleme mehr.

Eifrig führte sie das anstehende Experiment durch und erntete ein großes Lob vom Ausbilder. Zufrieden setzte sie sich anschließend wieder auf ihren Platz. Auch

Pia erledigte ihre Aufgabe wie erwartet perfekt. Es gab kein Fach, in dem sie nicht zu den Besten gehörte. Fraukes Leistung war ebenfalls nicht schlecht, doch Leonie hatte ihre Sache besser gemacht. Es war nicht so, dass sie in Konkurrenz zueinander standen. Aber manchmal litt Leonies Selbstbewusstsein. Gegen Pia hatte sowieso niemand eine Chance. Auch Frauke war ausgesprochen klug. Leonie wollte nicht immer die Letzte sein. Sicher, wenn es darum ging, wer die meisten Verehrer hatte, lag sie eindeutig vorn. Aber das war es nicht, wofür Leonie die Ausbildung angefangen hatte. Sie wollte erfolgreich sein und in ihrem Leben vielleicht sogar etwas ganz Neuartiges entdecken. Schon im Mittelalter hatten Alchemisten, die in gewissem Sinne die Wegbereiter der heutigen Chemiker waren, versucht, Gold und andere wertvolle Stoffe herzustellen. Von Kindesbeinen an war sie fasziniert von der Vorstellung gewesen, dass vieles einfach nur auf chemischen Reaktionen beruhte. Selbst Verliebtheit war nicht mehr als das Ergebnis eines Hormoncocktails. An sämtlichen menschlichen Verhaltensweisen war die Chemie beteiligt. Leonie wollte den Dingen auf den Grund gehen. Deshalb hatte sie sich für diese Ausbildung entschieden. Vielleicht würde sie später noch ein Studium dranhängen.

Nachdem die Versuchsreihe beendet war und der Ausbilder den Raum verlassen hatte, ging die Party los. Vielleicht war der Begriff Party für diese Tageszeit etwas übertrieben. Es handelte sich eher um ein Anstoßen auf die Geburtstagskinder. Das waren gleich drei an diesem Tag. Normalerweise feierte niemand im Unterrichtsraum. Aber dass bei einer Gruppe von ungefähr zwanzig Auszubildenden gleich drei am selben Tag Geburtstag hatten, war Grund genug für eine gemeinsame Feier. Nils, Robin und Oskar hatten zwei Kästen Bier, ein paar Flaschen Sekt und Chips organisiert. Der kleine Umtrunk war als Vorwärmer für den Paukenschlag am Abend gedacht gewesen. Sogar eine Band sollte spielen. Doch dieser Paukenschlag blieb aus. Dafür gab es einen anderen.

Leonie unterbrach ihre Gedanken. Sie scheute sich vor den nächsten Szenen, die sich unauslöschlich in ihr Gedächtnis eingebrannt hatten. Aber sie musste Kommissar Bergmann alles erzählen, was sie gesehen hatte. Es war die einzige Möglichkeit, Pia zu helfen. Also ließ sie die zerstörenden Bilder auf sich einströmen.

Zunächst hatten sie den drei Geburtstagskindern gratuliert. Leonie war vorausgeeilt, Frauke und Pia standen hinter ihr und tauschten sich über das durchgeführte Experiment aus. Leonie drückte jedem Geburtstagskind einen Kuss auf die Wange, wobei sie Robin ein paar Sekunden länger bedachte als die beiden anderen. Dann hatte sie sich einen Plastikbecher genommen, um sich ein Bier einzuschenken. Jemand drückte ihr eine Bierflasche in die Hand. Sie beließ es bei einem halb vollen Gefäß, da sie Alkohol am Morgen nicht besonders gut vertrug. Meist wurde sie davon schläfrig und sie hatte noch viel zu viel für ihre Hausarbeit zu tun. Pia und Frauke gesellten sich zu ihr. Auch ihre Becher waren nur ungefähr halb voll, wobei Frauke sich ein wenig mehr gegönnt hatte. Jemand drehte die Musik auf. Robin löste sich aus der Menge der Gratulanten und kam auf Leonie zu. Er grinste und deutete ungeschickt ein paar Schwünge mit der Hüfte an. Leonie stellte ihren Becher ab und ignorierte den missratenen Versuch. Sie mochte Robin. Er war sehr schüchtern. Die Tatsache, dass er versuchte, sie zu beeindrucken, imponierte ihr.

»Hast du die Hausarbeit fertig? Ich habe dich gestern in der Bibliothek gesehen.«

Sie verdrehte die Augen. Robin war süß, aber auch ziemlich ungeschickt. Ausgerechnet über dieses Thema wollte sie jetzt nicht sprechen. Sie griff nach ihrem Bier. Pia und Frauke waren noch immer in ihr Gespräch über das Experiment vertieft und nahmen keine Notiz von ihr. Sie drehte den Becher in der Hand und überlegte, ob sie überhaupt auf Robins Frage antworten sollte. Als sie jedoch aufrichtiges Interesse in seinen Augen leuchten sah, beschloss sie, ihn nicht zu enttäuschen. Sie stellte den Becher wieder zu den anderen.

»Ich brauche noch ein paar Tage. Es wird verdammt knapp werden. Und wie weit bist du?« Sie musterte ihn und fügte hinzu: »Lass mich raten. Du bist längst fertig.«

Robin nickte und grinste verlegen. »Ich kann dir helfen, wenn du magst.«

Leonie neigte den Kopf ein wenig. Robin war klug. Mit seiner Unterstützung wäre sie sicher im Nu durch. Andererseits wollte sie es allein schaffen. Vielleicht konnte er im Nachhinein noch Korrektur lesen.

»Du könntest mir tatsächlich ...« Mitten im Satz brach sie ab. Fabian, der gut aussehende und charmanteste Auszubildende des ganzen Jahrgangs, kreuzte wieder ihr Blickfeld. Er passte irgendwie nicht hierher.

Als Leonie ihn das erste Mal gesehen hatte, dachte sie, er wäre ein Sportstudent. Nichts anderes ließ seine durchtrainierte Gestalt vermuten. Robin war für den Augenblick vergessen. Sie ließ ihn einfach stehen und lief auf Fabian zu.

»Lange nicht gesehen«, hauchte sie und ärgerte sich, als sie seinem Blick folgte, der an Pia haften blieb. Vielleicht hatte sie es auf dem Flur mit ihrer Zurückhaltung übertrieben. Sie wandte sich wieder um und fixierte ihn.

»Kommst du also morgen mit dem Fahrrad?«

Fabians Augen verharrten immer noch auf derselben Stelle. Er gab keine Antwort. Leonie wartete einen Augenblick, aber er schien sich keineswegs für sie zu interessieren. Er verschlang Pia regelrecht mit seinen Augen. Etwas in seinem Blick war merkwürdig. Entgeistert starrte Leonie ihn an. So hatte sie ihn gar nicht eingeschätzt. Erst die lauter werdenden Stimmen brachten sie dazu, sich erneut umzudrehen. Eine Menschentraube hatte sich gebildet. Zuerst begriff Leonie überhaupt nicht, was eigentlich vor sich ging. Doch dann sah sie Fraukes entsetzten Blick, der unverwandt auf den Boden gerichtet war. Am Boden lag eine Frau. Eine Frau, mit der sie seit zwei Jahren unter einem Dach lebte. Verdammt, die Frau am Boden war Pia.

* * *

Oliver Bergmann hörte den Schilderungen der jungen Frau, die sich erst einmal hatte beruhigen müssen, geduldig zu. Er unterbrach sie kein einziges Mal. Das war von großer Bedeutung bei Zeugenbefragungen. Nachfragen konnten die Erinnerung in eine völlig falsche Richtung lenken. Die wenigsten Zeugen brachten beispielsweise eine treffende Personenbeschreibung zustande. Befragte man drei Menschen, so hatte man meist am Ende drei komplett unterschiedliche Phantombilder. Deshalb war es Oliver wichtig, zunächst an einen unverfälschten Zeugenbericht zu kommen. Fragen konnte er später stellen, und alles, was ihm unschlüssig oder klärungsbedürftig schien, kritzelte er zügig auf seinen Notizblock.

Leonie Behrens hatte sich nach einer Weile gefangen und schilderte die letzten gemeinsamen Stunden mit Pia Brockmann sehr detailliert.

»Das heißt, Sie haben nicht gesehen, wie Pia zu Boden ging?«, wollte Oliver wissen, nachdem Leonie fertig war.

Sie schüttelte den Kopf. »Nein. Ich habe nicht mitbekommen, wie es passiert ist.« Sie schniefte und drückte sich das Taschentuch an die Nase. »Als ich Pia sah, bin ich sofort zu ihr gerannt. Schon an Fraukes Blick hab ich gemerkt, dass sich etwas Schreckliches ereignet hat. Pia lag einfach da, vollkommen reglos. Sie hat total leblos an die Decke gestarrt. Aus dem Mundwinkel lief ihr irgendeine gelbliche Flüssigkeit. Wahrscheinlich das Bier. Den Becher hatte sie noch in der Hand.« Leonie stoppte und senkte den Blick. Dann fuhr sie kaum hörbar fort: »Jemand hat den Notarzt gerufen, doch der hat nur noch ihren Tod festgestellt. Ich habe keine Ahnung, wie das passieren konnte.« Sie schluchzte laut und presste das Taschentuch an die Augen.

»Wer war zu diesem Zeitpunkt alles in Pias Nähe?«

»Na ja, wie gesagt. Ich habe mich ein wenig mit Robin Mohr unterhalten und dann habe ich mich zu Fabian Sieverding gesellt.« Leonie rieb sich nachdenklich über die Stirn. »Als wir angefangen haben, hat sich an den Bierkästen erst mal eine lange Schlange gebildet. Es war recht voll. Auf einer Seite standen die Geburtstagskinder, die waren von Gratulanten umringt. Gut zwanzig Leute befanden sich bestimmt auf der Party. Soweit ich mich erinnere, waren alle aus unserem Ausbildungsjahrgang da. Frauke und Pia waren in ein Gespräch vertieft und auch alle anderen haben gelacht und geredet. Es kann jeder gewesen sein.«

Oliver nickte und blätterte in seinen Notizen. Pia Brockmann war durch Gift gestorben. Eine tödliche Substanz in ihrem Getränk hatte innerhalb kürzester Zeit das Leben der jungen Auszubildenden ausgelöscht. So lautete die erste Einschätzung der Rechtsmedizin. Vielleicht war es auch ein Suizid oder sogar fahrlässiger Drogenmissbrauch. Bisher konnten sie nichts ausschließen. Ein paar Polizeikollegen durchsuchten gegenwärtig Pias WG-Zimmer. Möglicherweise fanden sie einen Abschiedsbrief oder Hinweise auf Drogenkonsum. Dann wäre der Fall schnell abgeschlossen. Aber alles, was Oliver bisher über die junge Frau erfahren hatte, deutete eher auf ein vorsätzliches Tötungsdelikt hin. Das Opfer Pia Brockmann war eine ehrgeizige, zielstrebige Auszubildende gewesen. Sie gehörte zu den willensstarken Menschen, die beharrlich auf ihre Ziele hinarbeiteten. Sie stand noch ganz am Anfang ihres Lebens. Warum hätte sie sich das Leben nehmen sollen?

Dasselbe galt für einen möglichen Drogenkonsum. Pia war in dieser Hinsicht noch nie auffällig geworden. Doch auf der anderen Seite fragte Oliver sich, wer so verrückt war, am helllichten Tag eine Frau in aller Öffentlichkeit zu vergiften. Der Täter musste eiskalt und berechnend vorgegangen sein. Warum nahm er das Risiko in Kauf, eine giftige Substanz in den Becher zu geben, während etwa zwanzig Zeugen anwesend waren? Jeder hätte ihn bemerken können. Oliver legte Leonie eine Liste der Kursteilnehmer vor.

»Könnten Sie hier bitte ankreuzen, wen Sie gesehen haben, und hinter dem Namen eintragen, wo sich derjenige im Raum aufgehalten hat?«

»Aber das hat Frauke doch gerade schon getan.« In der Stimme der jungen Frau lag kein Widerstand, sondern Hilflosigkeit. Oliver nahm ihr den Satz nicht übel.

»Jeder Mensch verfügt über eine eigene Wahrnehmung. Vielleicht ist Ihnen jemand aufgefallen, den Ihre Freundin gar nicht bemerkt hat«, erklärte er freundlich. Er konnte sich vorstellen, wie belastend die Situation für Leonie Behrens sein musste. Trotzdem war es seine Aufgabe, diesen Fall aufzuklären. Er musste so viele Erinnerungen wie möglich aus den Zeuginnen herausholen.

Oliver wandte sich wieder der ersten Befragten, Frauke Schreiber, zu.

»Sie hatten doch gesagt, dass sich in Ihrer unmittelbaren Nähe Robin Mohr aufgehalten hat. Mit wem hat er sich unterhalten?«

Frauke zuckte mit den Schultern. »Ehrlich gesagt

war ich so mit Pia ins Gespräch vertieft, dass ich es nicht mitbekommen habe. Und als sie plötzlich zusammensackte, ging alles so schnell.«

Oliver machte sich eine letzte Notiz. Im Augenblick hatte er keine weiteren Fragen. Er entließ die beiden Auszubildenden und ging in den Besprechungsraum Nummer drei, in dem sein Partner Klaus Gruber noch mit der Befragung anderer Auszubildender zugange war. Robin Mohr saß mit eingezogenem Kopf vor Klaus. Seine Wangen waren stark gerötet und bildeten einen auffälligen Kontrast zur ansonsten sehr blassen Hautfarbe des jungen Mannes. Vor ihm lag ein Handy auf dem Tisch, auf das er unentwegt niederblickte.

Als Klaus Oliver bemerkte, winkte er ihn heran.

»Einer der Auszubildenden hat ein Handyvideo aufgenommen. Es beginnt, kurz bevor Pia Brockmann zu Boden stürzt.«

Oliver setzte sich interessiert neben Klaus. »Wer hat das Video gemacht?«

»Das war Konstantin Lemke. Er ist im selben Jahrgang und hat mir die Aufnahme vorhin geschickt«, antwortete Robin Mohr, ohne den Blick zu heben.

Oliver schaute sich den kurzen Film an. Er war erstaunlich klar. Zuerst filmte die Kamera die drei jungen Männer, die ihren Geburtstag begingen. Sie standen nebeneinander, jeder hielt einen Plastikbecher in der Hand. Vor den Geburtstagskindern hatte sich eine lange Reihe gebildet. Oliver konnte auf diesem Ausschnitt weder das Opfer noch seine beiden Mitbewohnerinnen erkennen. Dann wanderte die Kamera nach links. Leonie Behrens lief aus dem Bild. Oliver erinnerte sich, dass sie sich mit Fabian Sieverding unterhalten hatte. Robin Mohr blickte ihr mit einem Hundeblick hinterher. Es war ihm anzusehen, dass er sich gerne länger mit Leonie ausgetauscht hätte. In seinen Augen lag eine Mischung aus Enttäuschung und Eifersucht. Er war vielleicht einen Meter von Pia Brockmann entfernt. Diese griff zu einem Becher, der hinter ihr auf dem Tisch stand. Es befanden sich drei Becher darauf, aber Pia schien genau zu wissen, welcher ihr gehörte. Ohne zu zögern, langte sie zu und nahm mehrere kräftige Züge. Dann führte sie das Gespräch mit Frauke Schreiber fort. Die Kamera schwenkte wieder zurück zu Nils Bühren und Oskar Kreuzmann, die mit ihren Bechern in der Hand offenbar sehr gute Laune hatten. Der Dritte im Bunde, Robin Mohr, war in diesem Moment nicht zu sehen. Eine kleine Menschentraube versammelte sich, bis plötzlich ein anschwellendes Raunen einsetzte. Die Kamera zitterte und bewegte sich wieder nach links. Ein paar wacklige Sequenzen flogen unscharf vorbei. Es waren vielleicht insgesamt drei Minuten vergangen. Pia lag bereits am Boden, als die Aufnahme stoppte. Entsetzte Stimmen durchdrangen das Grundrauschen. Pias Mitbewohnerin Frauke war völlig außer Fassung. Hektisch versuchte sie, Pia wieder aufzuhelfen. Robin hockte neben den beiden. Rechts am Bildrand war ein Mann mit einem Telefon am Ohr zu sehen. Dann schoss Leonie ins Bild. Sie stürzte zu ihrer Freundin, rüttelte an ihr, aber der schlaffe Körper zeigte keinerlei Reaktionen. Die Kamera zoomte für wenige Sekunden heran. Aus Pias Mundwinkel lief Flüssigkeit. Danach endete das Video.

»Puh«, machte Oliver, der die Aufnahme zum ersten Mal gesehen hatte. Die Panik der Auszubildenden war regelrecht spürbar. Leider gab das Video ansonsten nicht viel her. Die entscheidenden Sequenzen waren nicht gefilmt worden. Oliver fragte sich, ob es noch mehr solcher Mitschnitte gab. Es war ein typisches Zeitphänomen, dass die Leute scheinbar sämtliche Ereignisse mit ihren Handykameras filmten. Man mochte darüber denken, was man wollte. In diesem Fall könnte eine Aufnahme, die zeigte, ob sich jemand an Pias Getränk zu schaffen machte, sehr hilfreich sein und den etwaigen Täter sofort überführen. Er würde veranlassen, dass jeder Teilnehmer der Geburtstagsfeier nach Handyaufnahmen befragt wurde.

»Wer ist der Mann mit dem Handy am Ohr?«, fragte er Robin Mohr.

»Das ist der Assistent unseres Ausbilders Dr. Meuten. Er heißt Andreas Koch. Er hat den Notarzt gerufen.«

Oliver schrieb sich den Namen auf. Dann legte er die Liste auf den Tisch, die er zuvor den beiden Mitbewohnerinnen von Pia Brockmann gegeben hatte.

»Können wir das Video noch einmal laufen lassen?«

Robin nickte und ließ die Aufnahme von vorn beginnen. Oliver wartete, bis die Kamera auf Pia schwenkte.

»Stoppen Sie bitte mal«, forderte er den Auszubildenden auf und durchsuchte die Liste. Leonie und Frauke hatten angegeben, Robin sei in ihrer Nähe gewesen. Das stimmte. Er machte einen Haken hinter dem Namen. Die meisten Anwesenden tummelten sich um die Geburtstagskinder. Oliver bat Robin mehrmals, den Film anzuhalten und wieder ein Stückchen weiterlaufen zu lassen. Er hakte jede Person namentlich auf der Liste ab, deren Standort er mittels des Videos verifizieren konnte.

»Wer ist das?«, wollte er wissen und zeigte auf einen jungen Mann, der sich bei Minute 1:57 hinter dem Tisch befand, auf dem die Trinkbecher standen.

»Wen meinen Sie?«, fragte Robin. Seine Wangen glühten nahezu. Oliver tippte mit der Spitze seines Kugelschreibers auf die Person, die halb verdeckt hinter dem Opfer hervorschaute.

»Ich meine diesen Mann. Wie heißt er?«

Robin Mohr schwieg. Es war ein Schweigen, das den ganzen Besprechungsraum elektrisierte. Oliver schaute auf, er kannte die Antwort, bevor der Auszubildende den Mund aufmachte.

»Den habe ich noch nie gesehen.«

III

VOR FÜNFHUNDERT JAHREN

Bastian starrte den Becher an und versuchte, die Lücken in seinem Gedächtnis zu füllen. Er hatte diesen Becher in der Hand gehabt, und er hatte ihn wieder abgestellt, genau dort, wo er jetzt stand. Er erinnerte sich dunkel, ein zweites Mal vor dem Zelt gestanden zu haben. Aber danach ließ ihn sein Gedächtnis im Stich. Was also bedeutete der Umstand, dass sein Becher immer noch dort stand? Eine hässliche Stimme, die aus dem Nichts zu kommen schien, gab ihm die Antwort: Du warst der Letzte, der das Opfer lebend gesehen hat. Wie sonst kann es sein, dass dein Becher nach wie vor am selben Fleck steht? Hätte der Alchemist nach dir einen weiteren Kunden gehabt, stünde er nicht mehr dort. Ein guter Gastgeber räumt auf, bevor der nächste Kunde das Haus betritt.

Erschrocken warf Bastian einen Blick in den Becher. Er war leer. Er konnte sich jedoch nicht entsinnen, daraus getrunken zu haben. War er nicht unverrichteter Dinge wieder gegangen? Aber er konnte diesen

Gedanken nicht greifen. Er rieb sich die Stirn, als wenn er so seinem Gedächtnis auf die Sprünge helfen könnte. Doch es war zwecklos. Da kam nichts. Der Abend hörte schlicht im Nichts auf. Es gab kein Ende, keine Nacht. Sein Leben schritt erst in jenem Moment voran, als Wernhart ihn wach rüttelte. Bastian blickte auf seine Hände, die auf unerklärliche Art schmerzten. Was, wenn er den Alten auf dem Gewissen hatte? Wenn er der letzte Gast gewesen war, wer sonst sollte es auch getan haben? Ungläubig wandte er sich dem Toten zu. Der Anblick war grauenhaft. In seiner Stirn steckte ein langer Eisennagel. Aus der Wunde war Blut ausgetreten, das sich in langen Schlieren über Gesicht und Haare ausgebreitet hatte. Die Augen starrten schreckgeweitet an die Decke, als wäre das Opfer überrascht worden. Bastian schaute sich die Hände des Toten an. Sie lagen seitlich vom Körper und wirkten unversehrt. Die Fingerspitzen waren verfärbt. Das konnte von den Kräutern stammen, aber auch ein erstes Anzeichen des Todes sein. Bastian kannte diese Flecken. Josef Hesemann, der Zonser Arzt, hatte sie ihm gezeigt.

»Ich kann keinen Hammer finden.«

Bastian war so in den Anblick des Toten vertieft, dass er Wernharts Stimme überhaupt nicht hörte.

»Weilst du nach wie vor im Reich der Träume?« Wernhart stupste ihn an und wiederholte seinen Satz: »Ich habe keinen Hammer gefunden, weder im Zelt noch draußen in der näheren Umgebung.«

»Und?«, fragte Bastian verwirrt.

»Der Mörder hat dem Alten den Nagel sicher nicht mit bloßen Händen in die Stirn getrieben. Wenn wir also nach der Mordwaffe suchen, sollten wir uns nach einem blutigen Hammer umschauen.« Wernhart musterte Bastian kritisch.

»Was ist mit dir los?«

Bastian zuckte mit der Schulter. »Ich habe mich gerade nur darüber gewundert, dass Burcklin Zoobe sich gar nicht gewehrt hat. Sieh dir seine Hände an. Die haben nicht einen Kratzer und die Kleidung scheint auch unversehrt zu sein.«

»Vielleicht hat er den Mörder nicht kommen sehen«, erwiderte Wernhart.

»Aber er liegt doch auf dem Rücken. Er muss ihn gesehen haben«, gab Bastian zu bedenken. »Wer bleibt denn still auf dem Rücken liegen, um sich mit einem Nagel den Garaus machen zu lassen?«

Wernhart nickte nachdenklich und blickte sich um. »Ich kann kein Nachtlager entdecken, aber vielleicht hat er dieses Fell benutzt.«

»Was?« Bastian konnte Wernhart nicht folgen. Seine Gedanken trieben ihn in eine ganz andere Richtung. Er musste ständig an den Hammer denken, den er in seinem eigenen Haus aufbewahrte. Wenn er den Alten auf dem Gewissen hatte, musste dieser Hammer mit Blut besudelt sein. Aber warum sollte er ihn umgebracht haben? Er war schließlich kein gewalttätiger Mensch, auch nicht mit einer Menge Wein im Blut. Am liebsten wäre Bastian sofort losgelaufen, um nachzusehen. Der Verstand hielt ihn jedoch davon ab. Er musste Ruhe bewahren. Sicher würde sich für alles eine logische Erklärung finden. Außerdem konnte er sich nicht an Blutspuren an seinen Händen oder den Kleidern erinnern, was ein untrügliches Indiz für seine Schuld gewesen wäre.

»Ich glaube, der Alte hat geschlafen, als es geschehen ist.« Wernhart hockte neben dem Toten und betrachtete ihn.

Bastian bemühte sich, Wernharts Gedankengängen zu folgen. Kein Nachtlager, keine Gegenwehr. Viel weiter kam er nicht.

»Was ist los?« Wernhart rüttelte an Bastians Arm und sah ihn durchdringend an. »Was stimmt denn nicht mit dir?«

Bastian senkte den Blick. Wernhart war sein bester Freund. Sollte er ihm erzählen, dass er Burcklin Zoobe aufgesucht hatte und möglicherweise der Letzte war, der den Mann lebend gesehen hatte? Würde Wernhart ihn dann für schuldig halten? Er selbst konnte sich schließlich an nichts erinnern. Die Nacht war wie weggeblasen. Verzweifelt blickte er wieder auf. In den Augen seines Freundes stand Sorge.

»Ich war gestern Nacht hier«, sagte Bastian tonlos. Er wollte Wernhart nicht belügen.

»Und?«

»Das dort ist mein Becher. Ich war vermutlich der letzte Gast.«

Wernhart lachte auf. Aber als er Bastians besorgten Blick sah, wurde er gleich wieder ernst. »Mein lieber Freund. Du glaubst doch nicht etwa, dass du den Alten im Suff erschlagen hast?«

»Ich bin nicht sicher«, flüsterte Bastian heiser. Das war die Wahrheit. Er wusste es nicht. Er wusste überhaupt nichts mehr. Er wusste nur noch eines. Seit gestern Nacht war er nicht mehr derselbe.

»Ganz ehrlich, so betrunken, wie du warst, hättest du keinen Nagel mehr getroffen, egal, wie groß der Hammer gewesen wäre. Lass uns später nachsehen, ob dein Hammer Blutspuren aufweist. Ich kann es mir nicht vorstellen.«

Wernharts Einwand hatte etwas Tröstliches. Trotzdem konnte Bastian das seltsame Gefühl, das ihn schon beim Betreten des Zeltes beschlichen hatte, nicht abschütteln. An diesem Ort war etwas mit ihm passiert, was ihm schlicht nicht mehr einfallen wollte.

»Nun gut«, sagte er schließlich und ging auf Wernharts Vermutungen ein. »Du meinst also, Burcklin Zoobe wurde im Schlaf überrascht und getötet.« Bastian zeigte mit dem Finger auf das Fell, auf dem der Alte lag und das ihm vermutlich als einfaches Nachtlager gedient hatte. Wernharts Schlussfolgerung war eine logische Erklärung für die fehlende Gegenwehr. Wahrscheinlich hatte Burcklin Zoobe die Augen erst geöffnet, als der Nagel schon in seiner Stirn steckte.

»Können wir herausfinden, ob etwas gestohlen wurde?«, fragte Bastian und blickte sich um. Das Zelt war nicht sonderlich groß. In einer Ecke lagen umgeworfene Körbe, in denen der Alchemist Kräuter aufbewahrt hatte. Daneben fand sich eine Kiste mit verschiedenen Gefäßen. Das Zelt war offenbar durchwühlt worden.

»Sieh mal, hier liegen etliche Trinkbecher. Wir können also gar nicht wissen, ob der dort von dir ist.«

Wernhart hielt eine Kiste in die Luft, in der mehrere Becher ineinander gestapelt waren.

Bastian runzelte die Stirn und nahm das Gefäß von dem kleinen Tisch in die Hand. Vielleicht hatte Wernhart recht. Er roch daran und rümpfte die Nase. Der Gestank erinnerte ihn nun doch unweigerlich an den Vergessenstrank, den Burcklin Zoobe für ihn zubereitet hatte.

»Was wolltest du eigentlich hier?«, fragte Wernhart, als wenn er Bastians Gedanken lesen könnte.

Bastian zuckte mit den Schultern. »Ich weiß es nicht mehr«, log er. Er wollte nicht über Anna sprechen. Wernhart würde es nicht verstehen.

»Du solltest weniger Wein trinken«, stellte dieser fest, ohne aufzublicken. »Was hat der Alte hier nur alles zusammengebraut?« Wernhart hielt eine versiegelte Glasflasche in die Luft und las die Aufschrift vor: »Trank gegen Leibeswinde«. Er lachte. »Vielleicht sollten wir uns mit den Tränken eindecken. Man weiß ja nie, wie das Leben so spielt.« Er holte eine andere Flasche hervor. »Vergessenstrank. Den kann man sicher ebenso gebrauchen. Wer sich nicht mehr an seine Sünden erinnert, kann doch auch nicht dafür büßen müssen, oder? Hier ist noch ein Trank gegen die Krätze. Igitt.« Belustigt zählte Wernhart noch einige andere Mixturen auf, während Bastian den leeren Becher in seiner Hand betrachtete. Ein paar Tropfen waren am Boden verblieben. Plötzlich hatte er eine Idee. Er konnte ein Kräuterweib oder einen anderen Alchemisten bitten, die Flüssigkeit zu analysieren. Wenn die Reste tatsächlich vom Vergessenstrank stammten, dann handelte es sich mit ziemlicher Sicherheit um seinen Becher. Wenn es allerdings ein anderer Trank war, führte er vielleicht zum Täter oder gab wenigstens einen Hinweis auf das Motiv.

»Hier ist Gold.«

Wernharts Stimme riss Bastian aus seinen Gedanken. Er steckte den Becher ein und blickte seinem Freund über die Schulter, der einen glänzenden Klumpen in den Händen hielt.

»Die Farbe ist merkwürdig«, murmelte Bastian, strich mit dem Finger über das kühle Metall und kratzte an der harten Oberfläche. Sie veränderte sich nicht, der Klumpen schien echt zu sein. Trotzdem zweifelte Bastian. »Ich glaube nicht, dass es echtes Gold ist. Das hätte der Mörder doch sicher eingesteckt.«

»Warte.« Wernhart gab Bastian den Klumpen und hob ein ledernes Buch vom Boden auf. »Diese Seite hier war aufgeschlagen.« Er fuhr langsam mit den Fingern über die erste Zeile und las vor: »Wie man Gold herstellt.« Er drehte das Buch so herum, dass Bastian selbst lesen konnte.

»Die nächsten Seiten sind herausgerissen«, stellte der fest.

»Ja. Das müssen genau die Seiten sein, auf denen die Anleitung zur Herstellung von Gold niedergeschrieben ist.«

Bastian pfiff durch die Zähne. »Das heißt, der Alte wurde getötet, weil jemand diese Formel haben wollte?« Etwas erleichtert betrachtete er den groben Klumpen in seiner Hand. Wenn Wernhart richtiglag, dann hatte er jedenfalls nichts mit dem Tod von Burcklin Zoobe zu tun. Er legte den Metallbrocken beiseite, nahm Wernhart das Buch aus der Hand und schloss es.

Alchymey teuczsch stand auf dem Ledereinband. Er schlug es wieder auf und erblickte auf der ersten Seite einen Namen, der eine Erinnerung in ihm wachrief. Bastian runzelte die Stirn und blätterte durch die Seiten. Die Texte waren größtenteils in einer Geheimschrift verfasst, nur einige waren überhaupt lesbar. Als Bastian das Rezept für einen magischen Trank entdeckte, klappte er das Buch zu. Es war Teufelswerk. Er würde mit Pfarrer Johannes darüber sprechen müssen.

»Was ist?«, wollte Wernhart wissen.

Noch bevor Bastian antworten konnte, stürmten zwei seiner Männer in das Zelt.

»Wulfing ist entkommen!«

»Was?« Bastian ließ das Buch fallen. »Wie konnte das passieren?«

»Die Männer des Erzbischofs haben ihn heute Morgen zu einer Befragung aus dem Verlies des Juddeturms geholt. Als wir nach ihnen schauen wollten, waren alle tot und Wulfing verschwunden.« Die Stimme des Stadtsoldaten zitterte. Er blickte betreten zu Boden.

»Verdammt, hattet Ihr nicht den Auftrag, Wulfing keinen Moment aus den Augen zu lassen?« Bastian donnerte seine Faust auf den wackeligen Tisch. Das dünne Holz knackte.

»Es waren drei Soldaten des Erzbischofs, schwer bewaffnet. Ich dachte, das sind genügend Wachen.«

»Verflucht, Arnold. Wie oft habe ich Euch gesagt, Ihr

sollt meine Befehle befolgen. Es ist mir herzlich egal, was Ihr Euch dabei denkt. Ich führe hier das Wort!«

Der Stadtsoldat nickte niedergeschlagen. »Vergebt mir. Es wird nie wieder vorkommen.«

»Sattelt die Pferde! Arnold bleibt hier und bewacht das Zelt. Niemand darf hinein«, befahl Bastian unwirsch und rannte an den beiden Wachleuten vorbei aus dem Zelt. Wernhart folgte ihm auf dem Fuß. Sie liefen, so schnell sie konnten, zum Juddeturm und stürmten die Treppe hinauf. Aus dem Verlies des Gefangenenturms war bisher noch nie jemand entkommen. Fensterlose, mehr als sechs Fuß dicke Mauern tief unter dem Juddeturm machten jeglichen Fluchtversuch unmöglich. Gefangene wurden an Ketten in das sechsunddreißig Fuß tiefe Verlies hinabgelassen. Ein schmales Eisengitter an der Decke bildete die einzige Öffnung. Selbst die Mahlzeiten gelangten nur in einem Eimer an einem Seil hinab. Oben jedoch gab es einfache Gefängniszellen, deren winzige Fenster ab dem zweiten Geschoss aufgrund der Höhe nicht mehr vergittert waren. Diese Zellen wurden nur im Notfall oder bei Befragungen genutzt. Bastian stieß die erste Tür auf und erstarrte. Die Männer des Erzbischofs hingen reglos auf ihren Stühlen.

»Verdammt. Wie hat Wulfing das angestellt?« Wernhart riss vor Entsetzen die Augen weit auf. »Sie waren zu dritt und haben nicht einmal die Waffen gezogen. Der Mann ist der Teufel.«

»Oder sehr listig«, erwiderte Bastian ruhig. Sein Blick ruhte auf dem Gesicht eines Wächters, dessen geschwollene Zunge heraushing. In seinen Mundwinkeln klebte Schaum.

»Er hat sie jedenfalls nicht getötet, sondern in einen Tiefschlaf versetzt.« Bastian stieß den Mann an, der daraufhin grunzend vom Stuhl fiel, aber nicht aufwachte. Auf dem Tisch standen vier Becher und ein Krug. Irgendwie musste es Wulfing gelungen sein, Schlafmittel in den Wein zu mischen. Das wunderte Bastian nicht. Wulfing war gerissen und er hatte ihn aus gutem Grund ins Verlies gesperrt. Der Mann konnte sich aus jeder Situation herauswinden. Er verstand sich in der Alchemie und in der Heilkunst und war deshalb den meisten Menschen unheimlich. Doch dieses Mal hatte er sich mit dem Falschen angelegt. Bernhard Hilden, ein hochgestellter Gefolgsmann des Erzbischofs, bezichtigte Wulfing, ihn um Gold betrogen zu haben. Mit honigsüßer Zunge sollte Wulfing versprochen haben, jede ihm zuteilwerdende Goldmünze mit seiner Magie zu verdreifachen. Die Münzen hatten in der Tat täuschend echt ausgesehen, sodass der Schwindel zunächst nicht aufflog. Erst als Bernhard Hilden auf einer Reise nach Nürnberg beinahe an den Galgen geriet, weil er mit falschem Gold gezahlt hatte, war es zu Ende mit Wulfing Hohenthal. Bernhard Hilden war nur aufgrund seiner Stellung als Gefolgsmann des Erzbischofs unbeschadet aus der schwierigen Situation herausgekommen und hatte die gefälschten Münzen sofort durch echte ersetzt. Erst vor zwei Tagen war er wutentbrannt nach Zons zurückgekehrt und hatte Wulfing umgehend in den Juddeturm werfen lassen. Dem Alchemisten sollte der Prozess vor dem

Zonser Schöffengericht gemacht werden. Vorher jedoch wollte Bernhard Hilden die Geheimnisse von Wulfings Magie ans Licht bringen. Neben den Wächtern des Erzbischofs saß bei den Befragungen deshalb immer ein Schreiberling, der jede Formel, jedes Rezept und jeden Zauberspruch von Wulfing Hohenthal festhalten sollte. Bastian hielt dessen Methoden für zweifelhaft. Die Verbindung von Alchemie und Magie, insbesondere die betrügerische Goldmacherei, war seit der Bulle *Spondent quas non exhibent*, erlassen von Papst Johannes XXII. im Jahre 1317, verboten. Weder Wulfing noch Bernhard Hilden sollten sich daher mit dieser schwarzen Kunst befassen. Es war nicht rechtens, den Alchemisten vor das Schöffengericht zu zerren und sich gleichzeitig mithilfe seines Wissens eine goldene Nase zu verdienen. Bernhard Hilden war in diesen Zeiten jedoch nicht der Einzige, der sich die Geheimnisse der Alchemie aneignen wollte. Es gab viele Fürsten, die in geheimen Kammern Alchemisten ihrer Wissenschaft nachgehen ließen, und dabei ging es immer nur um zwei Dinge: Macht und Gold.

»Wir müssen Wulfing aufspüren, bevor er aus Zons und Umgebung verschwindet. Wenn Bernhard Hilden erfährt, dass er sich aus dem Staub gemacht hat, sitzt der uns im Nacken. Ich glaube, ich weiß, wo er sich versteckt. Lass uns die Pferde holen«, sagte Bastian und schickte sich an, zu gehen.

»Und was ist mit den Männern des Erzbischofs?«, fragte Wernhart und deutete auf die drei Schlafenden.

Bastian zuckte mit den Schultern. »Die werden von allein aufwachen. Sie sind selbst schuld daran, dass sie

Wulfing auf den Leim gegangen sind.« Er machte auf dem Absatz kehrt, hielt dann jedoch noch einmal inne. »Nimm das Buch des Schreiberlings mit.«

Kurz darauf erreichten sie die Ställe, wo ein Stadtsoldat mit den Pferden auf sie wartete.

»Danke, Burckhardt. Geht jetzt bitte zu Arnold, und helft ihm dabei, das Zelt zu bewachen. Auf dem Weg gebt Ihr Josef Hesemann Bescheid. Ich will, dass sich der Arzt den Toten ansieht. Vielleicht findet er etwas, was uns zu seinem Mörder führen kann.«

Bastian und Wernhart ritten durch das Feldtor, das westliche Stadttor von Zons. Der Weg führte schnurstracks an Rübenäckern und Weizenfeldern vorbei in den Wald. Die hohen Bäume mit ihren dichten, grünen Kronen erhoben sich majestätisch. Der Wind peitschte durch die Blätter und brachte sie zum Tanzen. Der Tag war ungewöhnlich stürmisch für die frühsommerliche Jahreszeit. Bastian kniff die Augen zusammen. Er war schon oft in diesem Wald gewesen, in dem nicht nur Wildtiere, sondern ebenso Verfolgte und Kriminelle Zuflucht fanden. Auch Kräuterweiber oder Verstoßene suchten Schutz in den Tiefen des Waldes. Sie ernährten sich von Beeren und Pilzen und wärmten sich den Winter über in ihren erbärmlichen Behausungen an einem Holzfeuer aus Reisig und trockenen Baumpilzen. Auf den ersten Blick wirkte der Wald vollkommen menschenleer. Doch davon ließ Bastian sich nicht täuschen. Er folgte einem schmalen Pfad, der immer tiefer ins Dickicht hineinführte. An einer Quelle hielt er sein Pferd an und stieg ab.

»Von hier an müssen wir zu Fuß weiter«, sagte er

und wartete, bis Wernhart abgestiegen war und sein Pferd ebenfalls an einen Baumstamm gebunden hatte.

»Was hast du vor, Bastian? In letzter Zeit gibst du mir immer mehr Rätsel auf.« Wernharts Miene verzog sich beleidigt, als Bastian nicht antwortete. Dieser ging schweigsam voraus. Es gab etwas, was ihn mit Wulfing Hohenthal verband. Etwas, was er nicht preisgeben durfte und worüber er noch nie mit einer Menschenseele gesprochen hatte. Das hatte er einst geschworen. Bastian zwängte sich durch dichtes Gestrüpp, drückte immer wieder Äste zur Seite. Schließlich gelangten sie zu einer unscheinbaren Hütte.

»Ich wusste gar nicht, dass hier jemand lebt«, stieß Wernhart verwundert aus. »Woher kennst du diesen Ort?«

»Das ist eine lange Geschichte«, erwiderte Bastian ausweichend und pochte an die Tür. Als niemand öffnete, rief er: »Wulfing, kommt sofort heraus, oder wir holen Euch.«

Nichts geschah. Die Hütte lag stumm da, nur die Blätter rauschten hoch oben über ihnen, als flüsterten sie sich Worte zu oder lachten über Bastian und seinen Freund.

»Verdammt, Wulfing. Ich warne Euch.« Bastian gab nicht so schnell auf. Er wusste, dass sich Wulfing Hohenthal hier versteckt hielt. Er wusste allerdings auch, dass sie den Alchemisten weder in der Hütte noch sonst wo aufstöbern würden, wenn er es nicht selbst wollte.

»Komm, Bastian. Lass uns umkehren. Dann ist Wulfing eben verschwunden. Bernhard Hilden wird sich mit seinen Männern schon darum kümmern. Lass uns lieber herausfinden, wer dem alten Burcklin Zoobe den Nagel in die Stirn geschlagen hat.«

»Pst. Sei still!« Bastian hatte ein Knacken gehört, von dem er allerdings nicht wusste, ob es aus der Hütte oder dem Wald gekommen war. Er spitzte die Ohren, doch ein zweites Mal blieb das Geräusch aus.

»Wie geht es Eurem Bruder?«

Bastian zuckte zusammen. Die Stimme kam nicht aus der Hütte, sondern dröhnte direkt hinter seinem Rücken. Unwillkürlich stellten sich ihm die Nackenhaare auf. Er drehte sich um. Wulfing Hohenthal stand gelassen an einen Baumstamm gelehnt und musterte ihn durchdringend.

»Gut. Es ist lange her.« Bastian hielt dem Blick des Alchemisten stand. »Was macht Ihr hier im Wald? Solltet Ihr nicht im Juddeturm sitzen und auf das Schöffengericht warten?«

Wulfing lachte laut auf. »Kennt Ihr mich nicht besser, Bastian Mühlenberg? Ich nehme mein Schicksal lieber selbst in die Hand.«

»Ich werde Euch zurückbringen müssen. Ihr seid des Betruges bezichtigt und außerdem habt Ihr die Wachmänner von Bernhard Hilden überwältigt.« Bastian zog sein Schwert und gab Wernhart ein Zeichen, es ihm gleichzutun.

»Bisher war ich ein geachteter Bürger dieser Stadt«, fuhr Wulfing unbeeindruckt fort. »So lange, bis Bernhard Hilden aus meinen Künsten Gewinn schlagen wollte. Findet Ihr nicht, dass ihm der Platz im Verlies des Juddeturms eher gebührt als mir?«

Bastian runzelte die Stirn. So herum hatte er die Geschichte noch nicht betrachtet.

»Aber Ihr habt das falsche Gold unter die Leute gebracht«, entgegnete er nach einer Weile. »Betrug und Goldmacherei stehen unter Strafe.«

Wieder stieß Wulfing Hohenthal ein schallendes Lachen aus. »Wäre es Gold aus meiner Hand gewesen, hätte niemals jemand an der Echtheit gezweifelt. Haltet Ihr mich etwa für einen Stümper? Überlegt doch selbst einmal, seit wann mein Name in Verruf geraten ist.«

Seit Bernhard Hilden in die Zollfeste Zons zurückgekehrt ist, fuhr es Bastian durch den Kopf. Aber er behielt diesen Gedanken für sich, denn er wollte Wulfing nicht in die Karten spielen.

»Darüber werden die Schöffen urteilen«, sagte er stattdessen. »Begleitet Ihr uns nun freiwillig oder sollen wir Euch mit Waffengewalt zur Rückkehr bewegen?« Bastian betrachtete den dunkelhaarigen Mann, der vielleicht fünfzehn Winter älter war als er. Sein Äußeres erinnerte mit dem kurz geschorenen Haar und der einfachen Kleidung an einen Mönch. Der Mann war spindeldürr. Sein spitzes Kinn unterstrich den Eindruck, dass Wulfing hungerte. Aber das war nicht der Fall. Bastian wusste es besser, denn Wulfings Gestalt war schon immer so beschaffen gewesen.

Wulfing sah Bastian aus kleinen, beinahe schwarzen Augen an. In seinem Blick lag etwas Lauerndes, Gefährliches.

»Ihr wart so klein und tapfer, lieber Bastian. Könnt Ihr Euch eigentlich erinnern?«

Bastian schwieg. Er stand in seiner Schuld, aber

trotzdem würde er für Recht und Ordnung sorgen und Wulfing zurück in den Juddeturm bringen.

»Nun«, fuhr Wulfing fort, ohne auf Bastians Antwort zu warten. »Ich zweifle an der Wahrheitsfindung durch die Schöffen, mein Junge. Doch ich kehre unter einer Bedingung zurück: Ihr werdet meinen Namen wieder reinwaschen und Bernhard Hilden das Handwerk legen. Er hatte das falsche Gold nicht von mir. Sobald er den Mund aufmacht, kommen nichts als Lügen heraus.«

»Ich werde mich der Sache annehmen«, versprach Bastian. »Aber so lange müsst Ihr zurück ins Verlies. Mehr kann ich nicht für Euch tun.«

»Habe ich Euer Wort darauf?«, hakte Wulfing nach. Der Blick seiner schwarzen Augen bohrte sich in Bastians Seele.

Der Mann war ihm nicht geheuer, trotzdem nickte er. Er durfte sich nicht von Angst oder Vorurteilen leiten lassen, sondern musste Gerechtigkeit für jedermann schaffen.

Wulfing stieß einen Pfiff aus. Sogleich erschien ein rabenschwarzes Pferd.

»Also dann, geleitet mich zurück.« Wulfing Hohenthal setzte ein schiefes Lächeln auf und stieg auf seinen Rappen. Bastian fragte sich, wie der Alchemist durch das Dickicht reiten wollte. Sie hatten ihre Pferde an der Quelle zurücklassen müssen. Einen Augenblick lang stellte er sich vor, wie Wulfing das Gestrüpp durch Magie teilte und einfach hindurchritt. Doch schließlich stellte er fest, dass es anscheinend einen Weg gab, den er noch nicht kannte. Wulfing ritt voraus und führte sie zu der Quelle, an der ihre Pferde seelenruhig warteten.

»Was hast du mit diesem Kerl zu schaffen?«, flüsterte Wernhart, nachdem sie aufgesessen waren und dem Alchemisten durch den Wald folgten.

Bastian zuckte mit den Achseln. Es war ein Geheimnis, das viele Jahre alt war und das er nicht offenbaren konnte. Er schwieg.

»Weißt du denn nicht, dass Wulfing Hohenthal Menschenseelen frisst?« Wernhart bekreuzigte sich. »Er hat der Tochter einer Nachbarin ein Balg angehext.«

Viele Gerüchte rankten sich um die Zauberkünste Wulfing Hohenthals. Ginge es nach der einfachen Zonser Bevölkerung, gehörte der Mann am Galgen vor den Stadttoren aufgeknüpft oder noch besser als Hexer verbrannt. In höheren Kreisen jedoch besaß Wulfing einen achtbaren Ruf. Er hatte Krankheiten geheilt, an denen so mancher gelehrte Arzt gescheitert war.

»Du solltest auf deinen Verstand bauen und nicht die Flunkereien deiner Nachbarin verbreiten. Du weißt doch selbst, von wem der Bastard stammt. Es ist nicht zu übersehen.« Das Mädchen hatte sich mit einem Stallburschen eingelassen und war schwanger geworden. Der Junge, inzwischen sechs Jahre alt, war dem Vater wie aus dem Gesicht geschnitten. Wulfing Hohenthal hatte jedenfalls nichts damit zu tun.

»Aber er hat auch den alten Hubert umgebracht. Sein Name stand gleich neben dem Toten in Blut geschrieben«, beharrte Wernhart.

Bastian stöhnte. »Wir haben den Fall doch untersucht. Die Buchstaben waren überhaupt nicht lesbar. Ich denke, es waren nicht einmal welche. Sein Weib wollte eine Entschädigung von Wulfing. Deshalb hat sie behauptet, dass es sich auf dem Boden um seinen Namen handelt. Verdammt, Wernhart. Du hörst dich an wie ein Waschweib!«

»Aber er kann Menschen dazu bringen, ihm hörig zu sein!« Wernhart hörte einfach nicht auf. Er warf Bastian einen Blick zu, der zu sagen schien: Sieh dich doch selbst an. Du gehst viel zu mild mit ihm um.

Das Maß war voll. Bastian reichte es. Er griff nach den Zügeln von Wernharts Pferd und brachte es zum Stehen.

»Sieh doch. Jetzt reitet er uns davon!«, heulte Wernhart auf.

»Du fragst mich, was mit mir los ist?« Bastian war wütend. »Ich frage mich, was in dich gefahren ist.« Bastian betrachtete seinen Freund, dessen Lippen zu einem schmalen Strich verzogen waren. Er beschloss, einen Schritt auf Wernhart zuzugehen.

»Ich hatte vor vielen Jahren einmal mit Wulfing Hohenthal zu tun. Ich kann nur Gutes von ihm berichten. Glaube mir, Wernhart. Dieser Mann ist unheimlich, aber er steht zu seinem Wort.«

»Und wenn du dich irrst? Wenn er längst Besitz von deinem Verstand ergriffen hat und du ihm hörig bist?« Auf Wernharts Stirn erschien eine Sorgenfalte.

»Dann lass es uns einfach überprüfen. Wenn Wulfing am Juddeturm auf uns wartet, hat er jedenfalls Wort gehalten.« Bastian ließ Wernharts Zügel los und gab seinem Pferd die Sporen.

* * *

Elfriede weinte. Sie weinte Tränen des Schmerzes und der Hoffnungslosigkeit. Sie kannte den Mann nicht, der sich vor ihr aufgebaut hatte und ihr alles nehmen wollte, was sie liebte. Es war ihr im Traum nicht eingefallen, dass sie sich in Gefahr befänden. Denn sie war bei Georg, einem Hünen von Mann. Sie waren beide auf die Täuschung hereingefallen. Dabei hatten sie doch nur ihr Glück begießen wollen mit einem anständigen Tropfen Wein. Der Händler hatte ihnen seine Waren überzeugend angepriesen. Sie durften von jedem Fass reichlich probieren. Es sollte der Wein für die Hochzeitsfeier ausgewählt werden. Dafür wollte Elfriede eine besonders gute Wahl treffen. Sie schniefte. Im Augenblick wusste sie nicht einmal, ob es überhaupt eine solche Feier geben würde. Der Unbekannte stand mit einem Messer in der Hand neben ihr. Die Klinge blitzte kalt auf. Die Kerzen auf dem Tisch waren fast erloschen und eigentlich sollte sie längst zurück sein. Es ziemte sich nicht für ein Mädchen, schon vor der Vermählung allzu viel Zeit mit dem Zukünftigen zu verbringen, insbesondere nach Einbruch der Nacht. Elfriede konnte schon die Schimpftiraden ihrer Mutter in den Ohren klingen hören. Es war nicht das erste Mal, dass sie sich mit Georg traf. Obwohl sie bereits seit der Geburt einander versprochen waren und keine freie Wahl hatten, liebten sie sich. Sie waren von Anfang an füreinander bestimmt gewesen. Aber nun schien Gott seine Pläne geändert zu haben.

Elfriede fürchtete sich so sehr, dass sie am ganzen Körper zitterte. Der Weinhändler sagte etwas, aber sie konnte ihn nicht verstehen. In ihren Ohren rauschte es.

Ihr Herz schlug rasend schnell, fast wurde ihr schwarz vor Augen. Der viele Wein bereitete ihr Übelkeit. Sie hatte nur noch einen Wunsch. Sie wollte so rasch wie möglich nach Hause. Doch sie war am Stuhl festgebunden. Ihre Arme und Beine fühlten sich mittlerweile taub an. In ihren Fingerspitzen puckerte es dumpf. Sie konnte einzig ein paar Drehungen mit dem Kopf ausführen und mit den Füßen wackeln. Obwohl sie in der Lage war, wegzusehen, vermochte sie es nicht. Wie gelähmt sah sie zu, wie der Fremde sich Georg zuwandte, der die Augen zornig zu schmalen Schlitzen zusammengezogen hatte. Im Gegensatz zu ihr schien er keine Angst zu haben. Er ruckelte an seinen Fesseln, rutschte unmerklich mit dem Stuhl über die Holzdielen, allerdings ohne sich befreien zu können. Ein tiefes, wütendes Glucksen drang aus seiner Kehle, eine Art Urschrei, der jedoch durch den Knebel gedämpft wurde. Nicht einmal die dünnen Wände des Holzhauses konnte er durchdringen.

»Würdet Ihr Euer Leben für sie geben?«, fragte der Fremde und hielt seine Klinge so, dass ein kräftiger Stoß unausweichlich in Georgs Kehle geendet hätte.

Georg nickte und schloss die Augen. Wieder schluchzte Elfriede, ergriffen davon, wie sehr er sie liebte. So sehr, dass er für sie in den Tod gehen würde. Der Fremde drehte sich um und starrte sie an. Ein Grinsen breitete sich auf seinem Gesicht aus.

»So ist es gut, Weib«, sagte er und ließ von Georg ab. »Deine Tränen sind wunderschön.« Er kam näher und leckte die Feuchtigkeit aus ihrem Gesicht. Elfriede wurde speiübel, als seine glitschige, raue Zunge sie berührte. Georg knurrte zornig auf. Was wollte dieser Teufel nur von ihnen? Labte er sich etwa an ihrem Leid? Wie konnte jemand nur derartig verkommen sein?

»Ich möchte, dass Ihr mir all Euren Kummer zeigt. Weint, und lasst mich sehen, wie Euer kleines Herz blutet.«

Die Worte dieses Teufels überfluteten Elfriede mit eisiger Kälte. Zitternd sah sie ihn wieder zu Georg hinübergehen. Sie betrachtete das Gesicht ihres Geliebten. Georg blickte sie an. In seinen Augen strahlte innige Liebe. Es war ein helles unbesiegbares Leuchten. Für einen winzigen Moment verlor sie sich in dem Glauben an die Unsterblichkeit ihrer Liebe.

Doch unvermittelt zog der Fremde die Schlinge um seinen Hals fester zusammen. Georg röchelte. Er hielt den Blickkontakt zu Elfriede, selbst als sein Kopf kraftlos nach vorn sank. Ein leerer Metkrug verhinderte, dass Georgs Kinn bis auf die Brust sank. Elfriede nahm die Handgriffe des Fremden nicht mehr wahr. Sie sog Georgs Todeskampf in sich auf und fühlte mit jeder Faser ihres Körpers seinen Schmerz. Eine einzelne Träne lief über seine Wange wie ein kurzer Abschiedsgruß. Dann wurde sein Blick leer. Georg war tot, und mit ihm starb alles in Elfriede. Fassungslos und betäubt nahmen ihre Augen die grausame Wirklichkeit auf. Sie rang nach Atem und zerrte einen Moment erschöpft an ihren Fesseln, doch sie hatte keinen Willen mehr und ergab sich schließlich. Ohne Georg hatte das Leben ohnehin keinen Sinn. Sie starrte in seine toten Augen und wünschte sich nur noch eines: Der Schmerz sollte aufhören. Sie wollte nichts mehr sehen oder hören oder fühlen. Als der Mörder ihres Geliebten sich neben sie stellte, wehrte Elfriede sich nicht. Die Schlinge um ihren Hals zog sich qualvoll zusammen. Vor ihren Pupillen tanzten grelle Blitze. Unwillkürlich schnappte sie nach Luft. Vergeblich, ihr Kehlkopf drückte sich nach innen. Sie konnte spüren, wie das Leben binnen weniger Herzschläge aus ihr entwich. Es tat fast gar nicht mehr weh. Eine seltsame Ruhe erfasste sie. Das Sterben war vollkommen anders, als sie es sich vorgestellt hatte. Statt gleißenden Lichts und glockenheller Engelsstimmen umfing sie die Finsternis der Hölle, gepaart mit einer unheimlichen Kälte, die langsam von ihren Zellen Besitz ergriff. Das Letzte, was sie sah, war ein Salbenfläschchen, das an ihre Wange gedrückt wurde. Dann versagten ihr die Augen den Dienst und Elfriedes Herz hörte für immer auf zu schlagen.

IV

GEGENWART

Leonie hockte auf ihrem Bett und starrte auf das Smartphone. Die Polizei hatte drei Videoaufnahmen von der Geburtstagsfeier im Ausbildungsraum ausfindig gemacht. Die Aufnahmen kursierten inzwischen im Internet, waren Hunderte Male geteilt und abgespielt worden. Sämtliche Personen darauf waren identifiziert, auch der Fremde, der als dringend tatverdächtig galt. Obwohl dieser jeden Tag im Ausbildungszentrum des Chemiewerks zubrachte, war er Leonie nie zuvor aufgefallen. Sie spielte das Video erneut ab und betrachtete das blasse Gesicht des unscheinbaren Mannes, der sich hinter dem Tisch mit den Plastikbechern – vielleicht zwei Meter entfernt von Pia und Frauke – aufhielt. Er war schuldig, das hatte Leonie im Urin. Wer sonst sollte Pia vergiftet haben? Sicherlich niemand, den sie kannte, und inzwischen war ihr jeder einzelne Auszubildende des Jahrgangs bekannt. Sie hatte zusammen mit Frauke alle Namen hoch und runter diskutiert. Sie hatten stundenlang geprüft, wer wann und wo im Raum gestanden hatte. Sie versuchten sich, so gut wie es ging, an den schrecklichen Vorfall zu erinnern. Zu jedem Namen gab es eine Notiz für den Zeitraum vor Beginn des Kurses, währenddessen und danach. Natürlich hatte die Polizei dieselben Erwägungen angestellt. Leonie indes fühlte sich verpflichtet, alles in ihrer Macht Stehende zu tun, um Pias Mörder zu finden. Er sollte im Gefängnis verrotten. Eine Träne bahnte sich den Weg aus ihrem Augenwinkel. Sie wollte nicht schon wieder weinen. Die Trauer ließ sich jedoch nicht so leicht verdrängen. Es war ja auch noch keine achtundvierzig Stunden her, seit sie ihre beste Freundin verloren hatte.

Sie starrte auf die Videoaufnahme und fragte sich, wie lange die Kriminalpolizei noch benötigte, um einen Haftbefehl gegen den Täter zu bekommen. Ein wenig kannte sie sich mit diesen Vorgängen aus. Zuerst ermittelte die Kripo, anschließend kam die Staatsanwaltschaft hinzu, die den Verbrecher vor Gericht brachte, wo er schließlich seine gerechte Strafe bekam. Im Moment befanden sie sich immer noch in Phase eins. Leonie schloss eine Sekunde die Augen. Plötzlich fegte ein Erinnerungsfetzen durch ihren Geist. Hatte sie den Täter vielleicht doch schon einmal gesehen, oder kam es ihr lediglich so vor, weil sie sich die Videos viel zu oft angesehen hatte? Irgendwie kam er ihr mit einem Mal bekannt vor. Bisher hatte Kriminalkommissar Oliver Bergmann sie nur darüber informiert, dass die Identität der Person festgestellt worden war. Mehr hatte er nicht mitteilen wollen. Leider kannte Leonie weder den Namen noch wusste sie, ob er Mitarbeiter des Chemieparks war oder sich irgendwie unbefugt Zutritt zum Gelände verschafft hatte. Insbesondere der letzte Aspekt war ihr unheimlich. Was, wenn dieser Typ Pia und womöglich ihre ganze Wohngemeinschaft wochenlang beobachtet hatte? Vielleicht hatte er gleich dort vor dem Haus unter der Laterne oder hinter dem großen Baum gestanden und jeden Abend verfolgt, wie sie gemeinsam gekocht und gegessen hatten. Wie ferngesteuert stand Leonie auf und warf einen Blick aus dem Fenster. Ja, der Baum war ein perfekter Beobachtungsposten. Sie kniff die Augen zusammen und nahm Maß. Die Entfernung war nicht sonderlich groß. Mit normaler Sehstärke hätte dieser Mistkerl so einiges mitbekommen können. Entsetzt betrachtete sie die dünne Gardine vor dem Fenster, die mehr preisgab, als sie verbarg. Derselbe transparente Stoff hing auch in der Küche und in Pias Zimmer vor dem Fenster. Alles, was diese Vorhänge vollbrachten, war, das Bild der Bewohnerinnen ein wenig weichzuzeichnen. Ungesehen konnte man sich dahinter nicht bewegen. Sie würde sich eine Notiz auf ihrer Merkliste machen und diesen Punkt mit Frauke besprechen. Sie hatten sogar schon darüber nachgedacht, sich eine andere Wohnung zu suchen. Der Anblick von Pias leerem Zimmer, ihrem leeren Stuhl in der Küche und ihren Sachen, die noch überall herumlagen und den Eindruck vermittelten, sie käme jeden Augenblick wieder, war zu schmerzhaft.

Wieder startete Leonie das Video. Eine bestimmte Szene hatte sie jetzt schon gut hundert Mal betrachtet. Der Verdächtige, der möglicherweise ihre Freundin auf dem Gewissen hatte, näherte sich dem Tisch, vor dem

Pia und Frauke standen. Auch sie selbst war etwas abseits zu sehen. Sie flirtete gerade mit Robin. Dann passierte es. Der Fremde hockte sich hin – einfach so – und verschwand unter dem Tisch. Leonie vergrößerte die Ansicht, auch zum hundertsten Male, ohne jedoch zu erkennen, was dieser Typ dort überhaupt tat. Leonie verkrampfte sich. Es musste doch zu sehen sein, wie dieser Verrückte etwas in Pias Becher schüttete. Eine Hand sollte in dieser Videosequenz unter der Tischplatte hervor auftauchen, sich bis zum Becher vorbewegen und ein Pulver oder eine Flüssigkeit in Pias Becher geben. Aber nichts dergleichen war zu sehen. Leonie betrachtete die Becher, die unberührt auf der Tischplatte standen. Der Fremde tauchte wieder unter dem Tisch auf und ging einfach so aus dem Bild. Unauffälliger hätte das kein Schauspieler hinbekommen. Er schlurfte wie ein alter Mann davon.

Mit einem Mal fesselten Leonie die Plastikbecher. Bisher hatte sie noch gar nicht weiter darüber nachgedacht. Doch jetzt fragte sie sich, welcher dieser Becher eigentlich ihrer gewesen war. Jemand hatte ihr eine Bierflasche in die Hand gedrückt und dann hatte sie den Becher bis knapp zur Hälfte gefüllt, da war sie sich ganz sicher. Anschließend hatte sie mit Robin gesprochen. Sie hatte ein wenig mit ihm geflirtet, ihr Bier jedoch noch nicht angerührt. Ihr Becher war nur halb voll, die ihrer Mitbewohnerinnen ebenfalls. Sie zoomte die Stelle auf dem Video heran. Von außen konnte man unmöglich feststellen, wie viel Flüssigkeit sich jeweils in den weißen Plastikbechern befand. Leider zeigte die Aufnahme auch nicht, wie Leonie ihr Bier abstellte. Im entscheidenden Moment schwenkte die Kamera zu den anderen beiden Geburtstagskindern hinüber. Das war nicht verwunderlich, denn bis zu dem schrecklichen Mord waren sie schließlich die Hauptpersonen der Feier gewesen. Leonie schloss die Augen, um sich zu erinnern. Etwas in ihr vibrierte. Sie hatte ein wichtiges Detail übersehen, das war ihr von Anfang an klar gewesen. Deshalb konnte sie nicht aufhören, die Videos anzuschauen. Doch jetzt, als sie begriff, was es war, erwischte es sie eiskalt. Leonie sprang auf und rannte auf die Toilette. Sie übergab sich heftig. Das komplette Frühstück, einschließlich des Kaffees, bahnte sich den Weg durch ihre Speiseröhre bis in die Toilettenschüssel. Panik übermannte sie. Irrte sie sich vielleicht, fragte sie sich keuchend. Sie sank auf ihrem Bett zusammen und betrachtete die Aufnahme abermals. Zitternd schüttelte sie den Kopf. Nein. Sie lag nicht daneben. Sie sah es ganz deutlich. Die Filmsequenz, die zeigte, wie Pia auf dem Boden lag, schwenkte nur ein paar Sekunden hoch zum Tisch. Zwei Becher standen noch darauf. Der Becher aus der Mitte fehlte. Er lag in Pias sterbender Hand. Der Becher mit dem Gift. Mit dem Gift in dem Bier, das Pia getötet hatte. Die Erkenntnis traf sie wie ein Schlag. Sie fand kaum Worte für das, was sich in ihrem Kopf festsetzte. Ihr Gehirn weigerte sich, die Erinnerung in eine verständliche Sprache zu transferieren. Doch das war im Grunde auch nicht nötig. Denn sie wusste es so oder so. Das Gift, das Pia zu sich genommen hatte, war in ihrem Becher gewesen. Sie hatte ihn in der Mitte abgestellt.

* * *

Anna wollte eigentlich ein wenig Abstand zu Maximilian schaffen, aber sie brachte es nicht fertig. Seine Hände wanderten über ihren Rücken und hinterließen das prickelnde Gefühl von Champagner auf ihrer Haut. Sie schmolz regelrecht dahin. Seine Lippen forderten mehr von ihr, und fast hätte sie vergessen, dass sie sich in einer öffentlichen Bibliothek befanden. Zwar waren sie durch die deckenhohen Bücherregale vor neugierigen Blicken geschützt. Trotzdem verirrte sich ab und zu ein Leser in die abgelegene Ecke mit Spezialliteratur, auf die nur selten zurückgegriffen wurde. Sie stöhnte leise auf, als Maximilians Hände über ihre Oberschenkel streiften und dort kreisten. Er war ihr beinahe etwas zu frech. Andererseits mochte sie seine stürmische Leidenschaft, die sie mitriss wie eine Monsterwelle auf hoher See. Maximilian brachte sie dazu, völlig neue Gefühle zu entdecken. Nie und nimmer hatte sie in ihrem Leben eine solche Lust empfunden. Fast schämte sie sich ein wenig für die unanständigen Fantasien, die in ihrem Kopf aufstiegen, sobald sie auch nur in die Nähe dieses Mannes kam oder an ihn dachte.

Aus dem Augenwinkel registrierte sie Emily. Ihre beste Freundin lief auf der anderen Seite des Regales entlang, ohne Anna und Maximilian zu bemerken, die sich geschützt durch die Bücherwand nicht einmal einen Meter von ihr entfernt aufhielten.

Anna richtete den Blick auf Maximilian, der mit geschlossenen Augen die Gegend um ihren Bauchnabel erforschte. Ein Schwarm Schmetterlinge erhob sich in

Annas Innerem und flatterte wild durcheinander. Sie betrachtete seine ebenmäßigen Gesichtszüge, die blonden, ein wenig strubbeligen Haare und die hohen Wangenknochen, in die sie regelrecht vernarrt war. Noch immer konnte sie ihr Glück nicht fassen. Nachdem sie jahrelang von Bastian Mühlenberg aus dem Mittelalter geträumt hatte, der so eng mit ihr verbunden schien, dass sie ihn vorübergehend fast für real hielt, war plötzlich Maximilian in ihr Leben gestoßen. Und das im wahrsten Sinne des Wortes. Anna hatte beim Ausparken sein Auto gerammt. Sie war vor Schreck fast erstarrt, als sie den lebendig gewordenen Mann ihrer Träume vor sich sah, der sich später auch noch als Nachfahre des vor über fünfhundert Jahren in Zons lebenden Bastian Mühlenberg herausstellte. Nach so vielen unglaublichen Zufällen hielt sie ihre Träume schlicht für Prophezeiungen und Maximilians Auftauchen für deren Erfüllung.

Anna war vor Maximilian eine ganze Weile Single gewesen. Sie hatte sich in die Arbeit gestürzt und Karriere in einer Düsseldorfer Bank gemacht. Sie konnte extrem sachlich sein und ihre Gefühle völlig ausblenden. Außer ihrer besten Freundin Emily hatte es in der Zeit vor Maximilian niemand mehr durch den dicken Schutzwall geschafft, den sie um ihr Innerstes aufgetürmt hatte. Emily und die merkwürdigen, aber gleichzeitig auch bestärkenden Träume von Bastian Mühlenberg waren damals ihr einziger Halt gewesen, bis zu dem Crash mit Maximilian. Sie erinnerte sich noch gut an die Zeit, als Emily mit Kriminalkommissar Oliver Bergmann zusammenkam, und daran, wie sie die beiden um ihre Innigkeit beneidet hatte. Emily und Oliver waren einfach wie füreinander geschaffen. Seit Kurzem lebten sie sogar in einer gemeinsamen Wohnung. Anna versuchte sich vorzustellen, wie es wäre, jeden Morgen neben Maximilian aufzuwachen. Seine Finger drangen gerade unter ihrem T-Shirt zu ihren Brüsten vor. Anna kicherte.

»Was ist?«, fragte Maximilian heiser und blickte sie aus tiefbraunen Augen an.

»Emily ist da«, flüsterte Anna und bereute ihren Satz im selben Moment. Denn er zog seine Hände blitzschnell unter ihrem T-Shirt heraus und schielte durch das Regal. Seine Wangen waren gerötet. Er sah unheimlich sexy aus.

»Du meine Güte. Sie steht keine drei Meter von uns entfernt«, raunte Maximilian überrascht in ihr Ohr. Er wischte mit dem Handrücken über die Lippen und zog sein Shirt zurecht.

Anna grinste. Die plötzliche Schüchternheit passte gar nicht zu ihm. Aber in diesem Fall ähnelten sie einander. Maximilian konnte sehr distanziert wirken. Er studierte Medizin im letzten Semester und hatte bereits professionelle Zurückhaltung gelernt. An der Düsseldorfer Universität wollte er sich auf Kindermedizin spezialisieren. Teilweise nahmen ihn die schweren Fälle auf der Kinderstation stark mit. Das war der Grund, warum er wie jeder andere Arzt lernen musste, eine gewisse emotionale Distanz zu wahren, wenn er gleichzeitig einen guten Job machen wollte.

»Bist du so weit?«, fragte Maximilian und wartete,

bis Anna ihr Oberteil glatt gestrichen hatte. Er trat zur Seite und überließ ihr den Vortritt.

»Emily, schön, dass du da bist.« Anna begrüßte ihre beste Freundin, musterte sie jedoch gleich besorgt. »Alles in Ordnung? Du siehst so müde aus.«

Emily rieb sich die Augen. »Ich habe die ganze Nacht durchgearbeitet. Ich muss bis heute Abend meine Reportage fertig haben und stecke voll im Stress. Ich bin eigentlich nur kurz vorbeigekommen, um Unterlagen auszuleihen. Können wir unser Treffen verschieben?«

Emily wollte Maximilian bei der Recherche für einen Seminarbeitrag helfen. Sie war Journalistin und kannte sich insbesondere in der Geschichte des Mittelalters gut aus. Sie hatte bereits eine mehrteilige Artikelserie hierzu verfasst. Da Maximilian über die historische Entwicklung von Kinderkrankheiten schreiben wollte, war Emily die ideale Unterstützung.

»Kein Problem«, sagte Maximilian. »Mach erst einmal deine Reportage fertig und wir treffen uns einfach morgen wieder.« Er lächelte.

Emily nickte dankbar. »Prima. Dann sehen wir uns morgen.« Sie umarmte Anna kurz zum Abschied und gab Maximilian die Hand. Anschließend verschwand sie hinter ein paar Regalreihen.

»Dann sind wir jetzt wohl wieder allein«, stellte Anna fest.

Maximilian neigte den Kopf zur Seite. »Du hast recht. Ich finde es ehrlich gesagt gar nicht verkehrt, dass wir noch Zeit für uns haben.« Er funkelte Anna an und zog sie zurück hinter die Regalreihe. »Wie wäre es, wenn wir genau da weitermachen, wo wir gerade aufgehört haben?«

* * *

»Fangen wir noch einmal mit Ihren Personalien an«, sagte Oliver und pochte dabei mit dem Kugelschreiber auf ein Blatt Papier, das vor ihm auf dem Tisch im Vernehmungsraum lag. Sein Gegenüber war der einzige Teilnehmer an der tragischen Veranstaltung gewesen, der nicht zu dem Ausbildungsgang gehörte. Er hatte ihn schon einmal vernommen, doch dieses Mal war der Anwalt des Verdächtigen anwesend. Oliver sah auf und betrachtete den Mann mit den grau melierten Haaren, der kerzengerade neben seinem Mandanten saß und somit fast einen Kopf größer wirkte. Mirko Rossbach dagegen war in sich zusammengesackt. Seit sein Anwalt mit im Spiel war, schwieg er weitestgehend. Er warf dem Mann im Anzug einen fragenden Blick zu. Dieser nickte knapp.

»Mein Name ist Mirko Rossbach.« Der Verdächtige nannte die Kölner Adresse, unter der er gemeldet war, und gab an, siebenundzwanzig Jahre alt zu sein.

»Wie lange sind Sie schon in der Haustechnik im Chemiepark tätig?«, fuhr Oliver fort. Er kannte die Antwort bereits. Nachdem er mit Klaus die Handyvideos analysiert hatte, hatten sie nicht lange gebraucht, um den Fremden zu identifizieren, der um die ermordete Pia Brockmann herumgeschlichen war. Mirko Rossbach arbeitete für eine externe Facility- Management-Firma, die für die komplette Gebäudebetreuung zuständig war. Dazu gehörten einfache Hausmeister-dienste, aber auch die Instandhaltung der technischen Anlagen, wie zum Beispiel die Belüftungsanlagen oder die Beamer in den Unterrichtsräumen.

»Ich bin seit fast fünf Jahren dort tätig«, erwiderte der junge Mann mit dem von feinen Narben gezeich-neten Gesicht, die vermutlich auf eine starke Akne in der Pubertät zurückzuführen waren.

»Und was hatten Sie am fraglichen Tag im Ausbil-dungsraum zu suchen?« Auch diese Antwort kannte Oliver. Allerdings leuchtete ihm Rossbachs Erklärung keinesfalls ein.

»Ich habe den Beamer überprüft. Das ist reine Routine und ich mache das jede Woche.« Die Stimme des Verdächtigen klang gedehnt, beinahe gelangweilt.

»Der Beamer befindet sich oben an der Decke des Unterrichtsraumes. Auf der Ihnen bekannten Videoauf-nahme sitzen Sie unter einem Tisch, in nächster Nähe zu Pia Brockmann.«

Rossbach zuckte mit den Achseln. »Na und? Ich habe die Fernbedienung geprüft und, weil ich schon einmal dabei war, auch den Stromanschluss des Projek-tors. Die Steckdosen befinden sich unter der Tischplatte.«

Das hatte Oliver bereits kontrolliert. Sie hatten im Mülleimer sogar die ausgetauschten Batterien der Fern-bedienung gefunden. Trotzdem war es ein beachtlicher Zufall, dass Mirko Rossbach sich gerade zu diesem Zeit-punkt im Unterrichtsraum aufgehalten hatte.

»Führen Sie diese Kontrollen normalerweise nicht durch, wenn der Unterrichtsraum leer ist?«

CATHERINE SHEPHERD

Rossbach nickte. »Stimmt. Es war ja offiziell auch Pause. Ich konnte doch nicht wissen, dass da an dem Tag eine Party stattfindet.«

Oliver blieb skeptisch und hakte nach. »Wäre es nicht üblich gewesen, in diesem Fall erst einen anderen Unterrichtsraum zu kontrollieren und wiederzukommen, wenn der Raum leer ist?«

Der Anwalt machte eine schnelle Handbewegung und fuhr dazwischen, bevor Rossbach antworten konnte. »Lieber Herr Bergmann, ich frage mich vielmehr, ob es üblich ist, meinem Mandanten Handlungen zu unterstellen, die jeglicher Grundlage entbehren? Ist es nicht vielmehr merkwürdig, dass gerade an diesem Tag vormittags eine Party im Unterrichtsraum stattgefunden hat? Wenn wir uns schon darüber unterhalten, was normal ist und was nicht, so müssen Sie mir zustimmen, dass eine Party zu dieser Uhrzeit äußerst ungewöhnlich ist!« Er hob den Zeigefinger wie ein Oberlehrer. »Hinzu kommt, dass mein Mandant von der Geburtstagsfeier nichts gewusst hat. Sämtliche Auszubildenden waren hingegen genauestens informiert. Der Mord, falls es sich denn um einen handelt, war sicherlich keine Tat im Affekt. Diese Tat bedurfte genauester Planung, und schon an diesem Punkt schlägt Ihre komplett aus der Luft gegriffene Vermutung fehl.« Der Anwalt plusterte sich auf und warf Oliver einen arroganten Blick zu. »Mein Mandant war über diese Party nicht informiert. Folglich konnte er auch keine Straftat planen. Ich wäre Ihnen daher sehr verbunden, wenn Sie Ihre restlichen Fragen stellen und uns dann entlassen könnten.«

Mirko Rossbach grinste. Ihm schien die Predigt seines Anwalts zu gefallen. Oliver hingegen schäumte vor Wut. Was bildete sich dieser abgehobene Rechtsverdreher bloß ein? War ihm der Tod der jungen Frau völlig egal? Er musste sich doch auch fragen, was Rossbach unter dem Tisch zu suchen hatte.

»Sehen Sie, Herr Bergmann.« Der Anwalt sah Oliver kühl an. »Es existiert nicht ein einziger Videoausschnitt, in dem mein Mandant mit dem Becher der Toten in Berührung kommt. Vielleicht hat die Dame das Gift auch schon vorher eingenommen oder es ist ihr noch auf eine ganz andere Art und Weise zugeführt worden ... Ach, was rede ich da ...« Er schlug sich gekünstelt mit der Hand gegen die Stirn. »Sie sind ja der leitende Ermittler. Es ist Ihre Aufgabe, den Hergang aufzuklären.«

Oliver ließ sich nichts anmerken, aber innerlich kochte er. Er hatte schon oft mit Anwälten zu tun gehabt. Viele von ihnen hatten ihn genervt und sogar in die Enge getrieben, aber dieser hier brachte das Fass zum Überlaufen.

»Nun, ich denke, wir verfolgen alle dasselbe Ziel. Wir wollen den oder die Täter fassen.« Olivers Stimme hörte sich ruhig, jedoch auch irgendwie fremd an. Eine Sekunde lang war er selbst erstaunt über seine äußerliche Gelassenheit. »Natürlich gibt es keinen Videoausschnitt, der Herrn Rossbach in Verbindung mit dem Becher bringt. Trotzdem hatte er zu Pia Brockmann den geringsten Abstand. Es ist deshalb gut möglich, dass er etwas gesehen oder gehört hat, was zur Aufklärung dieses Mordes beitragen könnte.«

Von einem Mordfall gingen sie inzwischen aus, auch wenn die Ergebnisse der Obduktion noch nicht vorlagen. In der Wohnung des Opfers wurde kein Abschiedsbrief gefunden. Der Kalender war randvoll mit Aufgaben und Verabredungen für die nächsten Wochen und Monate. Es gab keinerlei Hinweise auf eine depressive Erkrankung oder sonst irgendwelche Dinge, die auf einen Selbstmord schließen ließen. Oliver seufzte und zog ein Blatt Papier aus einem Aktenordner hervor.

»Wie erklären Sie sich eigentlich diesen Beleg?« Er drehte das Papier so herum, dass sowohl Rossbach als auch sein Anwalt es lesen konnten.

»Ist das ein Original?«, wollte der Anwalt nach einer Weile wissen. Diesmal richtete sich sein Blick auf Mirko Rossbach, der sofort noch mehr zusammenschrumpfte.

»Ich hatte nicht mehr daran gedacht«, murmelte er leise und fuhr sich nervös mit den Fingern durchs Haar.

Endlich hatte Oliver den Mann da, wo er ihn von Anfang an hinhaben wollte. Der Kerl saß in der Klemme. Er drehte das Blatt zu sich herum und tippte auf das Datum in der rechten oberen Ecke.

»Wenn ich das richtig sehe, ist dieser Reparaturauftrag erst zwei Tage alt.« Er machte eine kurze Pause, um seinen Worten mehr Nachdruck zu verleihen. Der Projektor, den Rossbach überprüft hatte, war schon vorher defekt gewesen. Er selbst hatte das festgestellt und einen Auftrag für die Reparatur geschrieben. Das Gerät sollte innerhalb der nächsten Tage abgeholt werden. Demnach war es also völlig überflüssig gewesen, den Stromanschluss unter dem Tisch zu kontrollieren. »Warum also haben Sie einen defekten Projektor überprüft?«

Rossbachs Anwalt atmete tief aus. »Nun. Ich denke, mein Mandant hat sich einfach nicht mehr daran erinnert. Es ist ja schließlich nicht das einzige Gerät in dem Gebäude.«

»Ihr Mandant hat den Reparaturauftrag selbst erstellt und abgeschickt. Außerdem wird ihm von seinem Chef bescheinigt, ein gründlicher und zuverlässiger Mitarbeiter zu sein. Es ist schwer vorstellbar, dass ihm ausgerechnet dieses Detail entfallen sein soll.« Oliver schwieg und musterte Mirko Rossbach, der seinen Blick starr auf die Tischplatte gerichtet hatte und den Kopf schüttelte. Jetzt wirkte er eingeschüchtert. Hätte er vorhin nicht schadenfroh gegrinst, als sein Anwalt loslegte, würde Oliver Mitleid für ihn empfinden. So jedoch war er sich nicht sicher, ob Rossbach nur eine Rolle spielte, die sein Anwalt ihm vorher angetragen hatte. Er konnte Rossbach bisher nichts nachweisen, aber er würde ihn im Auge behalten.

An der Tür klopfte es.

»Die Obduktionsergebnisse sind endlich da«, erklärte Klaus, der den Kopf zur Tür hereinsteckte.

Oliver erhob sich. »Sie halten sich bitte zur Verfügung.« Er ließ Rossbach und seinen Anwalt gehen. Er hatte keinen Grund, sie weiter festzuhalten. Noch nicht.

* * *

Er lag auf dem Bett und starrte an die Decke. Im Zimmer war es stockdunkel. Trotzdem bildete er sich ein, Schatten zu sehen. Und das, obwohl er die Rollläden heruntergelassen hatte und wusste, dass das Licht der Straßenlaternen nicht durch die Fenster dringen konnte. Er hatte schon immer zu viel Fantasie besessen und auch im Moment schien sie ihm wieder einen Streich zu spielen. Schuld daran war ganz sicher sein Nervenkostüm, das so löchrig war wie nie zuvor. Viel mehr hätte in den letzten Tagen nicht schiefgehen können. Es grenzte nahezu an ein Wunder, dass er jetzt in seinem Bett lag und nicht in einer Zelle steckte. Sein Kopf dröhnte dumpf. Die Migräne setzte ihm in dieser Nacht besonders stark zu. Es war, als ob sich alle Probleme als Nadelkissen in seinem Gehirn manifestieren würden. Egal, wie er sich bettete oder wie dunkel er das Zimmer hielt, irgendwo an seinem Schädel pochte weiterhin ein heftiger Schmerz. Die Befragung durch die Polizei hatte ihn geradezu in Panik versetzt. Zudem war er sich nicht sicher, ob er wirklich schon aus dem Schneider war. Die Miene des leitenden Kriminalbeamten war undurchschaubar gewesen. Dieser Mann verstand sein Handwerk und ließ sich nicht so leicht in die Karten blicken. Andererseits konnte er auch gut pokern. Er war durchaus in der Lage, es mit einem solchen Kaliber aufzunehmen. Allerdings musste er dazu ruhig bleiben und die Nerven behalten. Bisher war sein Plan komplett in die Hose gegangen. Er würde Nachschub besorgen müssen und dieses Mal durfte ihm kein Fehler unterlaufen. Nicht nur, dass er für nichts und wieder nichts getötet hatte. Er hatte auch noch Spuren hinterlassen. Beliebig konnte er das nicht wiederholen, wenn er nicht auffliegen wollte. Dann wäre alles umsonst gewesen, und das durfte nicht sein.

Ein Lächeln huschte über sein Gesicht, als sich einer der Schatten in eine weibliche Silhouette verwandelte. Die Sehnsucht übermannte ihn. Er seufzte gedankenverloren. Immerhin schien das Schicksal es gut mit ihm zu meinen, denn es hatte seinen schrecklichen Fehler einfach so umgelenkt. Er konnte noch immer nicht glauben, was passiert war. Er hatte die Auszubildende nicht töten wollen. Andererseits hatte ihr Tod seinen Engel vor dem vorzeitigen Dahinscheiden bewahrt. Ein solcher Fehler würde ihm ganz sicher nicht wieder unterlaufen. Er hatte viel zu viel Vertrauen in diese Formel gelegt. Dabei hätte er wissen müssen, dass die Anwendung jeglicher Substanzen eines vorherigen Experimentes bedurfte. Erneut entfuhr ihm ein tiefer Seufzer. Er schüttelte den Kopf über seine eigene Dummheit. Nur gut, dass er Glück im Unglück hatte.

Nicht auszumalen, wie er sein Leben ohne sie führen sollte. Es wäre sinnlos. Gleich als er sie das erste Mal sah, wurde ihm klar, dass es für ihn nur diese eine Frau geben konnte. Und diesmal würde er sein Schicksal selbst in die Hand nehmen. Mit einem Kloß im Hals dachte er an sein Leben im Schatten zurück. Eine Kindheit, in der er immer nur hinten anstand, weil der ältere Bruder ihn stets ausstach. Sosehr er sich auch bemühte, er wurde einfach nicht gesehen. Er war wie unsichtbar. Alles drehte sich um den Erstgeborenen. Für seine Mutter war er praktisch Luft, ein nutzloses Anhängsel, das gefüttert und angezogen werden musste – mehr nicht. Er war ungewollt hinzugekommen, entstanden in den Sekunden eines Höhepunktes, der nichts anderem als Unachtsamkeit und zu viel Alkohol geschuldet war. Mehr als einmal hatte seine Mutter diese Geschichte erzählt, kichernd, mit geröteten Wangen und anschließend ernstem Blick, wenn sie das Ergebnis vor sich sah. Während ihre Augen noch heute strahlten, wo sie als körperliches Wrack im Rollstuhl saß, sobald sein Bruder auch nur den Raum betrat, hatte sie für ihn nichts als einen leeren Blick übrig. Und das, obwohl er sich um sie gekümmert hatte, als es mit ihr bergab ging. Egal, was er tat, es war nie genug.

Doch das sollte sich ändern. Er würde nicht länger im Schatten leben, sondern auf die Sonnenseite wechseln. Er hatte alles, was er dafür benötigte. Nur eine wichtige Zutat fehlte ihm noch. Plötzlich erfasste ihn der Ehrgeiz. Obwohl es mitten in der Nacht war, sprang er auf. Nur mit der Pyjamahose bekleidet, ging er in die Küche. Dort, zwischen all den Brennern und Glaskolben, lag es, das Buch des Wissens, wie er es nannte. Es beinhaltete uralte Geheimnisse, die den meisten Menschen seiner Generation völlig entfallen waren. Wahrscheinlich würden es viele von ihnen als Schabernack abtun. Er hingegen hatte den Wert dieser Seiten erkannt. Er nahm das abgegriffene Buch und ging damit zurück ins Zimmer. Er setzte sich vor seinen Computer, diesmal würde er gründlicher vorgehen. Er öffnete die Datei und wartete geduldig, bis die hochauflösenden Bilder geladen waren. Anschließend klickte er sich durch eine Unmenge an fröhlichen, lachenden Gesichtern. Dabei kam es ihm weniger auf die Attraktivität als auf den Ausdruck in ihren Augen an. Er wusste genau, wonach er suchte. Es war eine Mischung aus Glanz und Tiefe, eine Intensität, die nur durch echte Gefühle hervorgerufen wurde und die man nicht vortäuschen konnte. Er ging systematisch vor und legte sich eine neue Datei an, die er unter dem Namen *Vorauswahl* abspeicherte. Sobald er mit allen Bildern durch wäre und die Spreu vom Weizen getrennt hätte, würde er einen zweiten Blick auf die favorisierten Fotos werfen. Nur ganz kurz tauchte sein Gewissen auf und stellte ihm die bohrende Frage, ob er tatsächlich das eigene Glück auf dem Unglück anderer aufbauen wollte. Er schob die Frage jedoch energisch beiseite. Er hatte ein Ziel, und dafür war ihm jedes Mittel recht. Als ihm vor Müdigkeit die Augen zufielen, beschloss er, wieder ins Bett zu gehen. Unmittelbar bevor er einschlief, starrten ihn die Augen der sterbenden Frauen und Männer an. Doch er schreckte nicht vor ihrem vorwurfsvollen Blick zurück, im Gegenteil. Er schlief mit dem beruhigenden Gefühl ein, endlich Macht zu besitzen. Er war keine Luft mehr, und die Augen dieser Menschen hatten kurz vor ihrem Tod ein allerletztes Bild auf ihre Netzhäute gebrannt: sein Gesicht.

Oliver schlief unruhig. So ging es ihm immer, wenn er einen neuen Fall auf dem Tisch hatte und noch keine aussagekräftigen Hinweise auf den Täter vorlagen. In einer unendlichen Wiederholungsschleife spulten sich die Ergebnisse der Obduktion in seinem Geist ab. Pia Brockmann war anscheinend vergiftet worden. Das zeigten sowohl die Ergebnisse der Blutanalyse, der verbliebene Mageninhalt als auch die Flüssigkeitsreste, die in dem Plastikbecher, aus dem sie getrunken hatte, sichergestellt worden waren. Neben dem Bier, das die Studentin kurz vor ihrem Tod konsumiert hatte, waren bei der toxikologischen Untersuchung weitere Substanzen identifiziert worden. Darunter befanden sich pflanzliche Stoffe wie Alraune und Fingerkraut, aber auch Cantharidin, besser bekannt als Bestandteil der Spanischen Fliege. Schon geringe Dosen dieses Terpenoids wirkten tödlich. Zudem hatte die Rechtsmedizin Oxytocin nachgewiesen. Dieses Hormon wurde auch als Bindungshormon oder Kuschelhormon bezeichnet. Die Kombination dieser Substanzen ergab überhaupt keinen Sinn. Während Fingerkraut und Cantharidin giftig waren, traf das auf die beiden anderen Stoffe nicht zu. Die Einnahme von Alraune konnte Rauschzustände auslösen. Deshalb vermuteten die Rechtsmediziner im Augenblick, dass es sich um eine noch nicht näher bekannte Droge handelte, die dem Opfer verabreicht worden war. Von einer freiwilligen Einnahme konnte jedoch nicht ausgegangen werden, weil sich bei den Bluttests kein Hinweis ergeben hatte, dass das Opfer die Substanzen wiederholt zu sich genommen hatte. Außerdem sprachen die gesamten Lebensumstände der Frau dagegen. Kein einziger Zeuge brachte Pia Brockmann mit Drogenkonsum in Verbindung. Sie hatte den Aussagen zufolge sogar Alkohol nur selten getrunken.

Oliver wälzte sich unruhig hin und her. Als eine Hand auf seiner Brust landete, schrak er hoch.

»Hast du einen Albtraum?«

Oliver wusste für einen Moment nicht, was geschehen war. Er fragte sich, was Emily in seinem Bett machte. Dann fiel ihm zum Glück ein, dass sie seit über zwei Wochen zusammenwohnten. Keuchend richtete er sich auf.

»Was ist los?«, fragte er benommen.

»Du redest ständig von der Spanischen Fliege. Ich bin davon aufgewacht.«

»Oh, das tut mir leid«, nuschelte Oliver und nahm Emily in den Arm. »Ich hatte einen beschissenen Tag.«

»Und da träumst du von Heilkräutern?« Emily küsste ihn auf den Hals. Prompt reagierte sein Körper, trotz seiner Erschöpfung. Er zog Emily ein wenig enger an sich.

»Eine Auszubildende wurde vergiftet«, erklärte er und drückte Emily einen Kuss auf die Stirn. Er schob für einen Moment die Gedanken an den Fall beiseite und genoss die Berührung von Emilys warmer, weicher Haut. Er konnte sein Glück noch nicht richtig fassen. Emily war die Frau seines Lebens. Vom ersten Augenblick an war er ihr verfallen gewesen, auch wenn ihr italienisches Temperament ihm oft zu schaffen machte. Emily konnte unheimlich stur sein. Aber Oliver liebte sie dafür umso mehr.

»Mit der Spanischen Fliege? Und was hast du gerade noch aufgezählt?« Sie vergrub ihre schlanken Finger in seinem Haar. »Fingerkraut und Alraune? Das sind alles Zutaten, die schon im Mittelalter benutzt wurden. Die bekommt man heutzutage viel schwerer als chemische Stoffe. Da hat sich aber jemand viel Mühe gegeben.«

Oliver ließ von Emily ab und horchte in sich hinein. »Du hast völlig recht. Das ganze Bild ist schief. Das Opfer hat seine Ausbildung in einem Chemiewerk gemacht. Der Täter muss aus dem näheren Umfeld stammen und hätte bestimmt leicht Zugang zu Chemikalien gehabt.« Oliver dachte an Mirko Rossbach, den einzigen Anwesenden auf der Geburtstagsfeier, der kein direkter Angestellter des Chemiewerkes war. Hatte er es schwerer, an Chemikalien heranzukommen, und griff er deshalb zu anderen Mitteln? Als Techniker war es ihm sicher trotzdem möglich, sich Zutritt zu den Chemikalienvorräten im Werk zu verschaffen. Aber selbst wenn diese Option ausschied, so gab es diverse Reinigungsmittel, die in der richtigen Menge ebenfalls hochgiftig waren und die sich jeder problemlos überall beschaffen konnte. Oliver schüttelte den Kopf. Emily hatte eine interessante Frage aufgeworfen. Offenkundig waren alle Anwesenden in der Lage, sich tödliche Substanzen zu besorgen. Warum also hatte der Täter nicht auf Chemikalien, sondern auf pflanzliche und tierische Produkte zurückgegriffen?

Zu einer Antwort kam Oliver nicht mehr. Sein Handy schrillte durch die Nacht.

»Oliver Bergmann«, meldete er sich mit heiserer Stimme.

Die Einsatzzentrale war am anderen Ende der Leitung. »Vier Tote in der Altstadt von Zons, zwei Frauen und zwei Männer.« Die Frauenstimme gab Oliver die Adressdaten durch. Er sprang aus dem Bett und schlüpfte in seine Klamotten. Die Nacht war definitiv beendet.

V

VOR FÜNFHUNDERT JAHREN

»Ich will ihn noch heute am Galgen sehen!« Bernhard Hilden war außer sich. »Er hat meine Männer vergiftet und zudem keinerlei Erklärung zu seinen teuflischen Praktiken abgegeben.«

Bastian schob einen Becher Met zu dem aufgebrachten Mann hinüber. Er hütete sich vor einer unbedachten Antwort, denn Bernhard gehörte zu den Gefolgsleuten des Erzbischofs und konnte ihm gefährlich werden. Er durfte nicht in Ungnade fallen.

»Ich schlage Euch vor, Wulfing Hohenthal noch heute erneut zu befragen. Immerhin ist er freiwillig in den Juddeturm zurückgekehrt. Er hätte genauso gut untertauchen können.«

Bernhard funkelte Bastian wütend an. »Was redet Ihr da? Wulfing ist doch nur wieder hier, weil Ihr ihn selbst im Wald aufgespürt habt.«

»Das ist nicht ganz richtig. Wir waren bei seiner Hütte, aber er war nirgends zu sehen. Nachdem wir seinen Namen gerufen hatten, gab er sich ohne unser

Zutun zu erkennen.« Wernhart erntete ebenso einen zornigen Blick, weil er Bastian mit seiner Aussage zur Seite sprang.

»Niemand vergiftet ungestraft meine Männer!« Hilden schlug kräftig mit der Faust auf den Tisch. Die Becher schepperten, kippten jedoch nicht um. Der wutschnaubende Mann griff nach seinem Met und stürzte ihn in einem Zug hinunter. Dann wischte er sich mit dem Ärmel über den Mund.

»Er hat sie in einen Tiefschlaf versetzt«, korrigierte Bastian ruhig und dachte dabei an Wulfings Worte. »Sie sind alle wieder wohlauf.«

Bernhard Hilden starrte Bastian an. In seinen Augen loderte die Wut. Doch er schwieg. Stattdessen schenkte er sich selbst nach und trank auch den zweiten Becher in einem Zug leer.

»Seinetwegen wäre ich auf meiner letzten Reise fast am Galgen geendet.« Er spuckte aus und warf einen kleinen Sack mit Münzen auf den Tisch. Ein Goldstück rollte über die Platte und blieb direkt vor Bastian liegen. Er nahm es in die Hand und betrachtete es misstrauisch. Das stark abgenutzte Metall erinnerte Bastian irgendwie an den Goldklumpen, den Wernhart im Zelt des ermordeten Burcklin Zoobe entdeckt hatte.

»Goldmacherei ist verboten«, sagte er tonlos. »Diese Münze muss ich einziehen.«

Bernhard lachte böse auf. »Greift nur zu. Diese Münze ist vollkommen wertlos.«

Bastian hätte Bernhard Hilden am liebsten gefragt, bei wie vielen Alchemisten er versucht hatte, Gold herstellen zu lassen. Doch er schwieg. Es brachte nichts, einen hochgestellten Gefolgsmann des Erzbischofs zu beschuldigen. Jedenfalls nicht ohne die notwendigen Beweise. Das wäre nicht nur unvernünftig, es würde Bastian im schlimmsten Falle wegen Verrats selbst an den Galgen bringen. Schon vor Wochen war ihm zu Ohren gekommen, dass Bernhard Hildens Kassen leer waren. Er führte ein Leben im Überfluss, war oft unterwegs und brauchte viel Geld für seine eigenen Gefolgsleute und deren ständig leere Bäuche und trockene Kehlen. Bastian war Wulfing Hohenthal selbst nicht geheuer. Doch Wulfing war ein kluger Mann. Er wäre nicht so dumm, einen Gefolgsmann des Erzbischofs zu betrügen.

»Ich schlage Euch vor, mit Wulfing einfach so weiter zu verfahren, wie Ihr es angedacht hattet. Der Galgen läuft nicht weg, wohl aber das Wissen, das in seinem Kopf steckt.«

»Vielleicht habt Ihr recht«, erwiderte Bernhard etwas ruhiger. Offenkundig hatte der Met sein hitziges Gemüt heruntergekühlt. »Aber der Kerl soll hängen, sobald seine Schuld bewiesen ist.«

* * *

»Er ist unbefleckt. Dem Himmel sei Dank.« Bastian legte den Hammer beiseite und ließ sich mit klopfendem Herzen auf den Boden sinken.

»Ich habe es doch gleich gesagt«, bestätigte Wernhart und setzte sich neben ihn.

»Für einen fürchterlichen Moment hatte ich wirklich geglaubt, dass ich Burcklin erschlagen hätte. Aber das ist wohl doch nicht sehr wahrscheinlich. Meine Erinnerung an die Mordnacht ist völlig ausgelöscht. Ich weiß nur noch, dass ich den Alten in seinem Zelt aufgesucht habe und auch wieder gegangen bin. Anschließend habe ich mit Marie getanzt und kurz darauf musste ich meine Notdurft verrichten. Das Letzte, woran ich mich erinnern kann, ist dieses verdammte Zelt.«

»Was hat es mit dem Becher auf sich?«, wollte Wernhart wissen. Er nahm den großen Hammer in die Hand und schwang ihn vorsichtig durch die Luft.

»Ich wollte etwas vergessen«, murmelte Bastian und genau in diesem Moment leuchtete Annas Gesicht wie eh und je vor ihm auf. Entweder hatte er den Trank nicht zu sich genommen oder das Gebräu hatte seine Wirkung verfehlt. Bastian konnte sich nicht entsinnen, lediglich die Tatsache, dass der Becher leer gewesen war, ließ ihn Letzteres vermuten.

»Ich verstehe«, sagte Wernhart und verfiel in Schweigen.

Bastian war sich nicht sicher, ob Wernhart ihn wirklich verstand. Aber er war seinem Freund dankbar, dass er nicht weiter nachbohrte. Er wollte nicht über Anna reden.

»Wir sollten Pfarrer Johannes einen Besuch abstatten«, schlug Bastian vor. »Er kann bestimmt etwas zu diesem geheimnisvollen Buch sagen, das wir bei dem Toten gefunden haben. Vielleicht erhalten wir auf diese Weise einen brauchbaren Hinweis.«

»Wolltest du nicht erst einmal Wulfing Hohenthal

vor dem Galgen bewahren?«, fragte Wernhart überrascht.

Doch Bastian lachte. »Wulfing kann selbst auf sich aufpassen. Die Sache mit dem falschen Gold klären wir, sobald wir Burcklins Mörder haben. Der darf nicht länger frei herumlaufen. Wer weiß, was er sonst noch anstellt.« Bastian erhob sich und nahm seinem Freund den Hammer aus der Hand, um ihn wieder in die Kiste mit den Werkzeugen zu legen. »Lass uns gehen, solange der Tag noch jung ist.«

Keine zehn Minuten später befanden sie sich in der St.-Martinus-Kirche und beobachteten den kleinen, rundlichen Mann, der mit erstaunlicher Beweglichkeit zwischen den Kirchenbänken herumlief und Kerzen einsammelte. Pfarrer Johannes bemerkte die beiden Besucher nicht. Er summte sorglos vor sich hin und hielt erst inne, als er fast direkt vor Bastian stand. Überrascht sah er auf.

»Mein Junge, das ist aber schön, Euch zu sehen.« Johannes strahlte über das ganze Gesicht und tätschelte Bastian am Arm. »Wie kann ich Euch helfen?«

Bastian zog das Buch hervor, das Wernhart im Zelt des toten Burcklin Zoobe gefunden hatte. »Sagt Euch diese Schrift etwas?«, fragte er und reichte Johannes die ledergebundene Fibel.

»*Alchymey teuczsch*«, murmelte Johannes und fuhr mit den Fingern über den fleckigen Einband, der stark beansprucht war. »Ich habe von diesem Buch gehört. Woher habt Ihr es?«

Bastian erzählte Johannes von dem Toten und dem

Goldklumpen, den sie obendrein aufgelesen hatten. Der Pfarrer nickte stumm und blickte sich um.

Dann flüsterte er: »Es ist besser, wir unterhalten uns ungestört weiter.«

Er zog Bastian mit sich, hinter den Altar. Wernhart folgte schweigend. In einer unscheinbaren Nische öffnete er eine Tür zu einem kleinen Nebenraum. Dort bewahrte der Pfarrer wichtige Dokumente auf. Der karge Raum bot Schutz vor den neugierigen Blicken, jedoch nicht viel Platz. Gerade einmal ein Schrank, ein Tisch und ein Stuhl passten hinein. Trotz der Enge schloss Johannes die knarrende Holztür hinter Wernhart, der sich interessiert umsah. Bastian und Wernhart blieben stehen.

Johannes setzte sich auf den einzigen Stuhl und wisperte: »Diese Schrift stammt aus der Gegend um Passau.« Er legte das Buch auf den Tisch, schlug die erste Seite auf und fuhr ehrfürchtig über das beschriebene Pergament.

»Der Inhalt ist brisant und dementsprechend haben die Verfasser ihn größtenteils in Geheimschrift verfasst. Es birgt altes Klosterwissen, das inzwischen verboten ist.« Johannes blätterte nervös durch die Seiten.

»Hier fehlt etwas«, stellte er nach einer Weile fest.

Bastian nickte. »Es sind mehrere Seiten, auf denen die Herstellung von Gold dargestellt wird. Wir vermuten, dass Burcklin deshalb den Tod fand.«

Johannes bekreuzigte sich. »Lasst dieses Buch bloß nicht in fremde Hände fallen. Es könnte Euch an den Galgen bringen.«

»Warum?«, wollte Bastian wissen.

»Dieses Buch enthält nicht nur unerlaubtes Wissen zur Goldmacherei, sondern auch Zaubersprüche, die der Papst für Teufelswerk erklärt hat.« Er schlug eine Seite auf und tippte mit dem Finger auf die oberste Zeile.

»Hier zum Beispiel beginnen die Aufzeichnungen zur Sternenkunde. Ich kann mich noch an meine eigene Klosterzeit erinnern. Einige Mönche haben die Bewegungen am Nachthimmel akribisch beobachtet und niedergeschrieben. Aber es existieren unterschiedliche Auffassungen zur Beschaffenheit der Welt. Die einen erforschen die Gegebenheiten, und die anderen glauben an das, was seit Jahrtausenden überliefert wird. Verfechter der alten Thesen wollen am liebsten alles vernichten, was auch nur im Entferntesten dagegensprechen könnte.« Pfarrer Johannes bekreuzigte sich ein weiteres Mal. »Ich gehöre nicht zu den Ketzern. Wissen oder Gottes Werk anzuzweifeln, ist mir völlig fremd. Aber ich habe selbst einige Monate lang im Kloster Brauweiler die Arbeiten eines schwer erkrankten Bruders fortgeführt. Seine Studien waren sehr gewissenhaft geführt und ich konnte keinen Fehler in der von ihm beschriebenen Logik finden ...« Johannes wurde rot im Gesicht und winkte ab.

»Das ist gar nicht der Grund Eures Kommens, nicht wahr? Wir wollen uns lieber auf die fehlenden Seiten konzentrieren oder auf das, was noch da ist und uns vielleicht zu Burcklins Mörder führen kann.« Johannes blätterte schweigend durch die restlichen Seiten. Nur einmal hob er kurz den Kopf und blickte Wernhart eindringlich in die Augen. »Ihr seid der beste Freund meines lieben Bastians. Ich hoffe sehr, dass diese Unterhaltung unter uns bleibt und dass Ihr Eure Zunge im Zaum halten könnt.«

»Darauf könnt Ihr Euch verlassen, Pfarrer Johannes. Kein Wort wird je über meine Lippen gelangen«, beteuerte Wernhart und hob die Hand wie zum Schwur.

Johannes nickte und vertiefte sich wieder in die Lektüre. Bastian sah ihm über die Schulter und wartete geduldig, bis der Pfarrer das Buch zu Ende studiert hatte.

»Einer der Verfasser dieser Schrift ist mir wohlbekannt. Michael von Prapach lebte für einige Zeit im Kloster Brauweiler. Seine Zelle lag nicht weit von meiner eigenen entfernt. Wir verstanden uns gut«, berichtete Johannes schließlich. »Auf dieser Seite hier wird erklärt, wie die Geheimschrift entschlüsselt werden kann. Seht selbst, Bastian, dieses Alphabet unterscheidet sich vom Herkömmlichen. Es enthält einige Buchstaben mehrfach und andere fehlen. An dieser Stelle befinden sich seltsame Symbole.« Er tippte auf zwei Zeilen am Ende der Seite. »Ich vermute, dass diese wiederum für die fehlenden Buchstaben stehen könnten. Michael von Prapach war ein Meister der Codierung. Ich wette, dass dieser Geheimschlüssel von ihm höchstpersönlich entwickelt wurde. Nun denn, Bastian. Ich habe Euch nicht das Lesen und Schreiben gelehrt, damit Ihr hier stumm neben mir steht. Was könnt Ihr mir zu diesem Kapitel sagen?« Johannes rückte mit seinem Stuhl ein Stück zur Seite und überließ Bastian das Feld.

Dieser beugte sich weiter hinunter und versuchte,

die Buchstaben zu entschlüsseln. Nachdem er sich mehrfach verhaspelt hatte, nahm er schließlich sein Notizbuch zu Hilfe und schrieb die erste übertragene Zeile nieder.

»Medizin gegen die Winde im Bauch«, las er ein wenig holprig vor.

»Richtig.« Pfarrer Johannes klatschte begeistert in die Hände.

»Als Nächstes wird ein Kalender beschrieben«, erklärte Bastian. »Hier steht, dass der Morgen am ersten Tag eines Monats sowie der Mittag des zweiten und dritten Monatstages besonders gut geeignet sind für alchemistische Studien. Anschließend ist ein Liebeszauber aufgeführt.« Bastian runzelte die Stirn und blätterte weiter. »Die Reihenfolge der Texte scheint keiner logischen Ordnung zu folgen.«

Pfarrer Johannes nickte. »Da habt Ihr recht, Bastian. Dieses Buch ist eine Zusammenstellung aus allen Wissensbereichen. Es wurde in großer Eile niedergeschrieben, denn die Alchemie ist vielerorts verboten. Aber die Verfasser wollten dieses Wissen unbedingt für die Nachwelt erhalten. Deshalb lässt das Buch eine klare Aufteilung in Sternenkunde, Heilkunde und die Herstellung von Stoffen vermissen.« Er blätterte zurück zu der Stelle, an der die Blätter herausgerissen waren. »Aus diesem Grund ist es gut möglich, dass nicht nur die Seiten über die Mehrung von Gold entfernt worden sind.«

»Das kann ich mir nicht vorstellen. Aus welchem Grund sollte man sonst morden? Doch sicher nicht für ein Rezept gegen Fieber oder andere Erkrankungen.

Was könnte wertvoller sein als Gold? Und dieser Gold-klumpen aus Burcklins Zelt spricht auch dafür«, warf Wernhart ein und hielt den Brocken in die Höhe.

Johannes kniff nachdenklich die Lippen zusammen. »Ihr mögt recht haben. Die Gier nach Gold könnte der Grund für diesen Mord sein. Fraglich ist jedoch, warum der Mörder diesen Klumpen dann nicht mitgenommen hat.«

»Vielleicht, weil er im Zelt versteckt war. Ich selbst bin nur zufällig darauf gestoßen«, erwiderte Wernhart.

Bastian machte sich eine Notiz und tippte auf das Buch. »Was ist das hier?« Er zeigte auf mehrere verschmierte dunkle Flecken.

Der Pfarrer runzelte die Stirn. Er stand auf und ging zum Schrank, aus dem er ein Vergrößerungsglas holte.

»Das haben wir gleich«, murmelte er und beugte sich mit dem Glas tief über das Pergament.

»Falls es der Mörder war, der die Schriftseiten entwendet hat, dann ist es ein Mann mit kräftigen Fingern. Das sind die Fingerabdrücke desjenigen, der die Formel oder die Formeln gewaltsam an sich gebracht hat.« Er legte seine Hand über den Buchblock und deutete die Bewegung an, die der Dieb beim Herausreißen der Seiten gemacht haben musste. Schließlich überließ er Bastian das Vergrößerungsglas.

»Diese Finger sind groß, und Ihr habt wahrschein-lich recht damit, dass sie nicht zu einer Frau gehören. Ich frage mich trotzdem, was der Dieb an den Fingern hatte. Es sieht nicht aus wie Fett. Eher wie Erde, oder was meint Ihr?«

»Hm. Schwer zu sagen. Es könnten ebenso gut Rückstände von Eisenpulver sein. Dies wiederum würde für Eure Theorie sprechen, dass der Mörder auf das Rezept für die Herstellung von Gold aus war.«

»Wer könnte uns denn Auskunft über die Beschaffenheit dieser Abdrücke geben?«

Johannes kratzte sich am Kinn. »Ich denke, dazu müsst Ihr einen Alchemisten bemühen.«

Laute Stimmen und kräftiges Hämmern gegen die Holztür in Wernharts Rücken ließen die drei erstarren. Bastian schnappte den ledernen Band und versteckte ihn unter seinem Wams.

»Pfarrer Johannes, hättet Ihr die Güte, mich mit Eurer Anwesenheit zu beglücken?« Das war die Stimme von Bernhard Hilden.

Wernhart machte die Tür frei, die daraufhin mit einem ohrenbetäubenden Krachen aufflog. Bernhard Hilden musterte Bastian kalt.

»Ihr schon wieder«, stellte er fest und trat in die ohnehin bereits überfüllte Kammer. Ganz dicht vor Bastian blieb er stehen.

»Einer meiner Männer hat beobachtet, dass Ihr einen Goldklumpen aus dem Zelt von Burcklin Zoobe entwendet habt. Euch ist hoffentlich klar, dass über alles, was auf dem Marktplatz geschieht, der Erzbischof wacht. Herrenlose Gegenstände gehören also ihm.« Seine Augen durchbohrten Bastian, aber dieser wich kein Stück zurück. Wenn er eines hasste, dann den Hochmut dieses selbstsüchtigen Gockels.

»Da war kein Goldklumpen«, antwortete er ruhig und mit fester Stimme.

»Ach nein? Wollt Ihr etwa behaupten, dass meine

Männer lügen?« Bernhards Nasenspitze berührte fast Bastians Schulter. Er überragte den Gefolgsmann des Erzbischofs um mehr als einen Kopf. Der unangenehme Geruch von Schweiß und Wein stieg Bastian in die Nase.

»Ich nahm bis eben an, dass Ihr wegen Pfarrer Johannes hier seid. Aber anscheinend ist es wohl eher meine Anwesenheit, auf die Ihr so viel Wert legt«, sagte Bastian zynisch.

»Jetzt lauscht Ihr am besten einmal jedem einzelnen Wort, das ich sage«, zischte Bernhard. »Ihr seid ein guter Mann. Noch vor wenigen Monaten wollte ich Euch im Gefolge des Erzbischofs sehen. Aber es wäre besser, wenn Ihr mir nicht ständig in die Quere kämt. Ich erwarte von Euch die volle Unterstützung, denn Ihr seid für die Sicherheit dieser Stadt verantwortlich. Kann ich auf Euch zählen?«

Bastian wusste nicht so recht, worauf Bernhard hinauswollte. Er nickte zögerlich.

»Nun gut. Meine Männer haben nämlich nicht nur den Goldklumpen gesehen, sondern auch ein ledernes Buch.« Die Worte waren ganz leise aus Bernhards Mund gekommen. Jetzt schrie er jedoch: »Wo ist es?«

Bastian fühlte, wie sein Herzschlag davongaloppierte. Blitzschnell überlegte er, was er tun sollte. Dann entschied er sich für die halbe Wahrheit.

»Es war kein Goldklumpen.« Er gab Wernhart ein Zeichen. Dieser holte den Klumpen hervor und reichte ihn dem sichtlich überraschten Bernhard Hilden.

»Seht selbst. Der Farbton passt einfach nicht. Im Übrigen erinnert er mich an die Goldmünzen, mit denen man Euch betrogen hat. Ich habe Pfarrer Johannes aufgesucht, um seine geschätzte Meinung zu diesem Metall einzuholen. Denn Ihr habt völlig recht, die Sicherheit von Zons liegt in meinen Händen, und ich gebe all meine Kraft, um dem Goldbetrug ein Ende zu setzen und Burcklin Zoobes Mörder dingfest zu machen.« Bastian trug seine Worte mit größter Gelassenheit vor. Er wollte einen Blick von Johannes erhaschen, um zu sehen, ob er seine Sache gut machte oder lieber sofort schweigen sollte. Doch Johannes hatte offensichtlich gar nicht zugehört. Bastian sah gerade noch, wie er ein Stück Papier auf den Boden fallen ließ und einen Fuß darauf setzte.

»So sei es«, hob der Pfarrer mit einem gutmütigen Lächeln auf den Lippen an, dabei breitete er die Arme aus und stellte sich geschickt zwischen Bernhard und Bastian. »Wenn ich die Unterhaltung jetzt unterbrechen darf. Die Pflicht ruft und ich habe meine Einschätzung bereits kundgetan. Dieser blasse Klumpen ist kein Gold. Der Mörder hat das vermutlich erkannt und ihn aus diesem Grund zurückgelassen. Wie kann ich Euch denn nun behilflich sein, werter Bernhard?«

Bernhard Hilden starrte auf den falschen Goldklumpen, den er schneller als vermutet in die Hände bekommen hatte. Bastian ergriff die Gelegenheit und trat auf das Papier, das nun offen auf dem Boden lag. Er wartete, bis Johannes dem Gefolgsmann des Erzbischofs den Arm um die Schulter legte und ihn sacht zur Tür hinausschob. Zügig hob er das Papier auf und ließ es in der Tasche verschwinden.

»Ihr glaubt also nicht an die Echtheit dieses

Metalls?« Bernhard Hilden klang plötzlich kleinlaut. Das Buch schien er ganz vergessen zu haben.

»Nun, vielleicht halten wir diesen Klumpen einfach einmal neben das Kreuz. Ich denke, Ihr werdet den Unterschied erkennen.« Mit diesen Worten führte Johannes den Mann in den Hauptteil der Kirche. Bastian war ein wenig unschlüssig. Am liebsten hätte er sich davongeschlichen. Andererseits war es unklug, Bernhard Hilden zum Narren zu halten.

»Ist es möglich, mir dieses Stück Metall bei Gelegenheit zurückzugeben?«, rief er deshalb höflich hinterher.

Bernhard drehte sich um. In seinem Gesicht stand immer noch die Überraschung. »Natürlich«, erwiderte er beinahe geistesabwesend und wandte sich gleich wieder Johannes zu.

Bastian grinste. »Lass uns gehen«, sagte er zu Wernhart, der ihn jedoch zurückhielt.

»Ich dachte, wir brauchen diesen Klumpen? Warum überlässt du ihn einfach diesem Widerling?«

»Weil ich das Buch nicht hergeben will. Die Ablenkung hat doch funktioniert«, flüsterte Bastian und schob Wernhart weiter vor sich her.

Erst als sie draußen vor der Kirche standen, zog er das Papier hervor. Es war eine Nachricht von Johannes: »Der Feind deines Feindes ist dein Freund.«

Bastian wusste sofort, wen Johannes damit meinte.

»Komm mit, Wernhart. Wir müssen dringend ein paar Fragen klären.« Er richtete seine Schritte gen Süden und bog in die Schloßstraße ein. Noch bevor sie ihr eigentliches Ziel erreichten, wurden sie von einem von Bastians Männern überholt. Es war Arnold, der sich ihnen hektisch in den Weg stellte.

»Ihr müsst sofort mitkommen. Wir haben einen grausigen Fund in der Mauerstraße gemacht, unweit vom Krötschenturm.«

Bastian hielt an. »Arnold, was ist denn passiert?« Er betrachtete den schlaksigen Stadtsoldaten, der mit hochrotem Kopf Unverständliches stotterte. Dazu ruderte er mit den Armen in der Luft. Bastian verstand kein Wort. Er seufzte, gab Wernhart ein Zeichen und sie ließen sich von dem aufgebrachten Mann in die entgegengesetzte Richtung davonziehen.

»Solltet Ihr nicht Wache an Burcklin Zoobes Zelt halten?«, unterbrach er nach einigen Metern das Gestammel seines Untergebenen und hielt ihn am Arm fest. Die Berührung brachte den Mann tatsächlich zur Besinnung. Er schnappte nach Luft und blickte Bastian verwirrt an.

»Seit heute Mittag hat Hermann die Wache übernommen. Ich war gerade auf dem Weg nach Hause, als Alwina mir die Toten zeigte.« Seine Sprache war endlich wieder verständlich.

»Wer sind die Toten?«, hakte Wernhart nach.

»Georg, der Tuchhändler, und Elfriede. Sie sitzen am Tisch.« Arnolds Stimme nahm wieder gefährliche Höhen an.

»Wie bitte? Ich dachte, sie sind tot?« Bastian sah Arnold kopfschüttelnd an. Noch immer begriff er nicht, was eigentlich vorgefallen war.

»Sie sitzen und sind tot. Seht es Euch selbst an.« Arnold schien am Ende seiner Kräfte. Inzwischen waren sie am Haus des Tuchhändlers angekommen. Arnold stieß die Tür auf, blieb jedoch davor stehen. Offenbar wollte er sich den erneuten Anblick ersparen. Also trat Bastian an ihm vorbei in die Stube.

»Arnold, geht und holt den Arzt«, bat Bastian, bevor er im Inneren des Hauses verschwand. Es dauerte einen Moment, bis sich seine Augen an die Dunkelheit gewöhnt hatten. Draußen schien die Sonne, doch die Stube besaß nur ein kleines Fenster, das kaum Helligkeit hereinließ. Auf den ersten Blick wirkte die Szenerie am Tisch völlig normal. Georg und Elfriede saßen einander gegenüber. Bastian konnte sie im Profil erkennen. Einzig die unnatürliche Haltung der Köpfe gab dem Bild etwas Befremdliches. Als Bastian näher kam, konnte er die leeren Augen wahrnehmen. Erschrocken trat er zurück und bekreuzigte sich.

»Du meine Güte. Sie sehen sich immer noch an. Selbst im Tod«, flüsterte Wernhart, der verstört neben Bastian stand und genau den Gedanken aussprach, der Bastian gerade durch den Kopf ging. Der Anblick war schrecklich. Obwohl die Augen der beiden nach oben gerichtet waren, trafen sich ihre Blicke. Beinahe so, als wollten sie sich ein letztes Mal ansehen, bevor sie gemeinsam in den Tod gingen.

»Fast sieht es wie ein Freitod aus«, stellte Bastian fest. Seine Finger griffen nach dem Strick, der Georg um den Hals gelegt worden war. Die Haut drumherum war sichtbar verfärbt. Bei Elfriede ergab sich das gleiche Bild.

»Glaubst du, es könnten zwei Täter gewesen sein?«,

fragte Wernhart. »Es sieht doch so aus, als wären sie zusammen gestorben.«

»Zusammen schon, aber nicht gleichzeitig.«

Bastian fuhr herum.

Josef Hesemann stand in der Türöffnung und nickte knapp zum Gruß. Dann fixierten sich die Augen des Arztes auf die beiden Toten.

»Der Mann hat sich gewehrt.« Josef trat ohne viel Aufhebens auf den männlichen Leichnam zu und deutete auf die geschundenen Handgelenke. »Er hat bis zuletzt an seinen Fesseln gezerrt.« Anschließend betrachtete er Elfriede. »Bei dem weiblichen Opfer kann ich kaum Verletzungen der Haut erkennen. Ich denke, sie hat mit angesehen, wie Georg erdrosselt wurde, und ist dann ohne jeglichen Lebenswillen mehr oder weniger freiwillig in den Tod gegangen.« Josef beugte sich über die Tote. »Sie hat geweint bis zum Schluss.« Sein rechter Zeigefinger zog wie zum Beweis eine Linie vom Auge hinunter zum Kinn. Er drehte sich um und legte Bastian eine Hand auf die Schulter.

»Was für ein Ungeheuer richtet nur so einen Schaden an? Das ist nicht zu fassen.«

Bastians traurige Miene verriet, dass er die beiden Toten kannte. Sie waren rechtschaffene Bürger gewesen und hatten diesen frühen Tod nicht verdient. Schon gar nicht einen so grausamen. Nichts war schlimmer, als gewaltsam aus dem Leben gerissen zu werden. Bastian wunderte sich. Georg war ein durch und durch kräftiger Mann gewesen. Er fragte sich, warum der Tuchhändler sich in seinem eigenen Haus hatte überrumpeln lassen. Im Übrigen war es merkwürdig, dass niemand die Tat bemerkt hatte. Schließlich lag das Haus mitten in der Stadt, umringt von etlichen anderen Häusern. Einer der Nachbarn hätte doch etwas hören müssen. Nachdenklich betrachtete er die bedauernswerten Opfer, die ihr Leben eigentlich noch vor sich gehabt hätten.

»Wenn Georg sich gewehrt hat, warum hat er dann nicht lauthals um Hilfe gerufen? Ich verstehe auch nicht, weshalb die beiden ihren Mörder überhaupt ins Haus gelassen haben.« Bastian machte auf dem Absatz kehrt und überprüfte die Haustür. Es waren keinerlei Schäden zu erkennen. Auch das Fenster ließ keinen Schluss auf gewaltsames Eindringen zu.

»Die erste Frage kann ich beantworten«, erwiderte der Arzt und zeigte auf schwarz-bläuliche Striemen, die sich rechts und links von Georgs Mundwinkeln abzeichneten. »Er muss einen Knebel im Mund gehabt haben. Damit wurde jeder Hilferuf im Keim erstickt.«

Bastian nickte. »Bleibt nur noch die Frage offen, wie der Mörder ins Haus kam.«

»Sie kannten ihn«, warf Wernhart ein. »Georg war Tuchhändler. Er hatte sicher viel Kundschaft. Seht hier, die Stofftruhe ist sogar noch geöffnet.«

Wernhart hatte recht. Georg wohnte nicht nur in diesem Haus, sondern verkaufte auch seine Waren hier, zumindest immer dann, wenn er es nicht auf dem Markt tat.

»Das ist eine schöne Bescherung«, fluchte Bastian. »Wir suchen also nach dem Mörder von Burcklin Zoobe, der es vermutlich auf Goldfälscherei abgesehen hat, und nach einem Verrückten, der gleich zwei Leben auf einen Schlag ausgelöscht hat, um an kostbare Tuchwaren zu kommen.« Er stockte kurz beim letzten Satz. »Aber wie ich sehe, ist die Truhe ja überhaupt nicht leer!« Bastian musterte die Stoffe, die bunt schimmerten und die reich verzierte Holztruhe fast bis zum Rand füllten. Es schien nicht sonderlich viel zu fehlen. Er zog ein blaues Seidentuch hervor, das an den Rändern kunstvoll mit Perlen verziert war. Dieses Tuch konnte einen armen Bauern gut eine Woche ernähren. Warum hatte der Mörder es nicht mitgenommen? Bastian durchwühlte die Truhe. Die enthaltenen Stoffe waren allesamt von hohem Wert.

»Wir müssen Georgs Bücher prüfen. Ich kann auf den ersten Blick nicht erkennen, dass überhaupt etwas gestohlen wurde. Vielleicht gab es aber auch einen Streit über die Bezahlung.« Bastian grübelte. Irgendetwas stimmte nicht. Nachdenklich betrachtete er die beiden Toten. Georgs Kinn steckte in einem Krug fest. Elfriedes Gesicht hingegen ruhte auf einem Holzbecher. Normalerweise würde der Kopf nach vorn sacken. Es gäbe keinen Blickkontakt zwischen den beiden.

»Du meine Güte, ich glaube, der Mörder wollte, dass sie sich auch über den Tod hinaus weiter ansehen.« Die Erkenntnis traf Bastian wie ein Schlag. Es konnte kein Zufall sein. »Josef, kannst du herausfinden, was Georg zuletzt getrunken hat?« Bastian zählte drei Trinkgefäße auf dem Tisch. Zwei Holzbecher, aus denen üblicherweise Wein getrunken wurde, und einen Humpen für Met. Das sprach für drei Personen am Tisch. Aber warum hatten nicht alle drei dasselbe zu sich genommen? Auf dem Tisch stand außerdem ein halb voller

Weinkrug. Ein Gefäß mit Met hingegen konnte Bastian nicht entdecken.

»Ein gutes Geschäft würde man doch für gewöhnlich mit Wein begießen.« Bastian dachte laut nach. »Es fehlt jedoch ein Weinbecher. Und dass einer von den dreien etwas anderes getrunken hat, ergibt einfach keinen Sinn.« Er starrte den toten Georg an und schüttelte den Kopf.

Josef Hesemann entfernte vorsichtig den Humpen unter Georgs Kinn. Er nahm den Schädel zwischen die Hände und öffnete Georgs Mund. Mit der Nase näherte er sich dem Schlund des Tuchhändlers. Bastian erschauderte. Er bewunderte den Arzt für seine Unempfindlichkeit. Ihm selbst drehte sich augenblicklich der Magen um.

»Es war vermutlich Wein. Seine Lippen und auch die Zähne sind bläulich verfärbt. Natürlich kann er zusätzlich Met getrunken haben. Aber ich muss Euch recht geben, Bastian, das wäre merkwürdig. Schließlich ist dies hier keine Schenke, sondern das Haus eines Tuchhändlers. Außerdem wurde der Humpen da nicht benutzt.«

Tatsächlich. Bastian begutachtete den Humpen, der schon am Anfang auf dem Tisch gestanden und Georgs Kinn gestützt hatte. Er war trocken und wies keinerlei Spuren von Met auf. Auch der Geruch war neutral. Wie also war der Humpen auf diesen Tisch und direkt vor Georgs Nase gekommen?

Bastian sah sich in der Stube um und öffnete einen Schrank. Teller, Krüge, Kannen und Becher standen ordentlich sortiert und gestapelt auf dem mittleren

Brett. Er nahm einen ähnlichen Humpen heraus und schnupperte daran. Der Geruch war identisch. Neutral, vielleicht ein wenig nach gebranntem Ton.

»Hm«, machte Bastian und stellte den Humpen zurück. Nachdenklich betrachtete er das Gefäß, das unter Georgs Kinn gestanden hatte und vermutlich ebenfalls aus dem Schrank stammte. »Wie passt das alles bloß zusammen? Ich verstehe das nicht. Sie kannten ihren Mörder und haben ihn vermutlich freiwillig ins Haus gelassen. Haben sie denn dem Gast kein Getränk angeboten? Es ist doch äußerst unhöflich, alleine zu trinken.«

»Vielleicht wollte er nichts«, murmelte Wernhart und schien von seiner Antwort selbst nicht überzeugt. Nachdenklich rieb er sein Kinn und sah dann auf. »Oder es war gar kein Kunde.« Bastian schaute auf die Toten. Elfriede blickte Georg immer noch an. Wem habt Ihr Zutritt zu Eurem Heim gewährt, fragte Bastian in Gedanken. Für einen winzigen Moment hörte er Elfriedes Stimme in seinem Kopf. Sie flüsterte leise etwas, was er nicht verstand. Trotzdem bahnte sich ein Geistesblitz den Weg in sein Bewusstsein. Gerade als er die Idee greifen wollte, kam Alwina, die Nachbarin, in die Stube.

»Ich habe den Mörder gesehen. Es war der Leibhaftige. Gott sei uns gnädig.«

VI

GEGENWART

Olivers Magen zog sich krampfartig zusammen. Er war hartgesotten und hatte in seinem Leben bereits mehr als eine Leiche gesehen. Fast alle Opfer hatten ein gewaltsames Ende gefunden, und nicht selten war der Körper entstellt, verstümmelt und grausam zugerichtet. Schon oft hatte sich sein Magen in solchen Situationen vehement gemeldet. Doch heute war es anders. Er war nüchtern. Es gab also nichts, was er hätte ausspeien können. Trotzdem musste er würgen. Der Anblick schockierte ihn und er fand keine Worte. Es war nicht nur das gruselige Bild, sondern es waren auch die Fliegen und der Gestank, der sich in Sekundenschnelle auf seine Schleimhäute gelegt hatte. Der untrügliche Geruch des Todes hing in der Luft: süßlich, faulig und ekelerregend. Zwar hatte sich Oliver wie jedes Mal Mentholsalbe unter die Nase gerieben, aber das half nicht wirklich. Klaus hatte die Wohnung bereits fluchtartig verlassen. Oliver hatte gehört, wie er sich im Treppenhaus übergab. Im Augenblick wollte er es ihm gleichtun. Sein Kehlkopf hüpfte hektisch hoch und runter. Er sah weg und starrte die Wand an, ohne dabei auch nur ein einziges Detail der Tapete zu erkennen. In ihm rumorte es. Kalter Schweiß brach ihm aus. Er schluckte, schmeckte bittere Galle auf der Zunge und rannte hinaus.

»Verdammt«, stöhnte Oliver und beugte sich vornüber. Seine Lungen sogen gierig die von Erbrochenem geschwängerte Luft des Treppenhauses ein. Alles war besser als das da drinnen. Er schaffte es, seinen Magen ein wenig zu beruhigen. Klaus saß auf einer Treppenstufe. Das Gesicht grau, den Blick stumpf auf einen imaginären Punkt in der Ferne gerichtet.

»Wer immer das getan hat, war kein Mensch mehr«, krächzte Klaus und richtete seinen Blick auf Oliver. Darin lag eine Leere, wie sie nur in den Augen der Menschen zu sehen war, die häufig mit dem Tod zu tun hatten. Ob es kampferfahrene Soldaten waren oder Ärzte der Notfallmedizin oder eben Beamte der Kriminalpolizei; sie alle hatten diesen Ausdruck in den Augen, eine Mischung aus Wahrheit und Ungläubigkeit. Aus Nicht-wahrhaben-Wollen, dass es das Böse gab, und gleichzeitig aus der Erkenntnis, dass es mitten unter uns hauste. Wo es Licht gab, da war auch Schatten, wobei die überwiegende Mehrheit der Bevölkerung nie einen Blick dorthin werfen musste, wo die wirkliche Dunkelheit herrschte – abseits von Mitgefühl und Hoffnung. Die meisten von uns lebten in einer Scheinwelt, in der das Böse einzig am Abend über den Fernsehbildschirm flimmerte, und sie schafften es, selbst die Nachrichtenbilder von Krieg und Hunger innerhalb weniger Sekunden auszublenden. Wenn nach zehn Minuten der Wetterbericht losging, griffen die Menschen gut gelaunt zum Bier und hatten all die schrecklichen Bilder längst wieder verdrängt.

Für Oliver und Klaus war diese Form der Ignoranz völlig ausgeschlossen. Sie traten viel zu oft in die Schattenwelt ein, die geprägt war von Grausamkeit und Tod. Oliver konnte weder den ersten Mordfall, das Gesicht einer jungen Frau noch alle anderen Opfer vergessen, die ihm in seiner Zeit als Kriminalkommissar begegnet waren. Sie alle hatten einen Platz in seinen Erinnerungen, in denen sich auch ihr Schrecken für immer an seinen Nervenzellen festgekrallt hatte. Oliver wusste, dass er die Welt nicht retten, aber vielleicht ein wenig besser machen konnte.

Heute waren vier weitere Gesichter hinzugekommen. Er konnte es in den Augen seines Partners sehen, das Böse hatte eine neue Dimension erreicht.

»Wir müssen da wieder rein«, sagte Oliver tonlos und mehr zu sich selbst. Kurz resümierte er, was er da drinnen gesehen hatte. Sie befanden sich mitten in Zons, in einer großzügigen Erdgeschosswohnung mit geräumiger Küche. Ein hölzerner Esstisch stand direkt neben dem frei stehenden Herd. Alles war modern und hochwertig eingerichtet. Am Tisch saßen vier Personen, zwei Frauen und zwei Männer. Bis dahin war die Szenerie nicht außergewöhnlich – bis auf den Umstand, dass alle vier tot waren. Im ersten Moment fühlte Oliver sich an Madame Tussauds' Wachsfigurenkabinett erinnert. So etwas hatte er noch nie gesehen. Die Leichen waren drapiert. Frauen und Männer saßen sich am Tisch gegenüber. Das Schlimmste war, dass sie sich immer noch anzusehen schienen. Das Grauen stand ihnen ins Gesicht geschrieben. Erst als Oliver genauer hinsah, waren ihm die graue, blutleere Haut und die Angelsehne aufgefallen, mit denen die Leichen an ihren Stühlen festgezurrt waren. Eine Schnur um die Stirn fixierte den Schädel an der hohen Lehne und verhinderte, dass er zur Seite oder nach vorn fiel. Während die toten Augen einander anstarrten und unversehrt aussahen, war der Gesichtsteil unterhalb der Nase blutverschmiert. Oliver hatte im Moment keine Erklärung für diese Verletzung. Todesursache schienen die Stricke zu sein, die fest um den Hals der Opfer gelegt waren.

»Guten Morgen, meine Herren.« Ingrid Scholten, die Leiterin der Spurensicherung, blieb vor Klaus stehen und musterte ihn gründlich. »Das scheint ja ein schlimmer Tatort zu sein. Geht es wieder?«

Klaus winkte ab. »Ich rufe gleich mal die Reinigungsstaffel, sobald Sie die Freigabe erteilen. Wir haben da drinnen vier Tote, zwei Frauen und zwei Männer. Sie sind alle am Esstisch platziert. Es ist ein gruseliges Schauspiel.« Er erhob sich, sodass Ingrid Scholten an ihm vorbeigehen konnte. Scholten machte ihren Job seit vielen Jahren. Sie galt als die graue Eminenz der Spurensicherung. Ihre äußere Erscheinung war imposant. Perfekt frisierte Haare, auch zu dieser frühen Stunde, eine kerzengerade Körperhaltung sowie der kluge Blick einer erfahrenen Frau, der niemand mehr etwas vormachen konnte. Oliver mochte Ingrid Scholten. Freundschaftlich begrüßte er sie und folgte ihr in die Wohnung.

»Puh«, machte Scholten und verjagte einige Fliegen, die surrend um ihren Kopf schwirrten. Ihre Augen blieben an den Leichen hängen. Schon nach ein paar Sekunden sagte sie: »Die Personen sind nicht gleichzeitig gestorben.« Sie ging zu dem blonden Mann mit dem kurzen modischen Haarschnitt. »Ich schätze, dass dieser hier mindestens drei oder vier Tage tot ist. Dafür spricht auch die Insektenentwicklung.« Wieder verscheuchte sie ein paar lästige Fliegen. »Wir haben bereits sommerliche Temperaturen. Das beschleunigt natürlich die Verwesung.« Sie wandte sich dem zweiten Mann und seinem Gegenüber zu. »Bei den beiden Personen hier ist die Totenstarre noch voll ausgeprägt. Das bedeutet, dass sie später getötet wurden. In der Regel setzt die Totenstarre nach acht Stunden ein und hält ungefähr zwei Tage lang an.« Scholten ging noch ein weniger näher heran. »Anhand der Ausprägung der Totenflecken tippe ich auf einen Tag. Genaueres werden wir nach der Obduktion wissen. Die Rechtsmediziner sind unterwegs. Ich bin der Auffassung, dass die sich bei vier Leichen besser selbst ein Bild von der Lage machen.«

Oliver nickte. Scholten hatte recht. Normalerweise war die Rechtsmedizin selten am Fundort zugegen. Meist wurden die Leichen abtransportiert und erst im Institut untersucht. Aber in diesem Fall hielt er das sofortige Hinzuziehen der Experten ebenfalls für sinnvoll, zumal die Leichen drapiert waren wie für eine skurrile Kunstausstellung und auch die besten Fotos die Situation nur unvollständig wiedergeben würden.

»Du meine Güte, hier hatte jemand überhaupt keine Skrupel«, sagte Scholten und deutete auf die blutigen Nasen. »Es sieht so aus, als hätte der Täter eine Lobotomie durchgeführt.« Sie drehte sich zu Oliver um, der ein wenig zögerlich an der Wand stand und versuchte, den grausamen Anblick zu ertragen.

»Wissen Sie, was das bedeutet?«, fragte Scholten und gab die Antwort selbst, ohne auf Olivers Reaktion zu warten. »Ein spitzer Gegenstand wird durch die Nase ins Gehirn eingeführt. Bei diesem neurochirurgischen Eingriff werden die Nervenverbindungen zwischen Thalamus und Frontallappen sowie Teile der grauen Substanz durchtrennt. Früher hat man versucht, schwere psychische Erkrankungen wie zum Beispiel Schizophrenie oder Depressionen damit zu behandeln.« Scholten hielt inne und umrundete den Tisch. »Allerdings wird bei der klassischen Lobotomie eigentlich die Augenhöhle mit einem kräftigen Schlag durchstoßen, um ins Hirn zu gelangen. Der Weg durch die Nase ist nicht so geläufig.«

Ingrid Scholten betrachtete die junge Frau, die ebenfalls schon länger tot sein musste. »Auch hier wurde die Prozedur durchgeführt. Graue Gehirnmasse ist aus der Nase gelaufen. Das ist ja widerlich.« Sie besah die Tote, die gegenüber dem blonden Mann platziert war. Kopfschüttelnd fuhr sie fort: »Der oder die Mörder haben ganze Arbeit geleistet. Auch hier findet sich ausgetretene Hirnmasse unter der Nase. Ich

verstehe gar nicht, warum er sie überhaupt noch erdrosselt hat.«

Oliver sah sie fragend an. »Vielleicht hat er sie zuerst
erdrosselt und dann die Lobotomie durchgeführt. Ich
kann mir kaum vorstellen, dass die Opfer auf ihren
Stühlen bei vollem Bewusstsein stillgehalten hätten.«

Scholten zuckte mit der Schulter. »Das wäre eine
Erklärung. Wir müssen wohl oder übel auf die
Einschätzung der Rechtsmedizin warten.« Scholten
nestelte mit einer Pinzette an der Tasche der Toten und
holte einen Ausweis hervor.

»Carolin Meinert«, las sie vor und schürzte die
Lippen. »Offenbar war unser Mörder nicht daran interessiert, die Identität der Opfer zu verschleiern. Wer hat
sie eigentlich aufgefunden?«

»Das war Else Göddertz, die Nachbarin. Die Tür war
nicht verschlossen, und das kam ihr merkwürdig vor.
Außerdem drang durch den Spalt ein übler Gestank.
Dieser war ihr schon tagsüber aufgefallen, aber sie hatte
sich nichts dabei gedacht. Erst mitten in der Nacht befiel
sie eine düstere Ahnung und sie ist nachsehen gegangen. Gleich nachdem sie die Leichen gefunden hatte,
wählte sie den Notruf.« Die fast achtzig Jahre alte Frau
wurde gerade von einem Beamten nach weiteren
Details befragt.

Ingrid Scholten brachte nach und nach die Identi-
täten der anderen Toten ans Licht. Bis auf die junge
Frau gegenüber dem blonden Mann, der sich als Jonathan Kampmeister herausstellte, hatten alle ihren
Ausweis mitgeführt. Der Partner von Carolin Meinert
hieß Stefan Kuhn und war der Mieter der Wohnung.

Jonathan Kampmeister schien der Freund von Evelin Brandt zu sein. Diese hatte zwar keinen Ausweis bei sich, dafür aber ein Portemonnaie mit etlichen Kreditkarten. Beide trugen die gleichen Ringe am Finger, vermutlich Verlobungsringe. Carolin Meinert und ihr Partner hatten keinen Schmuck an der Hand. Jedoch fanden sich diverse Fotos des Paares auf einem Regal im Wohnzimmer.

»Der Altersunterschied zwischen den beiden Paaren ist immens«, stellte Klaus fest, dessen Blässe sich ein wenig verflüchtigt hatte.

»Es sind mehr als zwanzig Jahre«, bestätigte Ingrid Scholten. »Jonathan und Evelin sind beide fünfundzwanzig Jahre alt und Stefan und Carolin weit über fünfzig. Stefan Kuhn wäre nächstes Jahr sechzig geworden.«

»Ob sie miteinander befreundet waren?«, brummte Oliver, der die Daten in den Ausweispapieren begutachtete. »Jonathan und Evelin sind gar nicht aus Zons, sondern wohnen in Düsseldorf. Was hatten sie hier zu suchen? Ein gemeinsames Essen kann es ja nicht gewesen sein, wenn die anderen beiden schon Tage vorher tot waren.«

»Der Täter ist über das Fenster eingestiegen«, erklärte Scholten. Sie hielt die Gardine hoch, die die Scheibe verdeckt hatte. Gleich neben dem Fenstergriff befand sich ein faustgroßes Loch. Das war eine übliche Einbruchsmethode. Das Fensterglas wurde mit Steinen oder einem anderen harten Gegenstand eingeworfen. Anschließend drehte der Einbrecher durch das entstandene Loch den Fenstergriff nach oben und stieg ein.

»Gibt es Spuren?«, fragte Oliver hoffnungsvoll.

Scholten, die bereits mit einem Pinsel das Fenster und den Rahmen bearbeitete, schüttelte den Kopf. »Leider nein. Ich gehe davon aus, dass der Täter Handschuhe getragen hat. Alles andere würde mich wundern. Wer zwei Paare nacheinander umbringt, muss nicht nur über erhebliches Gewaltpotenzial, sondern auch über ein hohes Maß an Organisations- und Planungstalent verfügen.«

»Sie haben recht«, stimmte Oliver zu. Sie hatten es mit einem Täter zu tun, der offenbar sehr organisiert vorging. Die Frage war nur, was für ein Ziel er eigentlich verfolgt hatte.

Ein dumpfes Gefühl breitete sich abermals in Olivers Magengegend aus. Solange sie das Tatmotiv nicht kannten, hingen sie in der Luft. Weitere Mitarbeiter der Spurensicherung waren inzwischen eingetroffen und warteten darauf, loszulegen. Gedankenverloren winkte Oliver sie herein und warf einen letzten Blick auf die vier Opfer. Plötzlich dachte er, wer so brutal und gleichzeitig geplant vorging, der entsprach dem typischen Muster eines Serienkillers. Ein Menschenleben bedeutete nichts und das Verlangen nach dem Rausch des Tötens musste wieder und wieder befriedigt werden. Oliver seufzte. Was immer der oder vielleicht sogar die Täter vorhatten, sie fühlten sich sicher und waren noch nicht am Ende.

* * *

Anna lächelte und schob Maximilian sacht von sich. »Jetzt nicht«, hauchte sie.

»Ich habe aber so positive Erinnerungen an diese Bibliothek«, flüsterte Maximilian. »Wenn es nach mir ginge, könnten wir uns täglich hier treffen.« Er grinste schelmisch und musterte Anna von oben bis unten.

»Lass uns lieber im Anschluss zu mir gehen«, wisperte Anna. »Dahinten kommt Emily.«

Ihre Freundin sah genauso müde aus wie am Tag zuvor. Sie kam mit schnellen Schritten auf sie zu und begrüßte Anna mit einem flüchtigen Kuss auf die Wange.

»Und hast du deine Reportage gestern noch fertig geschrieben?«, erkundigte sich Anna.

»Ja, ein Segen.« Emily lächelte erleichtert. »Oliver musste heute mitten in der Nacht raus, wieder wegen eines Mordfalls in Zons. Als er weg war, konnte ich nicht mehr einschlafen. Ich brauche dringend einen Kaffee.« Sie schüttelte Maximilian die Hand und fragte ihn: »Hast du schon etwas gefunden? In dem Regal hinter dir müsste es eine ganze Menge Stoff zur historischen Entwicklung von Kinderkrankheiten geben.«

Maximilian arbeitete an einem Seminarbeitrag, der sich mit ausgemerzten Kinderkrankheiten und dem Rückgang der Kindersterblichkeit in der Gegenwart beschäftigte. Die Journalistin Emily hatte ein Faible für das mittelalterliche Leben, insbesondere im sehr gut erhaltenen Zons. Die Bevölkerung des Städtchens war im Mittelalter überdurchschnittlich gesund gewesen. Das schlug sich auch in einer niedrigen Kindersterblichkeitsrate nieder. Der Zusammenhang zwischen

Wohlstand, fortgeschrittener Hygiene und dem daraus resultierenden guten Gesundheitszustand war dort besonders anschaulich nachzuvollziehen. Als Emily von Maximilians Aufgabe erfahren hatte, erklärte sie sich sofort bereit, ihn zu unterstützen.

Maximilian verneinte ihre Frage, und Emily ging zielstrebig auf ein Regal am Ende der Reihe zu. Sie zog ein großformatiges, über tausend Seiten umfassendes Buch hervor.

»Das ist ein Standardwerk, in dem du alle wesentlichen Krankheiten und ihre Verbreitung in den letzten Jahrhunderten im europäischen Raum findest. Von dort aus kannst du dich dann in Spezialgebiete vorarbeiten.« Sie griff nach einem weiteren Buch. »Dieses hier beinhaltet Aufzeichnungen aus dem Rheinland und somit auch aus Zons. Die Unterschiede zwischen den einzelnen Regionen sind sehr interessant.« Emily drückte Maximilian beide Bücher in die Hand. Anschließend suchte sie weiter. Ihre Finger glitten über die teilweise verstaubten Bücher und machten an einer Lücke halt.

»Komisch«, murmelte sie. »Dieses Buch hat noch nie gefehlt. Ob es jemand falsch zurückgesteckt hat? Es ist ein hoch spannendes Werk, zwar in mittelalterlicher Handschrift, aber dabei kann ich dir helfen. In dem Buch haben Alchemisten und Ärzte die grundsätzlichen Naturzusammenhänge von Astronomie, Alchemie und Medizin beschrieben, zumindest so wie sie zur Entstehungszeit im Mittelalter verstanden wurden. Das Original befindet sich heute in Heidelberg. Darin sind jedenfalls die damaligen Behandlungsmethoden für die häufigsten Krankheiten aufgeführt.« Emily suchte in den Reihen nach dem Buch.

»Alchemisten?«, sagte Maximilian und blätterte in dem ersten Buch, das Emily ihm gegeben hatte. »Das waren Goldmacher, oder?«

Emily nickte, während sie die schier unendlichen Bücherreihen durchforstete. »Ja, aber Alchemisten haben sich auch mit der Herstellung von Arzneien beschäftigt. Grob kann man die Alchemie als Vorläufer der modernen Chemie bezeichnen.« Emily zuckte mit den Achseln und ließ von den Büchern ab. »Schade, es ist nicht da. Vielleicht ist es ja auch ausgeliehen. Ich frage später einmal bei der Bibliothekarin nach.« Plötzlich schien sie wieder zu bemerken, wie müde sie eigentlich war. Unwillkürlich rieb sie sich die Augen und lächelte Anna an. »Jetzt brauche ich aber unbedingt meinen Kaffee.«

* * *

Er blätterte zunehmend lustlos durch die handschriftlich verfassten Texte. Die Seiten waren eng in altdeutscher Schrift beschrieben. Obendrein waren die wichtigen Passagen in einer Geheimschrift verschlüsselt. Es war anstrengend, den Text zu entziffern. Doch nachdem er bisher alles falsch gemacht hatte, blieb ihm wohl nichts anderes übrig, als sich erneut durch die Seiten zu quälen und ihn sorgfältiger zu übersetzen. Er hatte einen Fehler begangen, den er auf keinen Fall wiederholen durfte. Diesmal würde er die Substanz zuerst testen. Das Schicksal hatte ihm einmal aus der

Klemme geholfen, ein zweites Mal konnte er sich nicht darauf verlassen. Er nahm sich zusammen und decodierte einen ganzen Absatz neu. Leider glich das Ergebnis seinem vorherigen Resultat bis aufs Wort. Der Fehler musste demzufolge in einer anderen Passage stecken.

Er knurrte entnervt und machte weiter. Die nächste Zeile war besonders schwierig. Die Buchstaben waren an etlichen Stellen ausgeblichen, sodass ein kleines *c* durchaus auch ursprünglich ein *o* oder vielleicht ein *e* gewesen sein könnte. Die Bandbreite der möglichen Decodierungen für die nächsten acht Wörter lag im vierstelligen Bereich.

»Verdammt«, zischte er und warf frustriert den Stift weg. Wenn er in diesem Tempo weitermachte, würde er in einem halben Jahr immer noch herumbasteln. Die Zeit hatte er nicht. Das Leben war nicht planbar, und er durfte nicht zulassen, dass das Mädchen seines Herzens womöglich noch ein Auge auf jemand anders warf. Die Kleine war ständig umzingelt von Männern, die wie er ihren unschätzbaren Wert längst erkannt hatten. Der Wecker klingelte und er schrak hoch. Die Zeit war verflogen. Zügig räumte er seine Sachen zusammen und ließ das Buch in einer Schublade des Schreibtisches verschwinden. Er ging ins Bad und kämmte die kurzen Haare. Eine Prozedur, die eigentlich unnötig war, trotzdem wollte er gleich im besten Licht dastehen.

Sie war Auszubildende mit ungefähr zwanzig anderen ihres Jahrganges im Chemiepark Dormagen, einem riesigen Gelände, das etliche Möglichkeiten bot. Als Chemikant konnte man es dort weit bringen, selbst

wenn man keinen der sich anschließenden Fortbil-
dungs- oder Studiengänge in Anspruch nahm. Man
konnte beispielsweise staatlich geprüfter Techniker der
Chemie oder sogar Bachelor of Engineering werden.
Allerdings fragte er sich, ob solch ein Aufwand nach der
dreieinhalbjährigen Ausbildung noch gerechtfertigt
war. Der Chemiepark beherbergte neben seinem Werk
noch einige andere, teils international bekannte Unternehmen. Auch er interessierte sich für chemische
Zusammenhänge. Er sah seine Stärken allerdings
ebenso im technischen Bereich. Ob es um Kameras,
Software oder die neueste Generation von Smartphones
ging, technisch war er immer auf dem neuesten Stand.
Natürlich konnte er sich nicht unbedingt all diese Dinge
leisten, aber er wusste Bescheid. Was die Chemie
anging, faszinierte ihn vor allem die Umwandlung von
festen zu flüssigen Stoffen oder umgekehrt. Aus einem
gänzlich harmlosen Element konnte mithilfe der
Chemie ein hochexplosiver Stoff werden. Chemie war
für ihn die Kunst der Transformation, ein Weg, aus
einem stumpfen unbedeutenden Stoff etwas Großes,
Glänzendes und für alle Augen Sichtbares herzustellen.
Das galt nicht nur für irgendwelche Feuerwerkskörper,
sondern auch für die Metallurgie, eine Wissenschaft, die
sich seit Jahrhunderten mit der Veredelung von
Metallen beschäftigte und nicht nur bei der Schmuckin-
dustrie hoch im Kurs stand.

Er flitzte die Stufen zum Dachboden hinauf.
Hoffentlich kam er noch rechtzeitig. Außer Atem stürzte
er zum Fernrohr und richtete es auf die Bushaltestelle,
die sich an einem Kreisverkehr befand. Glück gehabt,

dachte er, als er sie nicht entdecken konnte. Wahrscheinlich nahm sie den späteren Bus. Erleichtert ließ er vom Fernrohr ab und sank gegen die aufgeheizte Wand. Der Dachboden war unerträglich heiß. Für ihn war das gut, denn niemand sonst bemühte sich aufgrund der Temperaturen hier herauf. Das galt sowohl für den Sommer mit seiner Hitze als auch für den Winter, der aus dem Dachboden eine wahre Tiefkühltruhe machte. Langsam stieg er wieder hinab und schnappte sich aus der Wohnung seine Tasche. An der Bushaltestelle stoppte er nicht, sondern wartete auf der anderen Straßenseite hinter einem Baum. Das war der Vorzug seiner Erziehung, er konnte sich noch immer unsichtbar machen, wenn er wollte. Keiner registrierte ihn, selbst wenn er mitten im Weg stand, war er einfach ein junger unauffälliger Mann, den man binnen weniger Minuten aus dem Gedächtnis gestrichen hatte.

Es dauerte nicht lange, und die beiden Mädchen erschienen an der Bushaltestelle. Er beobachtete sie, ihre blassen Gesichter, die dunklen Ringe unter den Augen. Sie trugen schwarze Klamotten, die überhaupt nicht zu dem sommerlichen Wetter passten. Es war seine Schuld. Er hatte Pia nicht töten wollen. Morgen war die Beerdigung angesetzt. Danach würde sich die Lage wieder beruhigen. So hoffte er zumindest. Nach dem Verlust eines wichtigen Menschen musste es einen Abschluss geben, einen Einschnitt in der Zeitrechnung, nach dem das Leben anschließend neu begann. Bestattungen waren ein solcher Abschluss. Ein Ereignis, das den Teilnehmern endgültig vor Augen führte, dass ein Leben für immer beendet war. Dass es keinen Sinn mehr hatte, sich mit dem Geschehenen auseinanderzusetzen, weil es unumkehrbar war. Die Frage nach dem Vermeidbaren war hinfällig, denn die Vergangenheit konnte nicht mehr korrigiert werden. Übrig blieb lediglich die Zukunft, und die betraf das eigene Leben, das es galt, so positiv wie möglich zu gestalten. Sobald Pia unter der Erde wäre, würden die beiden Freundinnen nach seiner Einschätzung zurück ins Leben finden.

Er stieg als Letzter in den Bus und huschte schnell auf einen freien Platz, bevor er bemerkt werden konnte. Die Mädchen waren noch damit beschäftigt, Plätze zu wählen. Als sie sich setzten, war er längst hinter der Rückenlehne der vordersten Reihe verschwunden. Der Bus brauchte nicht lange, kaum mehr als zehn Minuten, bis zum Ziel. Er ließ ein paar Passagiere aussteigen und fügte sich anschließend in die Menge, die wie ein Schutzschild seine Entdeckung verhinderte. Schnurstracks marschierte er mit den anderen Menschen durch das große Tor und dann in die Cafeteria des Chemiewerkes. Er überlegte, ob er an der Kaffeemaschine warten oder sich schon einmal setzen sollte. Unschlüssig blickte er sich um. Viele Tische waren bereits besetzt. Es war eine gute Gelegenheit, die Mädchen zu sich zu locken. Er könnte den Gentleman spielen und ihnen einen Platz freihalten. Im Geist hörte er, wie sie sich dafür bei ihm bedankten und ihm zulächelten. Versonnen traf er eine Entscheidung und setzte sich an einen der letzten freien Tische.

* * *

Leonie blinzelte in die Sonne. Das grelle Licht brannte ihr in den Augen, die sich trocken und geschwollen anfühlten. In der Nacht hatte sie kaum Schlaf gefunden. Wieder und wieder hatte sie die Videoaufnahmen von Pias Tod angeschaut, bis sie irgendwann in den Morgenstunden völlig erschöpft eingeschlafen war. Noch immer grübelte sie über den Becher nach, aus dem Pia das tödliche Gift getrunken hatte. Drei Gefäße hatten nebeneinander auf dem Tisch gestanden. Leonie war sich nun ganz sicher, dass ihr Becher der in der Mitte gewesen war. Der Becher, aus dem Pia getrunken hatte. Der Becher, an dem Leonie selbst bis dahin nicht einmal genippt hatte. Bisher hatte sie nicht den Mut gefasst, mit jemandem darüber zu reden, obwohl sie das Thema total fertigmachte.

Als ihr Wecker klingelte, ging sie hastig duschen und zog sich an. Frauke wartete bereits stumm an der Wohnungstür. Ihre Freundin stand offenbar ebenfalls komplett neben sich und hatte bisher fast den ganzen Morgen kein Wort über die Lippen gebracht. Schweigend trotteten sie zur Haltestelle und warteten auf den Bus.

»Hast du dir die Videos schon oft angesehen?«, hob Leonie vorsichtig an und musterte ihre Freundin, deren dunkle Augenringe ebenfalls auf eine durchwachte Nacht deuteten.

Frauke reagierte nicht sofort. Ihr Blick hing irgendwo zwischen Asphalt und Schuhspitzen fest. Langsam sah sie auf.

»Ich habe seit Stunden fast nichts anderes getan«,

erwiderte sie und strich sich dabei eine Strähne aus der Stirn.

»Ich auch«, gab Leonie erleichtert zu. »Ist dir etwas Neues aufgefallen?« Sie versuchte, beiläufig zu klingen. Sie wollte nichts heraufbeschwören, sondern war auf eine ehrliche Einschätzung der Situation aus. Trotzdem klang ihre Stimme unnatürlich aufgekratzt.

Frauke senkte den Blick erneut und zuckte müde mit den Schultern.

»Ich habe mir bestimmt tausendmal angeschaut, wie der Techniker unter dem Tisch fummelt. Jedes Mal habe ich irgendwie erwartet, dass der Kerl etwas in Pias Becher kippt. Ich wollte eindeutig sehen, dass er der Täter ist.« Sie verstummte für eine Weile und hob dann den Kopf, um Leonie direkt in die Augen zu schauen. »Aber da war nichts. Nicht auf dem Video. Und in den Nachrichten und von der Kripo hört man auch nichts mehr. Ich weiß wirklich nicht, wie lange ich das überhaupt aushalten kann. Diese Ungewissheit macht mich wahnsinnig.« Frauke kramte umständlich ein Taschentuch hervor und schniefte kräftig hinein. »Es kann doch nicht sein, dass wir Pia morgen schon unter die Erde bringen und ihr Mörder weiter frei durch die Gegend läuft.«

Tränen liefen über ihr Gesicht, und Leonie wunderte sich einen Moment lang darüber, dass ihre Freundin überhaupt noch weinen konnte. Ihre Augen waren vollkommen ausgetrocknet. Sie brannten, als wäre sie tagelang durch einen Wüstensturm in der Sahara gewandert. Erst dann begriff sie Fraukes ersten Satz: *der Techniker*. Natürlich, jetzt fiel es ihr auch wieder ein. Sie hatte doch gleich gewusst, dass sie diesen Mann kannte.

Der Bus näherte sich und hielt quietschend an. Sie stiegen ein und liefen ans Ende der Sitzreihen, um dort einen Platz zu finden, wo sie sich ungestört unterhalten konnten.

»Ich bin so durcheinander, dass ich den Techniker gar nicht erkannt habe«, gestand Leonie, sobald sie saßen. »Dabei war ich schon einmal mit ihm Kaffee trinken. Er heißt Mirko.« *Und er ist eigentlich ganz nett*, fügte sie in Gedanken hinzu. Denn ihre Empfindungen passten plötzlich überhaupt nicht mehr zu dem Hass, den sie bis vor wenigen Stunden für diesen Mann empfunden hatte. Wie konnte sie das nur übersehen haben? Mit zusammengezogenen Brauen schüttelte sie den Kopf. Wer wusste schon, was sie sonst noch so versäumt hatte. Abrupt zerrte sie das Smartphone aus der Tasche und spielte das Video noch einmal ab. Kurz vor dem Ende stoppte sie.

»Was mir absolut keine Ruhe lässt, ist die Frage, ob Pia nicht aus meinem Becher getrunken hat.« Leonie hielt Frauke das Standbild vor die Nase.

Ihre Freundin starrte sie entgeistert an.

»Genau dieselbe Frage habe ich mir auch bereits hundertmal gestellt.« Frauke tippte auf das Handy. »Eine Zeitlang war ich hundertprozentig sicher, dass es mein Becher war. Letztendlich habe ich es jedoch nicht herausgefunden.«

Leonie war baff. »Du glaubst, es könnte dein Becher gewesen sein?«

Das hatte sie bisher überhaupt nicht in Betracht

gezogen. Aber natürlich hatte Frauke vollkommen recht. Je länger sie darüber nachdachte, desto wahrscheinlicher erschien ihr diese Variante. Die Panik fiel für den Bruchteil einer Sekunde von ihr ab, doch dann kam ihr eine weitere Möglichkeit in den Sinn. Vielleicht hatte es jemand auf Frauke und auf sie selbst abgesehen. Was, wenn der Giftmörder einfach Spaß daran hatte und erst aufhörte, sobald ihre ganze Wohngemeinschaft ausgelöscht war? Diese Vorstellung ließ Leonie regelrecht erstarren.

Frauke bemerkte ihren angstvollen Blick und griff tröstend nach ihrer Hand.

»Ich wollte dich nicht erschrecken. Aber ehrlich gesagt hätte jede von uns das vergiftete Bier trinken können.« Sie warf ihr einen bekümmerten Blick zu. »Auch du.«

»Glaubst du, er wird uns auch noch vergiften?« Leonie zitterte.

Frauke sah sie unsicher an. »Ich denke, wenn er uns alle töten wollte, dann hätte er das Gift in jeden Becher gefüllt.« Sie zuckte mit den Schultern. Es war ein schwacher Trost. Sie standen einfach unter Schock. Vielleicht sollten sie aufhören, sich gegenseitig mit ihren Ängsten aufzuschaukeln. Leonie nickte deshalb nur still und schwieg gedankenverloren für den Rest der Fahrt.

Der Bus stoppte, und Leonie verharrte noch einige Sekunden auf ihrem Sitz, bevor sie ausstieg. Ihr Kopf dröhnte vor Müdigkeit. Sie brauchte unbedingt einen Kaffee. Fraukes Schritte lenkten automatisch in dieselbe Richtung. Sie betraten den Chemiepark und gingen schnurstracks auf die Cafeteria zu. Der Lärmpegel löste ein dumpfes Pochen hinter Leonies Stirn aus. Ein wenig verzweifelt stellte sie fest, dass fast alle Tische besetzt waren. Sie entdeckte Robin Mohr, der ganz hinten saß und auf seinen Laptop starrte.

»Nicht schon wieder Robin«, flüsterte Frauke und zog Leonie erst einmal zur Kaffeemaschine. »Ich habe im Moment keine Lust auf Fachgespräche. Setzen wir uns lieber zu Fabian.« Frauke grinste in seine Richtung und Fabian deutete gönnerhaft auf zwei freie Plätze.

Leonie war unschlüssig und stellte eine Tasse unter den Automaten. Sie brauchte ganz dringend Koffein, sonst würde sie den Tag nicht durchstehen. Die Maschine rasselte und das Geräusch erinnerte sie unangenehm an das Klappern von Eisenketten. Im Geist sah sie ein Spukschloss voller Knochengerippe vor sich. Der Kaffee war fertig und die Maschine endlich still. Leonie blickte sich erneut um. Eine Hand fuhr in die Höhe und zog ihre Aufmerksamkeit auf sich.

»Ist das nicht Mirko, der Techniker?« Sie stieß Frauke an. »Komm, wir setzen uns an seinen Tisch. Ich will wissen, was er der Polizei erzählt hat.«

VII

VOR FÜNFHUNDERT JAHREN

Alwina lebte allein. Ihr Mann war vor vielen Jahren gestorben und hatte ihr ein beträchtliches Vermögen hinterlassen, sodass sie nicht auf eine zweite Heirat angewiesen war. Die vier Kinder waren längst aus dem Haus, und mit ihrem Weggang war die Einsamkeit in Alwinas Leben getreten. Ihr ausgezehrtes Gesicht war von tiefen Falten durchzogen. Ihre Augen blickten wach, aber die Traurigkeit in ihnen war nicht zu übersehen. Nur ihr ältester Sohn war in Zons geblieben. Alle anderen Kinder hatte es im Laufe der Zeit nach Köln verschlagen. Bastian kannte das genaue Alter von Alwina nicht. Ihr gebeugter Rücken zeugte jedenfalls von vielen Lebensjahren.

»Es war der Leibhaftige«, wiederholte sie und zeigte mit einem bleichen Finger auf das tote Liebespaar, das noch immer am Tisch saß, sich jedoch nicht mehr anblickte.

Bastian betrachtete Alwina. Sie war eine wichtige Zeugin. Josef war mit der äußerlichen Untersuchung der Leichen beschäftigt. Wernhart half ihm, die Fesseln um Elfriedes Leib zu lösen.

»Was genau habt Ihr beobachtet?«, fragte Bastian und brachte Alwina aus der Stube, damit Josef und Wernhart ungestört weiterarbeiten konnten.

»Der Mistkerl hat in der letzten Nacht auch an meine Tür geklopft. Ich habe ihn aber nicht eingelassen.« Sie rollte mit den Augen und wedelte dabei mit den Händen in der Luft. »Ich habe ihm sofort angesehen, dass er nichts Gutes im Schilde führt.« Im Flüsterton fuhr sie fort: »Er ist von Haus zu Haus gegangen. Kaum jemand mit einem Funken Verstand im Kopf hat ihm die Tür geöffnet. Nur Georg, dieser Trottel, konnte dem guten Tropfen, der ihm versprochen wurde, nicht widerstehen.«

Bastian zog die Stirn kraus. »Er hat Ihnen Wein angeboten?«

Die Alte nickte. »Sag ich doch. Es war ein Scharlatan. Seine Augen waren so dunkel wie ein mondloser Nachthimmel. Kein Lichtschimmer war darin auszumachen. Die untere Hälfte seines Gesichts hatte er mit einem Schal verhüllt. Dabei haben wir fast Sommer.« Sie spuckte aus und Bastian trat angewidert einen Schritt zur Seite.

»Jetzt seid nur nicht so empfindlich«, schimpfte Alwina, der Bastians Ausweichmanöver nicht entgangen war.

»Könnt Ihr Euch an die Kleidung erinnern?«, fragte Bastian unbeeindruckt.

»Es war eine dunkle Kutte, wie sie jedermann trägt.« Bastian seufzte. Mit dieser Beschreibung war nicht sonderlich viel anzufangen. Ein Mann mit dunklen Augen in einer schwarzen Kutte konnte beinahe jeder sein. Außerdem hatte Alwina mitten in der Nacht die richtige Augenfarbe womöglich gar nicht erkannt.

»Könnt Ihr sein Alter schätzen?«, hakte er trotzdem nach und notierte die bisherigen Angaben der guten Ordnung halber in seinem Notizbuch.

Alwina zuckte mit den Achseln. »Er war im besten Mannesalter. Hat weder gehinkt noch den Rücken gebeugt.«

»Was war mit seiner Stimme? Habt Ihr die vielleicht erkannt?«

»Nein. Sie war ganz normal.«

Bastian bedankte sich bei der Alten und geleitete sie zur Haustür hinaus. Immerhin wusste er jetzt, dass er nach einem Weinhändler suchen musste. Das erklärte auch den fehlenden Becher. Der Händler hatte Georg und Elfriede Wein zum Verkosten angeboten. Deshalb hatte Georg ihn freiwillig in sein Haus gelassen, und natürlich brauchte der Händler seine eigenen Waren nicht zu probieren. Trotzdem verstand Bastian nicht, warum Georg und Elfriede ermordet worden waren. Welchen Vorteil konnte ein Weinhändler aus dem Tod der beiden schlagen? Und vor allem: Was sollte diese merkwürdige Aufmachung der Leichen?

Nachdenklich ging er zurück in die Stube. Die beiden Toten lagen inzwischen auf dem Boden.

»Und, hast du etwas Brauchbares von Alwina erfahren?«, fragte Josef und streckte müde den Rücken.

»Wie man es nimmt«, erwiderte Bastian. »Alwina behauptet, es sei ein Weinhändler gewesen, der auch an ihre Tür geklopft habe. Mir will aber absolut nicht einfallen, aus welchem Grund jemand dieses Verbrechen begangen haben sollte.«

»Ich habe flüchtig in Georgs Bücher geschaut. Da ist auch nichts Auffälliges zu finden. Die wertvollsten Tücher befinden sich alle noch in der Truhe oder auf dem Dachboden.« Der Arzt bedeckte Elfriedes Körper mit einem grünen Wolltuch aus der Stofftruhe. »Das Einzige, was wir gefunden haben, ist dieses Stück Pergament. Doch ich befürchte, es hat keinerlei Bedeutung.« Josef hielt einen Schnipsel hoch. »Es fand sich unter dem Tisch«, fügte er hinzu und machte sich daran, Georgs Körper ebenfalls zu bedecken.

Bastian nahm den Pergamentschnipsel und untersuchte ihn. Die Maserung erinnerte ihn an etwas. Er holte das ledergebundene Buch, das sie bei dem Alchemisten gefunden hatten, hervor und schlug es auf. Die Seiten waren nicht einheitlich beschrieben. Vermutlich hatten die Verfasser ihre Texte gleichzeitig niedergeschrieben und sie erst im Anschluss zu einem Buch zusammengefügt. Zielstrebig blätterte er zu der Stelle, an der die Seiten herausgerissen waren. Bastian blinzelte und hielt das Pergament an die zerfaserten Ränder.

»Hm«, brummte er in sich hinein. »Ich frage mich, ob das Pergamentstück aus diesem Buch stammen könnte.«

»Lass mich einmal sehen«, bat Wernhart und beugte sich über die Schulter seines Freundes. Konzentriert neigte er den Kopf. »Ich denke, es könnte passen, hier an dieser Stelle.« Er drehte das Pergamentstückchen ein wenig. »Was hat ein Schnipsel aus diesem Buch nur bei Georg und Elfriede verloren?«

»Dasselbe frage ich mich auch«, erwiderte Bastian trocken.

* * *

»Ich spreche nur mit Euch alleine!« Wulfing Hohenthal ließ sich von seinem Wunsch nicht abbringen. Bastian seufzte und schickte Wernhart hinaus. Dieser konnte sich in der Zwischenzeit um eine Liste aller Weinhändler kümmern, die in den letzten Tagen in Zons waren.

»Also gut«, hob Wulfing an und musterte Bastian, der sich gegen die eiskalte Wand des Verlieses im Juddeturm lehnte. Bernhard Hilden hatte auf dem Verlies bestanden, obwohl Wulfing freiwillig zurückgekehrt war. »Erzählt mir zuerst, wie es Eurem Bruder geht.«

Bastian runzelte die Stirn. Warum nur konnte Wulfing die Sache nicht ruhen lassen? Er hatte sie längst verdrängt und seit Ewigkeiten nicht mehr daran gedacht. Außerdem war er nicht gekommen, um mit Wulfing über die Vergangenheit zu sprechen.

»Es geht ihm gut. Er hat nie wieder solches Fieber gehabt«, erwiderte Bastian knapp.

Wulfing grinste. »Euch liegt etwas ganz anderes auf dem Herzen, nicht wahr, mein kleiner, tapferer Freund?« Er legte Bastian eine Hand auf die Schulter. »Wir machen es so. Ihr berichtet mir von Eurem Bruder, und ich gebe Euch im Gegenzug die Informationen, nach denen Ihr so dringend sucht.«

»Aber ...«

»Kein Aber, mein Freund.« Wulfing hob unwirsch den Zeigefinger. »Ihr wisst, dass ich nur Euretwegen in dieses ungemütliche Verlies zurückgekehrt bin. Ihr schuldet mir einiges!«

Bastian starrte Wulfing feindselig an. Er wollte nicht nach den Regeln dieses Mannes spielen. Unwillkürlich verschränkte er die Arme.

»Woher soll ich denn überhaupt wissen, ob Ihr mir weiterhelfen könnt?«

Wulfing lachte. »Ihr besitzt ein Buch, dessen Macht so groß ist, dass kein Mensch alleine über dieses Wissen verfügen sollte.«

Bastian starrte Wulfing an. Wusste der Mann von dem Buch? Wulfings Miene schien unbewegt, aber siegessicher. Verunsichert beschloss Bastian, sich doch auf die Bedingungen dieses Mannes einzulassen. Er hatte noch nie mit jemandem darüber gesprochen.

»Nachdem Ihr meinem Bruder den Trank verabreicht habt, ging das Fieber innerhalb der Nacht zurück. Er lag anschließend noch drei Tage darnieder und erhob sich dann, als wäre nie etwas gewesen. Die roten Stellen, die er am ganzen Leib hatte, verschwanden so schnell, wie sie gekommen waren. Unsere Mutter war dermaßen erleichtert, dass sie beinahe nicht mehr aufhören konnte zu weinen. Wie vereinbart habe ich nie einer Menschenseele erzählt, dass ich meinen Bruder damals heimlich zu Euch gebracht habe. Unsere Mutter ging in dem Glauben von uns, dass Gott ihren drittältesten Sohn geheilt und zurück ins Leben gebracht hat.« Bastian hielt inne und zog das Lederbuch aus der

Tasche. Schweigend legte er es Wulfing in die Hände. Dieser starrte Bastian an und fuhr mit einem Finger über den fleckigen Einband.

»Habt Ihr Euch damals sehr vor mir gefürchtet?«, fragte Wulfing nach einer Weile.

Bastian schwieg. Er hatte die erste Frage beantwortet. Jetzt wollte er etwas von Wulfing hören. Demonstrativ kniff er die Lippen zusammen. Der Alchemist grinste.

»Also gut. Ich denke, Ihr wisst ungefähr über den Inhalt und die Verfasser dieses Buches Bescheid. Was ich Euch jetzt sage, bleibt unter uns.« Er warf Bastian einen durchdringenden Blick aus seinen rabenschwarzen Augen zu. Als dieser zustimmend nickte, fuhr er fort: »Was Ihr nicht wisst, ist, dass es einen Geheimbund von Alchemisten gibt, die landauf und landab miteinander in Verbindung stehen. Kennt Ihr dieses Zeichen?« Er malte drei ineinander verschlungene Kreise auf den Boden. Bastian schüttelte den Kopf.

»Das dachte ich mir«, murmelte Wulfing. »Dieses Zeichen steht für ein geheimes Fach, in dem Nachrichten ausgetauscht werden. Ihr findet es in regelmäßigen Abständen unweit der Fahrwege.«

Bastian wusste nicht so richtig, was er mit dieser Information anfangen sollte. Er hatte gehofft, dass Wulfing ihm etwas zu den verlorenen Buchseiten oder den Fingerabdrücken sagen konnte. Doch der Alte hatte das Buch nicht einmal aufgeschlagen, und es schien auch nicht so, als ob er überhaupt einen Blick hineinwerfen wollte. Er beschloss, das Spiel des Alchemisten noch ein wenig fortzuführen, und sagte: »Ich hatte schreckliche Angst vor Euch. Ich war damals keine sechs Jahre alt und kannte Euch nur vom Hörensagen. Es hieß, Ihr fräßet Kinderseelen.«

Wulfing lachte auf. »Trotzdem habt Ihr Euch zu mir gewagt? Hattet Ihr keine Angst um Eure Seele?«

»Ich wusste, dass Wilfried stirbt, wenn ich nichts unternehme. Im Gegensatz zu meiner Mutter dachte ich, dass Gott ihn zu sich holen würde, weil er der Barmherzigste von uns allen war. Er hat jedes Tier gepflegt, das er verletzt im Wald fand. Er hat sein Essen mit den Bettlern an der Stadtmauer geteilt. Wilfried hat lieber selbst gelitten, als andere leiden zu sehen. Für mich war klar, dass er in den Himmel gehörte. Ich wollte ihn jedoch nicht fortlassen. Daher habe ich einen Zauberer aufgesucht, und das wart Ihr.«

»Es war also purer Eigennutz?«

Bastian zuckte mit den Schultern. Er hing an allen seinen fünf Brüdern. Aber Wilfried war für ihn schon immer etwas Besonderes gewesen. Das war er auch heute noch, wo er als Geistlicher in den Diensten des Erzbischofs von Köln stand.

»Nun, für Eure ehrliche Antwort erhaltet Ihr einen weiteren Hinweis. Sucht eine alte Birke am Wegesrand nach Stürzelberg. Findet das Zeichen und legt Eure notierten Fragen in das Fach. Benutzt die Verschlüsselung aus dem Buch.«

»Was für eine Frage sollte ich stellen?« Bastian konnte Wulfing nicht folgen.

Der stieß ein heiseres Lachen aus. »Fragt nach dem, was Euch am meisten Kopfzerbrechen bereitet.«

Bastian blickte Wulfing verwundert an. Er hatte

erwartet, dass dieser endlich das Buch aufschlug. Wulfing schien amüsiert. Er sah ihn mit hochgezogenen Brauen an. Bastian war die Situation unangenehm. Der Mann war ihm nicht geheuer.

»Wisst Ihr, wer den Alchemisten Burcklin Zoobe auf dem Gewissen hat?«, fragte er mit fester Stimme.

Wieder grinste der Alte. »Ihr werdet es herausfinden, sobald Ihr die Antwort auf Eure Frage erhalten habt.«

* * *

Bastian ritt die Strecke zum dritten Mal ab. Inzwischen kannte er jeden Baum am Wegesrand. Eine Birke mit dem geheimen Zeichen hatte er bisher jedoch nicht entdeckt.

»Lass uns umkehren. Wulfing Hohenthal hat dich an der Nase herumgeführt«, maulte Wernhart, der von Anfang an keine Lust auf dieses Unterfangen verspürt hatte. Bastian hatte ihn nicht komplett eingeweiht. Wernhart wusste nur, dass sie nach einer alten Birke mit eingeritzten Zeichen suchten. Natürlich konnte er deshalb auch keinen großen Sinn in Bastians Vorgehen erkennen.

»Wir müssen diesen Baum finden, auch wenn es den ganzen Tag dauert«, beharrte Bastian und ignorierte Wernharts finstere Miene.

»Warum befragen wir nicht als Erstes die Weinhändler? Ich traue Arnold diese Aufgabe nicht zu.« Wernhart blieb stehen und funkelte Bastian wütend an.

»Arnold ist ja nicht alleine. Josef Hesemann ist bei

ihm und kann notfalls helfen. Arnold wird seine Sache schon machen. Wir haben jetzt erst einmal Wichtigeres zu tun.«

Wernhart brummte etwas Unverständliches und ließ sein Pferd ein paar Schritte machen. »Wie oft willst du denn noch diesen Weg entlangreiten? Dein Birkenbaum wird ja nicht plötzlich in den Himmel sprießen. Wenn wir ihn bisher nicht gefunden haben, dann ist er auch nicht da.«

»Vielleicht gehen wir die Sache falsch an«, sagte Bastian. »Stell dir vor, du willst etwas verstecken, und ein Bote soll den Gegenstand abholen. Welchen Baum würdest du wählen?«

Wernhart zuckte mürrisch mit den Achseln. »Na, einen, der für den Boten gut sichtbar ist, damit er nicht lange suchen muss. Natürlich dürfen andere Reisende diesen Baum nicht entdecken, auch nicht durch Zufall.« Wernhart verstummte und dachte ein paar Augenblicke nach. Daraufhin hob er den Finger. »Ich würde keine Birke direkt am Wegesrand aussuchen, sondern einen Baum in der zweiten oder vielleicht sogar dritten Reihe.« Wernhart war von einem Moment auf den anderen voller Eifer. »Ich habe vorhin eine ziemlich knorrige und außergewöhnlich dicke Birke gesehen. Wo war das bloß?« Er drehte das Pferd und galoppierte davon. Bastian sah ihm verwundert hinterher und folgte mit einigem Abstand.

Erst nach einer ganzen Weile stoppte Wernhart und drehte sich mit seinem Pferd triumphierend um. Er winkte Bastian heran und deutete auf eine dicke Birke, die völlig krumm gewachsen war.

»Dieser Baum ist mir schon am Anfang unserer Suche aufgefallen, aber ich dachte mir nichts dabei. Lass uns nach deinem Zeichen schauen«, sagte er und sprang vom Pferd. Er ging um den Baum herum und kam enttäuscht zurück.

»Nichts«, erklärte er müde.

Doch Bastian hatte die drei ineinander verschlungenen Kreise bereits erspäht. Im Gegensatz zu seiner Vermutung, dass diese Kreise in den Baumstamm eingeritzt wären, sah Bastian stattdessen drei entsprechend ineinander gebogene Zweige. Wer nicht wusste, wonach er suchen sollte, konnte dieses Zeichen unmöglich sehen.

»Mein lieber Freund, du hast den Baum gefunden. Ich bin dir sehr dankbar, den Rest muss ich jetzt alleine erledigen.« Bastian fühlte sein schlechtes Gewissen. »Ich musste Wulfing Hohenthal versprechen, das Geheimnis dieses Baumes für mich zu behalten. Ich erzähle es dir so bald wie möglich. Versprochen«, fügte er mit gesenktem Blick hinzu.

»Das dachte ich mir«, murmelte Wernhart. Die Enttäuschung stand ihm ins Gesicht geschrieben. »Ich kümmere mich derweil um die Weinhändler. Vielleicht können wir den Mörder von Georg und Elfriede möglichst bald dem Henker zuführen.« Wernhart saß auf und ritt davon.

Bastian sah ihm nach. Es bekümmerte ihn, dass er Wernhart nicht einweihen durfte. Er hoffte inständig, dass Wulfing ihn wenigstens nicht an der Nase herumführte. Rasch zog er sein Pferd ins Dickicht und band es an einen Baum. Bastian wollte nicht von anderen Reisenden entdeckt werden. Dann ging er zu der Birke und betrachtete sie. Der Baum hatte einige Jahrzehnte auf dem Buckel und war für diese Art von Gehölz außergewöhnlich dick. Die helle Rinde löste sich an etlichen Stellen. Aus dem Stamm wuchsen mehrere Hauptäste, teilweise sogar ineinander. Bastian ging in die Hocke und untersuchte den unteren Teil des Stammes. Tatsächlich stieß er auf ein loses Stück Rinde, hinter dem der Baumstamm ausgehöhlt war. Immerhin. Wulfing hatte offensichtlich die Wahrheit gesprochen. Er nahm seine vorbereitete Notiz aus der Tasche und legte sie hinein. Dann schob er die Rinde wieder davor und fragte sich, wie lange es wohl dauern würde, bis er eine Antwort erhielt.

* * *

»Jetzt haltet verflucht noch einmal still!« Wernharts Stimme donnerte durch die Stube, die sich im Fuß des Juddeturms befand. Seine Hand lag drohend auf dem Griff seines Kurzschwertes.

Doch der Weinhändler schien unbeeindruckt. Er baute sich zu voller Größe vor Alwina auf und spuckte ungehalten auf den Boden. »Ihr seid eine verdammte Hexe. Sobald Ihr den Mund aufreißt, kommen nichts als Lügen heraus«, blaffte er sie an.

»Ich schwöre bei Gott, dass das der Kerl ist, der in jener Nacht an meine Pforte geklopft hat.« Alwina, die gegen den Weinhändler wie ein Zwerg wirkte, hob den Zeigefinger theatralisch in die Höhe und stieß ihn mit solcher Wucht gegen den Mann, dass dieser trotz seiner Statur einen Schritt zurückwankte.

»Bleibt mir nur vom Leib!«, zischte der Händler zornig. Aus seinem Mund spritzte Speichel.

»Habt Ihr Alwina in jener Nacht Wein angeboten oder nicht?« Wernhart zerrte Alwina einen Schritt zurück. Josef Hesemann saß am Tisch und betrachtete Alwinas Auftritt beunruhigt. Arnold, der Stadtsoldat, machte ein dümmliches Gesicht und postierte sich mit gezogenem Schwert hinter dem Weinhändler.

»Was ist hier los?«, wollte Bastian wissen, der den Raum soeben betrat.

Alwina reagierte als Erste. »Das ist er, der Teufel, der Georg und Elfriede auf dem Gewissen hat.« Wieder schoss ihr Zeigefinger drohend in Richtung des hünenhaften Mannes.

Der Händler verdrehte die Augen. »Ich sagte es doch schon. Ich habe allen Bewohnern der Mauerstraße meine Waren angeboten. Dieses Weib lügt. Sie bezichtigt mich des Mordes, weil ich ihr an diesem Abend nichts von meinem besten Tropfen zum Probieren gegeben habe. Die Alte stinkt vor Geiz. Beim letzten Mal, als ich bei ihr gewesen bin, hat sie Unmengen getrunken, ohne etwas zu kaufen. Mit dem Mord habe ich überhaupt nichts zu tun.« Die Hautfarbe des Händlers wechselte zu dunkelrot. Arnold drängte den Mann an den Tisch und zwang ihn, sich zu setzen.

»Immer mit der Ruhe«, sagte Bastian und bat Alwina, ebenfalls am Tisch Platz zu nehmen. Erstaunlicherweise gehorchte sie, ohne zu widersprechen. Nur ihr Zeigefinger zuckte noch einmal durch die Luft.

»Lasst das«, befahl Bastian. »Was denkt Ihr Euch? Habt Ihr gar keinen Anstand?«

Die Alte schnaufte verächtlich und senkte den Blick auf die Tischkante. Bastian fixierte den Weinhändler.

»Wart Ihr auch in Georgs Haus?«

Der Mann schüttelte heftig den Kopf. »Das versuche ich ja die ganze Zeit zu erklären. Als ich an die Tür klopfte, hat niemand geöffnet. Ich habe es zweimal versucht, aber dann bin ich unverrichteter Dinge weitergezogen.«

»Hat Euch das denn gar nicht verwundert? Zu dieser späten Stunde sollte doch jedermann längst zu Hause sein.« Bastian beobachtete die Reaktion des Mannes genau. Dieser zuckte mit der Schulter.

»Ich bin ein fahrender Händler und nicht regelmäßig in Zons. Ich habe mir nichts dabei gedacht. Aber Ihr habt recht. Die letzten Male hat Georg mir immer ein Fässchen abgekauft.« Er warf Alwina einen vorwurfsvollen Blick zu, der auf den Geiz der Alten abzielte.

»Das mag ja alles sein«, fuhr Josef Hesemann dazwischen. »Es erklärt jedoch nicht, warum Ihr diesen Klumpen Gold bei Euch führt.«

Bastian spitzte die Ohren. Wernhart legte einen Metallklumpen auf den Tisch.

»Wir haben mit drei Weinhändlern gesprochen, die an jenem Abend in Zons ihre Waren feilgeboten haben. Alwina hat nur Euch wiedererkannt. Die anderen Händler waren nicht in der Mauerstraße und am Krötschenturm unterwegs . Zudem seid Ihr der Einzige, der Gold mit sich herumträgt«, sagte Wernhart anklagend.

»Wo soll ich mein Gold denn sonst lassen?«, fluchte der Händler und gestikulierte abwehrend mit den Händen. »Ich bin ein wandernder Kaufmann und trage immer meinen gesamten Besitz mit mir herum.«

Bastian betrachtete unterdessen das unförmige Metallstück, das farblich mit dem Goldton des Klumpens aus dem Zelt des ermordeten Burcklin Zoobe und Bernhard Hildens falschen Münzen übereinstimmte. Daher fragte er sich, ob der Weinhändler den Alchemisten gekannt hatte.

»Seit wann seid Ihr in Zons?«, fragte er den Händler und rechnete die Tage zurück. Georg und Elfriede waren in der letzten Nacht gestorben, der Alchemist eine Nacht zuvor.

Die Wut in den Augen des Weinhändlers verschwand. Dafür trat Unsicherheit in seinen Blick. »Seit drei Tagen. Warum?«, stotterte er.

»Woher stammt dieses Gold?«, hakte Bastian nach.

»Ich habe es gefunden. Es gehört mir.«

»Verdammt noch mal«, polterte Bastian und donnerte die Faust auf die Tischplatte. »Wenn Ihr mir nicht sofort eine brauchbare Antwort gebt, landet Ihr im Verlies.«

Alwina grinste schadenfroh. Arnold, der hinter dem Weinhändler stand, legte ihm beide Hände auf die Schultern. Wernhart nahm den Goldklumpen wieder an sich. Josef Hesemann beobachtete weiterhin ruhig die Szene mit scharfem Blick.

»Ich habe es auf dem Stadtfest gefunden«, fügte der Weinhändler hinzu.

Bastian starrte den Mann durchdringend an und

schwieg. Die Stille, die sich plötzlich in der Stube ausbreitete, lag schwer im Raum. Der Weinhändler schnappte hektisch nach Luft. Seine Augen wanderten zwischen den Anwesenden hin und her. Schließlich hielt er das Schweigen nicht länger aus.

»Ich habe es im Zelt des erschlagenen Alchemisten aufgelesen. Aber ich habe nichts mit seinem Tod zu tun. Als ich ins Zelt kam, lag er schon leblos auf dem Boden. Ich habe mich nur ein wenig umgesehen, den Klumpen entdeckt und eingesteckt. Das müsst Ihr mir glauben.«

Wieder legte sich eine unangenehme Stille über die Anwesenden. Bastian musste das Gesagte erst einmal verarbeiten. Er fragte sich, ob der Weinhändler die Seiten aus dem geheimen Buch gerissen hatte.

»Arnold, nehmt diesen Mann fest und werft ihn ins Verlies. Schnappt seinen Besitz und durchsucht seine gesamte Habe.« Zum Weinhändler gewandt sprach er weiter: »Gnade Euch Gott, wenn wir Beweise gegen Euch finden.« Dass er damit Pergamentseiten oder gar einen Hammer meinte, behielt er lieber für sich.

* * *

Bastians Herz schlug aufgewühlt. Es war mitten in der Nacht. Er hatte wieder von Anna geträumt und war aufgewacht, ohne in den Schlaf zurückzufinden. Der Vollmond stand hoch am Himmel. Es war kühl, und unwillkürlich presste sich Bastian stärker an sein Pferd, das vor Hitze glühte. Das lag vor allem an dem schnellen Ritt, zu dem er es angespornt hatte. Die Neugier hatte ihn schließlich aus dem Bett getrieben.

Die Neugier und der Wunsch, seinen Herzschmerz zu verdrängen. Noch immer wusste Bastian nicht, ob er den Vergessenstrank von Burcklin Zoobe zu sich genommen hatte oder nicht. Wenn ja, dann hatte er lediglich die Nacht des Stadtfestes vernebelt. Der Riss in seinem Gedächtnis war nach wie vor vorhanden, an Anna jedoch erinnerte er sich wie am ersten Tag. Heute Nacht war der Traum von ihr wieder so wirklich gewesen, dass er für einen Moment geglaubt hatte, in Annas Welt erwacht zu sein. Auch jetzt sah er ihre smaragdgrünen Augen vor sich, die wunderschönen Locken, die wie Wellen an ihrem schwanengleichen Hals hinunterflossen. Er hatte sie berührt, und seine Haut hatte an jenen Stellen gebrannt, an denen sie aufeinandergetroffen waren. Eine kräftige Windböe blies Bastian ins Gesicht und lenkte seine Gedanken von Anna weg. Mit ganzer Willenskraft konzentrierte er sich auf das Ziel seines nächtlichen Ritts. Er befand sich hinter den Stadttoren von Zons auf dem Weg nach Stürzelberg.

Nachts sah alles anders aus. Der Wald wirkte viel größer, dunkler und bedrohlicher, als er eigentlich war. Der Weg lag fast vollständig in der Finsternis. Nur gut, dass er mit seinem Pferd diese Strecke so oft zurücklegte, dass er den Weg auch blind fände. Die Blätter rauschten im Wind, und ab und zu hörte er Schreie, die von Tieren stammten. Schatten, die der Vollmond verursachte, tanzten geisterhaft durch die Luft. Manchmal, wenn er nicht allzu genau hinsah, nahm er eine Silhouette in der Dunkelheit wahr, die zu einem Räuber oder gar einer Hexe gehören konnte. Sein unruhiger Geist nahm die Bewegungen der Nacht auf, in der

Erwartung eines plötzlichen Angriffs, den es rechtzeitig abzuwehren galt. Doch die beängstigenden Schatten lösten sich stets wieder auf, ohne dass etwas geschah. Bastian erreichte die knorrige Birke unbehelligt und sprang vom Pferd.

Ohne den donnernden Hufschlag im Ohr rauschten die Blätter auf einmal viel stärker. Der Wind pfiff durch die Baumkronen und spielte ein düsteres Lied. In der Ferne heulte ein Wolf. Das Geräusch war jedoch so weit entfernt, dass Bastian nichts zu befürchten hatte. Er band sein Pferd fest und tastete sich zu der Birke heran, in deren Geheimfach er am Tag seine Nachricht hinterlegt hatte. Einen Moment lang überkamen ihn Zweifel. Im Grunde genommen schien es unmöglich, innerhalb so kurzer Zeit eine Antwort zu erhalten. Überhaupt war ihm gar nicht klar, auf welchen geheimen Bund er sich da einließ. Wulfings Ausführungen waren nicht sonderlich detailliert gewesen. Was sollte ein Zusammenschluss von Alchemisten schon Großartiges bewirken? Es gab auch eine öffentlich bekannte Zunft der Alchemisten. Möglicherweise fanden sich irgendwelche Scharlatane unter den Mitgliedern des Geheimbundes, die gegen das päpstliche Verbot der Goldmacherei verstießen. Trotzdem siegte Bastians Neugier. Er suchte nach der losen Rinde und fand das Versteck. Es war so dunkel, dass er nichts sehen konnte. Seine Hand glitt in den hohlen Baumstamm und traf auf ein glattes Stück Papier. Ob das noch seine eigene Notiz war? Er zog das Papier heraus und ging zurück auf den Weg. Aber auch hier war es zu dunkel, um es zu betrachten, denn eine Wolke hatte sich vor den Mond geschoben.

Bastian überlegte, was er jetzt tun sollte. Zurück-
reiten und erst in der eigenen Stube im Schein der
Kerze feststellen, was er da in den Händen hielt? Nein,
das würde ihn viel zu viel Zeit kosten, und wenn es sich
gar um seine eigene Nachricht handelte, dann wäre er
den ganzen Weg umsonst geritten. Also beschloss er,
tiefer im Wald eine Fackel zu entzünden, um die Nachricht zu untersuchen. Bastian band sein Pferd los und
führte es ins Dickicht. Nach ungefähr fünfzig Schritten
hielt er an. Auf diese Entfernung würde ihn ein
Reisender vom Weg aus vermutlich nicht bemerken.
Bastian brachte die Fackel zum Brennen. Ihr Lichtschein tanzte über das Dokument in seiner Hand. Ein
fremdes Siegel gab ihm Hoffnung. Er brach es auf und
las. Die Nachricht war verschlüsselt, doch Bastian
konnte sich noch genau an den Code erinnern.

*Geht von der alten Birke dreihundert Schritte in den
Wald hinein. Dreht Euch nach links und macht weitere
fünfzig Schritte. Dann bleibt stehen.*

Bastian stutzte. Die Nachricht ergab überhaupt
keinen Sinn. Er hatte gehofft, eine Antwort zu erhalten
und zu erfahren, ob ein Alchemist des Geheimbundes
den Verbleib der fehlenden Seiten kannte. Wer oder
was sollte denn mitten in der Nacht im Wald auf ihn
warten? Er war zwar bewaffnet, aber trotzdem ohne
Begleitung unterwegs. Das Ganze konnte genauso gut
eine Falle sein. Wulfings rabenschwarze Augen kamen
ihm in den Sinn. Wollte der ihn vielleicht meucheln
lassen und lockte ihn deshalb weit vom Weg ab? Wenn
Bastian in dieser Nacht etwas zustieße, fände ihn keine
Menschenseele. Er hatte weder Marie noch Wernhart

oder Pfarrer Johannes über sein Vorhaben unterrichtet. Einzig der Stadtsoldat, der das Tor für ihn geöffnet hatte, wusste, dass Bastian Zons verlassen hatte. Allerdings kannte auch der Soldat sein Ziel nicht. Bastian verscheuchte die Bedenken. Niemandem war bekannt, wo er sich befand, also auch nicht Wulfing. Er marschierte los. Zuerst kehrte er zurück zu der alten Birke und folgte dann den Anweisungen. Nach dreihundert Schritten wandte er sich nach links und hielt nach fünfzig weiteren Schritten an.

Der Wald lag im Dunkeln. Der Feuerschein seiner Fackel erhellte lediglich einen schmalen Kreis um Bastian herum. Die Schwärze dahinter schwieg undurchdringlich. Er wartete und spitzte die Ohren. Er blickte sich um, suchte nach einer weiteren Birke, doch hier wuchsen nur Eichen. Bastian sah sich sorgfältig nach dem Symbol aus drei ineinander verschlungenen Kreisen um, aber seine Suche blieb erfolglos. Die kühle Nachtluft ließ ihn frösteln. Ratlos stand er da, verharrte still und überlegte bereits, umzukehren. Gerade als er den ersten Schritt zurückmachte, vernahm er eine bekannte Stimme. Sein Herz machte einen Satz.

»Wo wollt Ihr hin?«

Bastian drehte sich um und blinzelte. Träumte er etwa noch immer? Er biss sich überrascht auf die Unterlippe, fühlte den Schmerz und wusste, dass er nicht schlief.

Vor ihm stand Anna. Ungläubig machte er ein paar Schritte auf sie zu. Anna bewegte sich in gleichem Maß rückwärts. Verwirrt blieb Bastian stehen und blinzelte erneut. Ein schnarrendes Lachen ertönte, und in diesem

Moment wurde Bastian klar, dass er tatsächlich einer Täuschung erlegen war.

»Es tut mir leid, Bastian Mühlenberg«, sagte eine alte Frau in weitem Umhang und mit schneeweißem langem Haar. »Ihr habt mich wohl mit jemandem verwechselt? Seid gegrüßt!« Die Frau verneigte sich elegant, fast so, als hätte sie häufig mit Fürsten oder anderen Adligen zu tun. Verunsichert tat Bastian es ihr gleich. Das Herz donnerte in seiner Brust. Zu realistisch war die Erscheinung von Anna gewesen. Er hielt den Atem an und versuchte, sich zu beruhigen.

Die Alte kam ein paar Schritte auf Bastian zu. Er sah unzählige Falten in ihrem Gesicht, die sich wie ausgetrocknete Flüsse von der Stirn bis zum Kinn zogen. Ihre Augen strahlten hingegen Wärme aus.

»Mein Name ist Waltraud. Ich habe Eure Nachricht erhalten und kann Euch vielleicht weiterhelfen.« Die Frau lächelte freundlich und legte Bastian die Hand auf die Brust. »Euer Herz ist so rein, wie ich selten eines gesehen habe«, sagte sie und betrachtete ihn eingehend. »Ein wackerer Bursche wie Ihr, mit einem schönen Eheweib, Ihr könntet im Hier und Jetzt glücklich sein. Stattdessen sehnt Ihr Euch nach der Zukunft, die so weit weg ist, dass Ihr sie niemals einfangen könnt. Warum nur sehnen sich die Menschen immer nach den Dingen, die sie nicht haben können, und übersehen dabei all die liebenden Herzen um sich herum?« Die Frau schüttelte beinahe traurig den Kopf.

Bastians Ohren rauschten. Er verstand kein Wort von dem, was die Frau erzählte. Er versuchte immer noch, eine Ähnlichkeit mit Anna in ihrem Gesicht zu entdecken.

»Was rede ich nur? Ihr seid ja wegen etwas anderem hier, nicht wahr?« Sie trat einen Schritt zurück und ließ Bastian los. An der Stelle, auf der ihre Hand gelegen hatte, breitete sich unmittelbar Kälte aus. Verwirrt rieb Bastian über den Punkt auf seiner Brust. Endlich fand er seine Sprache wieder.

»Ich bin den Anweisungen in der Nachricht, die ich im Baum gefunden habe, gefolgt und hoffe, dass Ihr mir Antworten geben könnt. Wulfing Hohenthal hat mir diesen Weg empfohlen.«

»Wohl an«, sagte die Alte feierlich. »Tretet ein, und wir werden sehen, ob ich Euch helfen kann.«

VIII

GEGENWART

Anna wälzte sich unruhig unter der Bettdecke. Sie fror erbärmlich. Denn in ihrem Albtraum lief sie durch einen dunklen Wald, nur mit einem dünnen Nachthemd bekleidet. Ein Teil ihres Unterbewusstseins wusste, dass sie einfach nur aufwachen musste, um wieder die Wärme ihres Bettes zu spüren. Sie war nicht im Wald, sie fror nicht und sie hatte sich auch nicht verlaufen. Doch der zuständige Teil ihres Gehirns war unterrepräsentiert. Der größere Part ließ Anna zwischen dicken Baumstämmen umherirren und auf knackende Äste treten, die die Stille des nächtlichen Waldes zerrissen und ihr Herz zum Rasen brachten. Sie trug keine Schuhe, sodass jeder Schritt eine Qual war. Annas Fußsohlen brannten von dem unebenen Untergrund, der übersät war mit Zweigen, stacheligem Blätterwerk und spitzen Steinen. Sie hatte keine Erinnerung daran, wie sie in diesen verfluchten Wald geraten war. Ihre einzige Orientierung war ein winziger Feuerschein, der irgendwo in der Ferne zwischen den Bäumen hindurchschien. Wo Feuer war, gab es Wärme und Menschen, die ihr vielleicht helfen konnten. Mit klappernden Zähnen rannte sie weiter und versuchte, Schmerzen und Kälte zu ignorieren. Je mehr sie sich beeilte, desto rascher würde sie zurück in die Zivilisation finden. Dieser Gedanke trieb sie an. Als sie endlich neben einer Fackel einen blonden Haarschopf erblickte, blieb sie abrupt stehen. Bastian!

Jetzt war auch dem größeren Teil ihres Gehirns klar, dass sie träumte. Doch während sie eben noch probiert hatte, dem Traum zu entrinnen, hielt sie nun krampfhaft daran fest. Wie lange hatte sie Bastian nicht mehr gesehen? Sein Anblick überwältigte sie. Diese großen, tiefbraunen Augen, die sie genauso überrascht anblickten wie sie ihn. Ihr Puls, der rasend schnell in die Höhe geschossen war, bewirkte, dass sie sich wie eine Drogensüchtige nach einem Schuss Heroin fühlte. Die Sehnsucht in seinen Augen löste Gefühle in ihr aus, die sie beim besten Willen nicht in Worte fassen konnte. Sie musste ihn berühren. Eine fremde Stimme ertönte, die sie nicht weiter zuordnen konnte. Anna ging auf Bastian zu und legte eine Hand auf seine Brust. Sie spürte, wie auch sein Herz galoppierte. Der Moment war so real. Die Hitze seiner Haut verbrannte sie beinahe. Auf einen Schlag war ihr nicht mehr kalt.

Doch dann wachte sie auf. Bastian war weg und Anna lag mit offenen Augen und rasendem Puls in ihrem Bett.

* * *

Es war ein neuer Tag. Leonie konnte gar nicht schnell genug aus dem Bus springen. Frauke folgte ihr schnaufend. Obwohl Pias Beerdigung erst knapp vierundzwanzig Stunden zurücklag, fühlte Leonie sich besser. Schaudernd dachte sie zurück an den hölzernen, auf Hochglanz polierten Sarg, in dem ihre Freundin jetzt lag. Aber Leonie wusste, dass Pia nun im Himmel war und dass es ihr dort gut ging. Zwar war sie nicht sonderlich gläubig und besuchte nur zu Weihnachten mit ihren Eltern die Messe. Den Glauben an das Leben nach dem Tod hatte sie sich jedoch von Kind auf bewahrt. Die Vorstellung, dass die Seele befreit vom Körper weiterlebte, hatte etwas Tröstliches, und Leonie hielt sich an diesem Gedanken fest.

Sie lief schneller und versuchte, die traurigen Gefühle abzuschütteln. Das war sie Pia schuldig. Sie musste einen klaren Kopf bewahren und alles tun, um Pias Mörder dingfest zu machen. Das bevorstehende Treffen mit dem Techniker Mirko Rossbach war wichtig. Zwei Tage zuvor hatten sie sich zu ihm an den Tisch in der Cafeteria gesetzt, doch Mirko musste dringend weg. Sie hatten sich für heute Morgen verabredet. Leonie durfte nicht abgelenkt sein. Das würde niemandem weiterhelfen. Seit Leonie festgestellt hatte, dass der Becher mit dem Gift sowohl Frauke als auch sie selbst hätte treffen können, ließ ihr dieses Thema keine Ruhe mehr. Sie hatte die vorhandenen Videos Sekunde für Sekunde inspiziert und versucht, von der Kriminalpolizei noch mehr Informationen herauszubekommen. Bisher waren ihre Bemühungen nicht von Erfolg gekrönt. Aber ein Gespräch mit dem Techniker könnte das vielleicht ändern. Schließlich war Mirko Rossbach am dichtesten dran gewesen. Dass die Polizei ihn bereits mehrfach verhört hatte, sprach dafür, dass er etwas wusste. Leonie wollte nur noch eines: Sie musste Pias Mörder finden.

Ungeduldig drängte sie sich durch die vielen Menschen in der Cafeteria. Wie immer um diese Uhrzeit waren fast alle Tische besetzt. Natürlich auch immer mit denselben Leuten. Fabian winkte ihnen zu, aber sie ignorierte ihn. Sie waren auf der Suche nach einem kurz geschorenen braunen Haarschopf, den sie jedoch nirgendwo entdecken konnte.

»Na toll«, stöhnte Frauke völlig außer Atem. »Jetzt haben wir uns so beeilt und Mirko ist noch gar nicht da.«

Leonie verzog die Lippen zu einer Schnute. Das war in der Tat eigenartig. Sie war sicher gewesen, dass er mehr als pünktlich sein würde. Sie hatte sein Interesse deutlich gespürt. Er war natürlich weniger darauf aus, über das Verhör bei der Polizei zu reden, als mit ihr zu flirten. Leonie hatte Mirkos Blicke bemerkt, die er nur mit Mühe immer wieder hoch zu ihrem Gesicht gelenkt hatte. Also musste etwas dazwischengekommen sein. Vielleicht hatte die Polizei ihn ja verhaftet, weil er wirklich schuldig war? Oder er hatte zu tun. Es war schließlich gut möglich, dass im Gebäude etwas kaputt gegangen und dringend reparaturbedürftig war. Zögerlich standen sie und warteten. Nach einer Weile reichte es Leonie.

»Komm, wir gehen ihn suchen«, sagte sie und zog Frauke hinter sich her.

»Wo willst du denn hin? Der kann doch überall sein«, maulte ihre Freundin, die sich auf einen heißen Kaffee gefreut hatte.

»Da gibt es diesen Raum. Im Keller, gleich unter unserem Versuchslabor. Die meisten Techniker verbringen dort ihre Pause.« Leonie ignorierte Fraukes missmutigen Blick. »Wir wollen doch Pias Mörder finden, oder nicht? Mirko Rossbach ist vielleicht der Einzige, der etwas gesehen hat.«

Frauke seufzte und gab ihren Widerstand auf. Leonies Idee hatte sie von Anfang an nicht begeistert. Sie hatten sogar ein wenig gestritten. Frauke wollte sich nicht in die Polizeiarbeit einmischen. Allerdings hatte Leonie sie am Ende überzeugt. Schließlich hatte die Polizei bisher überhaupt nichts zustande gebracht. Immer wenn sie im Revier anriefen, wurden sie abgewimmelt. Erst gestern hatte Leonie wieder versucht, Oliver Bergmann ans Telefon zu bekommen. Aber der war nie zu sprechen. Leonie glaubte inzwischen, dass der Kriminalbeamte einfach nichts in der Hand hatte und das vor ihnen nicht zugeben wollte. Also mussten sie selbst aktiv werden. Sie liefen ein kurzes Stück über das Gelände des Chemieparks und machten vor einem weiß geputzten Gebäude halt. Dort drinnen befanden sich die Unterrichtsräume der Auszubildenden. Sie betraten es durch den Haupteingang und stiegen die Treppe zum Keller hinunter. Leonie war erst ein paarmal hier unten gewesen. In einem der Räume lagerten Chemikalien, die sie für ihre Versuche brauchten. Sie fand den spärlich beleuchteten, zugigen Gang, in dem die Luft nach Chemikalien stank, ziemlich gruselig. Aber heute war Frauke bei ihr, und deshalb fühlte sie sich sicherer. Über ihren Köpfen verliefen dicke Rohre. Ansonsten war der Flur bis auf ein paar Fässer leer. Rechts und links gingen Räume und weitere Gänge ab. Das Gebäude war recht weitläufig und grenzte direkt an ein anderes. Die Kellergänge verbanden beide Objekte und waren so angelegt, dass ein Gabelstapler problemlos hindurchfahren konnte.

Leonie wandte sich nach links. Sie war bisher nur einmal in dem Pausenraum der Techniker gewesen. Er lag am Ende des zweiten Gebäudes, also orientierte sie sich in diese Richtung.

»Das ist eine Sackgasse«, stellte Frauke fest und deutete auf die Wand, in deren unterem Drittel mehrere gelbe Markierungslinien verliefen.

Leonie stutzte und drehte sich um. »Ich war lange nicht mehr hier. Wir müssen wohl den nächsten Gang links nehmen.«

»Woher willst du überhaupt wissen, dass Mirko im Pausenraum ist?«

Leonie hob die Achseln. »Das weiß ich nicht. Aber es ist Pausenzeit und deshalb sehr wahrscheinlich. Außerdem kann uns ansonsten bestimmt einer seiner Kollegen weiterhelfen.«

Leonie ging weiter. Ein kalter Luftzug fegte durch den Gang. Lautes Hupen folgte. Abrupt blieb sie stehen. Frauke lief ihr in die Hacken.

»Achtung, da kommt ein Gabelstapler.«

Das gelb lackierte Fahrzeug surrte im raschen Schritttempo an ihnen vorbei. Es transportierte mehrere dunkelblaue Fässer. Der Fahrer, ein rundlicher

Mann mit Vollbart, zwinkerte ihnen zu. Leonie und Frauke gingen bis zur nächsten Abzweigung und bogen nach links ab. Endlich erkannte Leonie den Pausenraum, der durch ein neongrünes Türschild gekennzeichnet war.

»Da vorne ist es«, sagte sie erwartungsvoll und beschleunigte ihre Schritte.

Kaffeeduft strömte ihnen entgegen. Leonie trat durch die offen stehende Tür und stellte enttäuscht fest, dass Mirko nicht da war. Ein anderer Mann saß am Tisch, nippte an seiner dampfenden Tasse und las Zeitung. Als er Leonie und Frauke bemerkte, sah er auf. Sein überraschter Blick wich schnell einem anzüglichen Grinsen.

»Guten Morgen, die Damen«, säuselte er und setzte die Kaffeetasse ab. »Wie kann ich euch beiden denn helfen?«

»Wir wollten mit Mirko Rossbach sprechen. Ist er hier?«, stotterte Leonie, die sich von den Blicken des Mannes unangenehm berührt fühlte. Sie war froh, dass Frauke dabei war.

Der Mann ließ seinen Blick langsam durch den Raum schweifen. Überall an den Wänden standen Spinde aus grauem Metall. Davor befanden sich Bänke. In der Mitte gab es einen großen Tisch. Der Mann hob die Hände und zog die Augenbrauen hoch.

»Hier kann ich ihn nicht sehen«, erklärte er süffisant. »Was hat der denn, was ich nicht habe?« Er verzog doppeldeutig den Mund und schnalzte mit der Zunge.

Frauke schob sich vor Leonie und ergriff das Wort.

»Wissen Sie, wo er ist?« Sie verschränkte die Arme vor der Brust.

Der Mann rührte gelassen in seiner Kaffeetasse. Leonie war bereits drauf und dran, kehrtzumachen, als er doch noch antwortete.

»Der war vorhin kurz hier, hat seine Tasche abgestellt und ist gleich in die Cafeteria gegangen.« Er ließ den Löffel in die Tasse plumpsen, deutete auf eine ausgebeulte Sporttasche, die am anderen Ende des Tisches stand, und musterte Frauke ausgiebig. »Der wollte euch beiden Hübschen wohl einen Kaffee spendieren, was? Den könnt ihr von mir auch bekommen.«

»Danke«, sagte Frauke und zog einen Zettel aus ihrer Tasche. »Ich schreibe Mirko meine Handynummer auf. Richten Sie ihm bitte aus, dass er mich zurückrufen soll, sobald er wieder auftaucht. Es ist wichtig.« Frauke ging um den Tisch und legte die Notiz auf Mirkos Tasche. Der Reißverschluss stand offen. Ein weißes T-Shirt, eine Bierflasche und ein paar Glaskolben lugten hervor. Frauke ging schnurstracks zu Leonie zurück und zog sie auf den Gang.

»Puh, was für ein Ekel«, raunte sie in Leonies Ohr.

»Wollen wir denn nicht in die Cafeteria?«, fragte Leonie, die nicht verstand, warum Frauke ihre Telefonnummer hinterlassen hatte.

»Hast du mal auf die Uhr geschaut? Unser Kurs fängt in weniger als drei Minuten an, und ich habe wirklich keine Lust, mir von Dr. Meuten Minuspunkte einzufangen.« Sie lief schneller und warf Leonie einen strengen Seitenblick zu. »Jetzt beeile dich mal ein bisschen. Pia hätte bestimmt nicht gewollt, dass du dir ihretwegen die Ausbildung ruinierst.«

* * *

Hans Steuermark, Leiter des Kriminalkommissariates Neuss, raufte sich die Haare, während er vor seinem Schreibtisch hin und her lief und die tiefen Spuren vertiefte, die den grauen Teppich bereits zeichneten. Oliver Bergmann kannte seinen Chef nicht anders. Er gehörte nicht gerade zu den geduldigsten Menschen und spätestens seit dem doppelten Pärchenmord in Zons lagen seine Nerven blank. Noch am selben Tag war eine Pressekonferenz angesetzt worden. Ein Journalist hatte Wind von der Sache bekommen und die Nachbarin Else Göddertz ausgehorcht, die die Leichen in der Wohnung entdeckt hatte. Dementsprechend mies war Steuermark gelaunt. Seine dunklen Adleraugen funkelten. Er starrte Oliver an, als könne er rein durch die Macht seines Blickes die Täter in sein Büro transportieren. Aber daraus wurde nichts. Die Mordfälle häuften sich, die Spuren hingegen waren rar oder gar nicht erst vorhanden.

»Beginnen wir noch einmal von vorne«, forderte Steuermark Oliver und Klaus mit scharfer Stimme auf und schob demonstrativ die Akten an die Schreibtischkante. »Wir brauchen Verdächtige, dringend.« Sein Zeigefinger pochte auf Pia Brockmanns Bild, der vergifteten Auszubildenden aus dem Chemiepark.

»In diesem Fall haben wir jemanden. Wie hieß er

gleich, dieser Hausmeister oder Techniker, wie sie neuerdings genannt werden.«

»Mirko Rossbach. Die offizielle Berufsbezeichnung ist Facility-Manager.« Oliver klang ruhig. Er wusste, dass er Steuermark im Augenblick nicht weiter aufregen durfte. Der Mann war ein Choleriker. Jedes unbedachte Wort konnte diesen unberechenbaren Vulkan zum Ausbruch bringen.

»Warum können wir immer noch keinen Haftbefehl beantragen?«, wollte Steuermark wissen. Der ungeduldige Unterton in seiner Stimme verhieß nichts Gutes.

»Für eine Festnahme reicht die Beweislage nicht aus. Wir sind bei der Staatsanwaltschaft abgeblitzt.«

»Wir haben drei Videos, auf denen dieser Mann direkt an dem Tisch mit den Getränken zu sehen ist! Sie müssen doch ein Geständnis aus diesem Mann herausbekommen.« Steuermark wurde lauter.

»Es ist richtig, dass er auf den Aufnahmen zu sehen ist. Aber er hat einen Anwalt, der auf jedes Wort achtet. Außerdem ist nirgendwo zu erkennen, dass er etwas in den Becher des Opfers geschüttet hat. Nach eigenen Angaben hat er den Stromanschluss des Projektors unter dem Tisch geprüft.«

»Aber Sie sind an dem Mann dran?« Diesmal richteten sich Steuermarks Augen auf Klaus, der sofort eifrig nickte.

»Natürlich. Wir prüfen derzeit sein komplettes Umfeld, genau wie das der anderen Auszubildenden, die auf der Party anwesend waren.«

»Im Übrigen recherchieren wir in der Drogenszene. Das Mädchen ist nach Aussage unserer Rechtsmedizin an einer Überdosis von Cantharis, besser bekannt als Spanische Fliege, gestorben. Dieser Stoff kann Rauschzustände hervorrufen. Vielleicht haben wir es mit einer neuartigen Droge zu tun. Wir können jedenfalls Drogenmissbrauch nicht ganz ausschließen.«

»Sie meinen, das war gar kein Mord, sondern ein selbst verursachter Drogentod?«

Oliver schüttelte den Kopf. Er hielt es für unwahrscheinlich, dass Pia Brockmann freiwillig Drogen genommen hatte. Aber er konnte es derzeit nicht beweisen. Es passte auf den ersten Blick zumindest nicht in Pias Lebensumstände und ihre Zukunftspläne.

»Einziger Hinweis ist das Langzeitdrogenscreening, das die Rechtsmedizin durchgeführt hat. Es konnte nichts im Blut des Opfers festgestellt werden. Allerdings bezieht sich dieser Test auf andere Substanzen als die, die für ihren Tod verantwortlich sind.«

Steuermark nickte. »Was ist mit den beiden Mitbewohnerinnen? Hat vielleicht eines der Mädchen Kontakt zu Drogen gehabt?«

Diesmal antwortete Klaus: »Wir haben ihre Wohnung komplett auf den Kopf gestellt. Es deutet nichts darauf hin.«

Steuermarks Gesichtsfarbe hatte einen ungesunden Rotton angenommen.

»Verdammt. Nun zu etwas anderem. Was ist mit den beiden ermordeten Paaren? Gibt es da inzwischen Verdächtige?«

Oliver hielt die Luft an. Wenn er Steuermark jetzt klarmachte, dass sie bisher weder Spuren noch brauchbare Zeugen und auch keine Verbindung zwischen den beiden Paaren gefunden hatten, würde es ungemütlich werden. Glücklicherweise wurde genau in diesem Augenblick die Tür zu Hans Steuermarks Büro aufgerissen.

»Ich muss Sie alle dringend sprechen«, sagte Ingrid Scholten und stolzierte mit kerzengerader Körperhaltung auf Steuermarks Schreibtisch zu. »Es gibt einen Zusammenhang zwischen den Morden.« Sie setzte sich auf die Schreibtischkante und streckte die Beine aus. Damit blockierte sie Steuermarks Laufroute. Niemand anderes im Polizeirevier hätte es sich erlauben können, diesen Weg abzuschneiden. Doch gegenüber Ingrid Scholten, die mit strenger Miene in die Runde blickte und kühle Gelassenheit ausstrahlte, gab selbst Steuermark klein bei. Er öffnete zwar kurz den Mund zum Protest, sagte jedoch nichts und blieb wie angewurzelt stehen.

»Was für einen Zusammenhang?«, wollte er wissen. »Zwischen den beiden Paaren?«

Scholten schüttelte den Kopf. »Nein, zwischen dem Mord an Pia Brockmann und den vier Toten in der Erdgeschosswohnung. Ich habe gerade die Obduktionsberichte bekommen.«

»Was?« Oliver riss die Augen auf. Darauf wäre nie jemand gekommen. Die Morde waren komplett unterschiedlich ausgeführt. Welche Verbindung sollte es zwischen den Opfern geben?

Ingrid Scholten öffnete die Mappe, die sie in der Hand hielt, und breitete ein paar Fotos auf dem Schreibtisch aus.

»Hier sehen Sie die Detailaufnahmen der Gesichter.

Bei allen vier Leichen in der Wohnung von Stefan Kuhn fand sich das gleiche Verletzungsmuster.«

Oliver erinnerte sich, dass Ingrid Scholten bei der ersten Untersuchung am Fundort von einer Lobotomie gesprochen hatte, einem neurochirurgischen Eingriff. Die Rechtsmedizin, die sich die vier Leichen daraufhin an Ort und Stelle angesehen hatte, hatte vor der Obduktion jedoch keine Mutmaßungen in die Welt setzen wollen, die sich im Nachhinein womöglich als fehlerhaft herausstellten. Deshalb saßen Oliver und Klaus seit zwei Tagen wie auf heißen Kohlen und warteten auf die Ergebnisse.

»Ein langer, spitzer Gegenstand wurde durch die Nase eingeführt und bis ins Gehirn gestoßen.« Scholten zeichnete eine Linie von oben nach unten über das Foto der getöteten Carolin Meinert. »Die Rechtsmedizin hat festgestellt, dass diese Verletzung allen vier Opfern post mortem zugefügt wurde.« Scholten machte eine bedeutungsvolle Pause und holte tief Luft. »Wir konnten uns zuerst überhaupt keinen Reim darauf machen. Zunächst gingen wir von einem reinen Gewaltakt aus. Die Obduktion ergab, dass keine wesentlichen Teile des Gehirns oder des Schädelknochens fehlen. Aber dann habe ich mir noch einmal den Obduktionsbericht von Pia Brockmann durchgelesen. Danach hatte ich eine Idee, worum es dem Täter gehen könnte.« Sie schaute Oliver an und tippte sich mit dem Finger an die Stirn, als hätte sie den Geistesblitz erst in dieser Sekunde. »Der Täter hat bewusst keine klassische Lobotomie durchgeführt, weil eine Zerstörung von Nervenverbindungen gar nicht sein Ziel war. Warum auch? Die Opfer waren zu diesem Zeitpunkt bereits tot und die Nervenbahnen damit faktisch lahmgelegt. Er wollte direkt in die Hirnanhangdrüse.« Ingrid Scholten schwieg und blickte die Anwesenden wissend an. Anscheinend ging sie davon aus, dass jeder von ihnen wusste, was der Täter mit dieser Drüse vorhatte.

Erst als Oliver den Kopf schüttelte und Hans Steuermark sich ungeduldig räusperte, fuhr Scholten fort: »Die Hirnanhangdrüse produziert Hormone. Sie ist das wichtigste übergeordnete Hormonproduktionszentrum des menschlichen Körpers und befindet sich genau hier.« Sie kramte eine schematische Darstellung aus der Mappe und zeigte auf eine Stelle unterhalb des Gehirns. »Das ist der sogenannte Türkensattel, ein Knochenteil der Schädelbasis, in dem die Hirnanhangdrüse liegt.«

Langsam dämmerte es Oliver. Geschockt nahm er Ingrid Scholten das Bild aus der Hand. »Sie wollen uns jetzt aber nicht weismachen, dass der Täter den Paaren Hormone entnommen hat, um damit die Giftmischung für Pia Brockmann herzustellen.« Von der Vorstellung wurde ihm speiübel.

Scholten nickte anerkennend. »Nicht ganz. Aber Sie sind dicht dran. Wir konnten Hormone und DNA-Spuren von Evelin Brandt und Jonathan Kampmeister in der Flüssigkeit nachweisen, die Pia Brockmann getötet hat. Es handelt sich um das Hormon Oxytocin, das allerdings nicht giftig ist. Aber es kann durchaus Rauschzustände auslösen.«

»Evelin und Jonathan waren das Paar, das später getötet wurde«, murmelte Oliver und blätterte in dem Bericht. »Und was ist mit Carolin Meinert und Stefan

Kuhn? An ihnen wurde doch dieselbe Prozedur durchgeführt.«

Scholten zuckte mit den Achseln. »Das ist zwar richtig. Jedoch gibt es keinerlei Hinweise auf den Verbleib der entnommenen Hormone.«

Oliver konnte es nicht fassen. Das war eine heftige Entdeckung, die Scholten da gemacht hatte. Die Vorstellung, Hormone aus dem Gehirn zu entnehmen und dafür Menschen zu töten, fand er vollkommen abartig. In seinem Kopf ratterte es. Warum mussten vier Personen sterben? Brauchte der Killer etwa eine große Menge an natürlichen Hormonen? Nein, das konnte nicht sein. Ansonsten hätten sie ja auch vom ersten Paar Spuren bei Pia Brockmann gefunden. Aber was war dann der Grund? Bewahrte er sich womöglich Stoff für ein weiteres Opfer auf? Irgendwie ergab alles keinen Sinn.

»Das gibt mehr Rätsel als Antworten auf«, sagte Klaus und sprach Oliver damit aus der Seele. »Kein Wunder, dass wir in der Dealerszene diese Art von Droge bisher nicht aufgespürt haben. Diese Mischung wird man wohl kaum auf dem Schwarzmarkt bekommen.«

»Immerhin scheint es sich um denselben Täter zu handeln«, stellte Hans Steuermark fest. »Also, an die Arbeit. Ich brauche Erkenntnisse, ob es zwischen den Opfern Verbindungen gibt, mit deren Hilfe wir den Mörder schnappen können.«

* * *

»Jetzt pass doch auf! Du hast die Hälfte verschüttet«, zischte Robin. Leonie war so in Gedanken versunken, dass sie gar nicht bemerkt hatte, wie die gelbliche Flüssigkeit am Glaskolben vorbei auf die Tischplatte tropfte. Schnell griff sie nach einem Tuch und wischte den Tisch trocken.

»Wer von Ihnen hat Gold hergestellt?«, fragte Dr. Meuten und warf einen strengen Blick in die Runde.

An den hinteren Tischen meldete sich ein junger Mann und grinste.

»Es ist allerdings eine schlechte Kopie«, sagte er und hob einen Klumpen hoch, der gelb glänzte.

»Sehr gut«, lobte Dr. Meuten. »Bringen Sie Ihr Ergebnis doch bitte einmal nach vorne, damit alle sehen können, was die Alchemisten des Mittelalters als Gold angepriesen haben.« Meutens Augen hafteten für eine Sekunde an Leonie, die jedoch schnell den Blick senkte. Sie wollte nicht, dass Dr. Meuten mitbekam, dass ihr Experiment komplett missglückt war. Es tat ihr leid. Insbesondere für Robin, der sich so viel Mühe gegeben hatte und der ohne ihre Hilfe sicherlich ein besseres Ergebnis erzielt hätte.

»Tut mir leid«, flüsterte sie und sah Robin zerknirscht an.

»Macht nichts«, erklärte dieser und winkte ab. »Ich hätte dich nicht so unfair anblaffen sollen. Es war ja keine Absicht. Mir tut es leid.«

Leonie setzte ein verkrampftes Lächeln auf. Das Letzte, was sie wollte, war, dass Robin sich jetzt auch noch für seinen – zugegebenermaßen rüden – Ton entschuldigte. Schließlich war es dämlich von ihr gewesen, die Flüssigkeit zu vergießen. Sie wusste, dass Robin dieses Experiment viel bedeutete. Sein Tonfall hatte sie tatsächlich ein wenig erschreckt. Es lag eine Aggressivität darin, die sie ihm gar nicht zugetraut hätte. Leonie betrachtete Robin, der sie im Moment überhaupt nicht beachtete, sondern akribisch Notizen zum Experiment anfertigte. Sein Profil war attraktiv. Eine lange, gerade Nase, markante Wangenknochen und ein nicht zu spitzes Kinn. Einzig die blasse Haut war für Leonie ein Minuspunkt.

»Im Mittelalter haben Alchemisten versucht, aus unedlen Metallen, wie zum Beispiel Blei, Gold herzustellen. Natürlich hat das nicht funktioniert, aber so mancher Scharlatan hat sich damit sprichwörtlich eine goldene Nase verdient. Heute haben Sie gelernt, wie man solche Metalle herstellen kann, und dass diese zumindest in der Farbgebung dem echten Gold sehr nahe kommen. Andreas Koch sammelt jetzt die Berichte ein. Die Noten gibt es in der nächsten Woche.« Dr. Meuten schob die Brille hoch und suchte eilig seine Unterlagen zusammen. Er stopfte sie in die Aktentasche und verschwand ohne ein weiteres Wort aus dem Raum.

»Ich brauche euren Bericht.« Dr. Meutens Assistent klopfte ungeduldig mit den Fingerspitzen auf den Tisch.

»Kannst du bitte hinten anfangen. Wir sind gleich fertig«, bat Leonie und warf Andreas einen flehenden Blick zu.

»Na schön, aber wenn ich zurück bin, gibt es keine Diskussion mehr.«

Leonie nickte eifrig. »Danke«, sagte sie und grinste, als Andreas ihr zuzwinkerte.

Robin verstärkte seine Bemühungen und kritzelte wie verrückt auf das Papier. Leonie war froh, dass er diese Aufgabe übernahm. Aber er schrieb viel zu viel.

»Beeil dich«, drängte sie und warf einen Blick nach hinten. Die letzte Reihe hatte ihre Berichte bereits abgegeben. Leonie sah zu Frauke, die zusammen mit Fabian schräg hinter ihr saß.

»Du hättest besser mit mir zusammengearbeitet«, tönte Fabian und hielt die fertige Arbeit triumphierend über den Kopf. Frauke schwieg, rollte jedoch mit den Augen.

»Was denn?«, beschwerte sich Fabian und runzelte die Stirn. »Wir sind fertig und unser Metall sieht aus wie Gold.«

Frauke nickte zwar. Man konnte ihr allerdings trotzdem ansehen, dass sie Fabian für einen Aufschneider hielt und von ihm genervt war.

Leonie lachte. Die beiden passten wirklich überhaupt nicht zusammen. Sie drehte sich wieder um und stellte fest, dass Robin weiterhin schrieb. Meutens Assistent war nur noch drei Bänke entfernt.

»Mach schnell. Wir müssen abgeben.«

Robins Stift raste über das Papier. Gerade als Andreas Koch an den Tisch trat, setzte er den letzten Punkt.

»Fertig. Bitte schön«, sagte Robin und schob ihm den Bericht triumphierend zu.

Andreas Koch nahm die Aufzeichnungen und sagte an Leonie gewandt: »Kommst du gleich mal in mein Büro?«

»Na klar.« Leonie stöhnte innerlich auf. Das hatte nichts Gutes zu bedeuten.

»Sehen wir uns zu Hause?«, rief sie Frauke beim Hinausgehen zu und ignorierte Fabians Blicke. Ihr war nicht nach Flirten zumute. Nicht nach der Sache mit Pia, und schon gar nicht jetzt, wo sie in Schwierigkeiten steckte. Fabian war nicht sonderlich empathisch. Pias Tod schien ihm nicht wirklich nahezugehen. Dabei hatte er oft mit ihr zusammen gelernt.

Leonie wich seinem Blick demonstrativ aus und folgte Andreas Koch mit ungutem Gefühl. Schweigend liefen sie über den langen Flur bis in sein Büro.

»Ich habe schlechte Nachrichten«, eröffnete Meutens Assistent das Gespräch und zog einen Schnellhefter aus einem großen Stapel auf seinem Schreibtisch. Leonies Magen krampfte sich zusammen. Hoffentlich war sie nicht durchgefallen.

»Drei chemische Formeln stimmen nicht. Wie du sicher weißt, liegt die Grenze bei zwei Fehlern. Die Arbeit ist ansonsten wirklich gut, und ich tue mich sehr schwer damit, dich alles wiederholen zu lassen, aber ich befürchte, dass selbst ein gutes Wort von mir bei Dr. Meuten nicht helfen wird.« Er schlug die Hausarbeit auf und legte sie so auf den Tisch, dass Leonie sie lesen konnte. Ihre Augen blieben an den roten Kreisen hängen, die ihre Fehler markierten.

Leonie stieß einen tiefen Seufzer aus. »Kann man denn da gar nichts machen?«, fragte sie, obwohl sie die Regeln kannte. Drei Formelfehler hießen, dass die Hausarbeit mit einem anderen Thema wiederholt werden musste. Sie fluchte innerlich, weil sie Robins

Hilfe nicht angenommen hatte. Sie hatte es unbedingt allein schaffen wollen und nun hatte sie den Salat.

»Ich bin im Augenblick ziemlich durcheinander«, gestand sie und schlug die Augen nieder. »Wegen Pia«, fügte sie hinzu und unterdrückte die Tränen, die beim bloßen Gedanken an ihre Freundin in ihr hochschossen.

»Ich verstehe das«, sagte Andreas Koch voller Mitgefühl. »Ich werde mit Dr. Meuten reden. Vielleicht macht er aufgrund der schrecklichen Umstände eine Ausnahme. Aber mach dir bitte nicht zu viel Hoffnung. Du weißt, wie streng er ist, und außerdem hast du die Hausarbeit vor dem Vorfall mit Pia fertig gehabt.«

Leonie nickte und ließ den Kopf hängen. Sie hatte es versaut. Jetzt konnte sie komplett von vorn anfangen. Eine Träne, die sich nicht mehr aufhalten ließ, rollte über ihre Wange und tropfte auf die Schreibtischplatte. Sie war ganz schwarz von ihrem Make-up.

»Möchtest du etwas trinken?« Andreas schob ein Glas zu ihr hin, aber Leonie schüttelte den Kopf.

»Also gut. Ich gebe dir Bescheid, sobald ich Genaueres weiß.«

Leonie wandte sich zum Gehen.

»Warte mal«, sagte Andreas und schrieb etwas auf einen Zettel. »Geh doch bitte in die Bibliothek und besorge dir dieses Buch. Am besten, du legst gleich los und fasst die ersten Kapitel schon mal zusammen. Ich weiß ja, dass du große Schwierigkeiten mit diesen Formeln hast.« Er drückte ihr den Zettel in die Hand und zwinkerte. Leonie warf einen Blick auf das neue Thema. Es ging um die Einhaltung von Sicherheits- und

Umweltbestimmungen bei der Herstellung von Kleb-
stoffen. Ein Lächeln huschte über ihr Gesicht. Zumindest musste sie sich damit nicht mehr durch Formeln
quälen.

»Danke«, sagte sie und trottete hinaus, den Blick
starr auf den grauen Fußboden gerichtet. In ihrem Kopf
ratterte es. Das neue Thema war okay, aber trotzdem
bedeutete es eine Menge Arbeit. Ihre Probleme
schienen sich mittlerweile zu einem unüberwindlichen
Haufen aufzutürmen. Sie nahm gerade noch eine Bewegung wahr und wäre beinahe mit Konstantin Lemke
zusammengestoßen.

»Geht es dir nicht gut?«, fragte Konstantin und
musterte sie mit einer Sorgenfalte zwischen den Brauen.
»Jetzt sag nur nicht, du hast die Hausarbeit ruiniert.« Er
schlug sich die Hand gegen die Stirn und fluchte:
»Super, deswegen bin ich auch hier. Wir sind wohl die
beiden Einzigen, die sie wiederholen müssen.« Er
presste die Lippen aufeinander und zuckte mit den
Achseln. »Ich gehe dann mal in die Höhle des Löwen.«
Er berührte sie an der Schulter und verschwand in
Andreas Kochs Büro.

Leonie ging weiter. Konstantin war derjenige, der
das erste Video von Pias Tod an die Polizei gesendet
hatte. Er war Robins bester Freund und eigentlich ein
recht guter Schüler. Es half ihr nichts, aber in diesem
Augenblick war Leonie erleichtert, nicht als Einzige die
Hausarbeit neu schreiben zu müssen.

Sie warf einen kurzen Blick auf die Uhr und fuhr zur
Bibliothek. Das Gebäude war nicht sonderlich groß.
Aber sie war froh, dass es überhaupt Bücher zum

Ausleihen gab. Leonie ging an einen Computer und tippte den Titel ein, den der Assistent ihr notiert hatte. Das Buch war nicht ausgeliehen. Leonie suchte es heraus und machte sich an die Arbeit. Diesmal würde sie es meistern. Sie dachte kurz an Pia und daran, dass ihre Freundin nicht gewollt hätte, dass Leonie in ihrer Ausbildung versagte. Eifrig las sie die ersten Seiten, machte sich Stichpunkte und vergaß darüber völlig die Zeit. Erst zwei Stunden später packte sie eilig zusammen und fuhr nach Hause. Es dämmerte bereits, als sie ankam. Die Wohnung lag im Dunkeln. Ob Frauke schon schlief? Sie verzichtete darauf, zu klingeln, und kramte umständlich den Schlüssel aus der Tasche. Auf Zehenspitzen schlich sie in die Wohnung, legte Mantel und Tasche ab und schlüpfte aus den Schuhen. Fraukes Zimmertür stand offen. Leonie wollte die Tür gerade zuziehen, als sie innehielt.

»Frauke?«, flüsterte sie und lugte durch die Tür. Das Licht vom Flur beleuchtete Fraukes Zimmer nur schwach. Trotzdem konnte Leonie schemenhaft Schrank, Bett und Schreibtisch erkennen. Sie ging zum Bett und horchte. Die Decke lag ordentlich gefaltet unterhalb des Kissens. Das Bett war leer. Überrascht schaltete Leonie das Licht an und blickte erneut zum Bett. Sie blinzelte, als könnte sie die schlafende Frauke mithilfe ihrer Gedanken herbeizaubern. Aber es half nichts. Ihre Mitbewohnerin war offensichtlich ausgeflogen. Leonie überlegte, ob Frauke heute Abend verabredet gewesen war. Irritiert kramte sie in ihrem Gedächtnis, das allerdings nichts hervorbrachte. Seit Pias Tod war sie einfach völlig durcheinander. Sie ging in die Küche zu ihrem großen Kalender, in den alle drei Bewohnerinnen ihre Termine eintrugen. In Fraukes Plan stand für heute Abend in fetten Buchstaben *Kochkurs*. Verwundert ging Leonie zurück in Fraukes Zimmer. Der Kochkurs war wegen Krankheit des Dozenten ausgefallen. Das hatte Leonie am Morgen mitbekommen, weil Frauke sich darüber geärgert hatte. Ob sich eine Vertretung gefunden hatte? Leonie blickte sich in Fraukes Zimmer um. Ihre Tasche stand neben dem Schreibtisch. Sie war also zu Hause gewesen. Leonie ging in den Flur. Fraukes Schuhe waren weg. Sie seufzte, griff nach dem Handy und wählte die Nummer ihrer Mitbewohnerin und wartete. Es klingelte und klingelte. Niemand hob ab. Leonie wusste, dass Frauke keine Mailbox eingerichtet hatte. Deshalb schrieb sie eine Nachricht: »Hi, bin zu Hause. Wo bist du? Findet der Kochkurs doch statt?«

Sie steckte das Telefon wieder ein und ging in die Küche. Ihre Kehle war plötzlich wie ausgetrocknet. Sie holte ein Glas aus dem Schrank, füllte es am Wasserhahn und setzte sich an den Esstisch. Noch bevor Leonie den ersten Schluck genommen hatte, begann ihr Herz zu galoppieren. Eine schreckliche Beobachtung überfiel sie mit solcher Gewalt, dass ihr einen Moment lang schwarz vor Augen wurde. Ungläubig starrte sie auf den Tisch, unfähig, sich zu bewegen. Da standen zwei Gläser, die am Morgen nicht dort gestanden hatten. Leonie zitterte. Zwei Gläser. Das bedeutete, dass noch jemand anderes hier gewesen war. Sie rannte zurück in den Flur. Ihr wurde schlagartig heiß und kalt. Sie hatte sich vertan. Fraukes Schuhe, die sie zurzeit jeden Tag trug, waren gar nicht weg, wie sie im ersten Augenblick gedacht hatte. Das Paar schwarze Pumps glotzte sie regelrecht an. Kälte fraß sich in jede Faser ihres Körpers. Zitternd holte sie das Telefon heraus und wählte Oliver Bergmanns Nummer.

IX

VOR FÜNFHUNDERT JAHREN

»K ommt näher, oder hat Euch der Mut verlassen?« Waltraud führte Bastian an die Feuerstelle in ihrer bescheidenen Hütte. »Ich habe heute Nacht das Feuer nicht gelöscht, weil ich wusste, dass Ihr kommt«, sagte sie und lächelte geheimnisvoll. Dann setzte sie sich auf einen Strohballen und bat Bastian darum, ihr das Buch *Alchymey teuczsch* zu geben. Ihre mageren Finger fuhren ehrfurchtsvoll über den ledernen Einband.

»Es gibt nicht mehr viele von diesen Schriften. Die Kirche hat fast alle Bücher dieser Art im Feuer zerstört.« Sie hob den Kopf und runzelte die Stirn. »Wollt Ihr Euch nicht setzen? Die Nacht ist noch lang.«

Bastian wäre lieber stehen geblieben, aber er sah ein, dass es unhöflich war, und unterdrückte das beklemmende Gefühl in der Magengrube. Er griff kurzerhand nach dem nächsten Strohballen und nahm Platz.

»Könnt Ihr mir sagen, was sich auf den fehlenden Seiten befindet und wer sie herausgerissen hat?«

Die Alte schlug das Buch an der Stelle auf, an der die Seiten fehlten. »Ich bin des Hellsehens nicht mächtig, doch kann ich Euch sagen, wer seit geraumer Zeit Jagd auf dieses Buch macht und warum. Ob dieser Mann die Seiten auch gestohlen hat, weiß ich nicht. Aber es liegt wohl nahe.«

»Nun denn, wer will dieses Buch besitzen?«, fragte Bastian und rieb sich die kalten Hände über dem Feuer.

»Bernhard Hilden, der Gefolgsmann unseres Erzbischofs, sucht nach der Formel für die Erschaffung von Gold. Er hat Alchemisten landauf und landab aufgesucht. Er ist besessen von der Vorstellung, einen unendlichen Vorrat des wertvollen Metalls herstellen zu können.«

»Woher wisst Ihr das?«, hakte Bastian nach. Er war nicht sicher, ob er Waltraud diese Geschichte abkaufen sollte. Schließlich hatte auch Wulfing Hohenthal auf Bernhard Hilden verwiesen und Waltraud gehörte ganz offenbar zu den Vertrauten des Alchemisten.

»Burcklin Zoobe hat sich die *Alchymey teuczsch* bei mir ausgeliehen. Er hatte den Auftrag von Bernhard Hilden, für ihn Gold herzustellen. Seht her. Dies hat Burcklin mir als Pfand für das Buch überlassen.« Sie holte einen vergoldeten Dolch hervor und zeigte auf die Buchstaben am Schaft.

Bastian begutachtete die Waffe und sah ein B und ein Z, Burcklins Initialen.

»Warum hat er Euch diese wertvolle Waffe für ein

fleckiges, ledernes Buch dagelassen?« Bastian runzelte die Stirn.

»Der Wert des Buches ist unermesslich. Das darin gesammelte Wissen verhilft jedem, der damit umzugehen weiß, zu unendlicher Macht.«

Bastian war von Waltrauds Erklärung nicht überzeugt. »Bernhard Hilden hat es nicht besonders geholfen. Er wäre wegen des unechten Goldes beinahe am Galgen aufgeknüpft worden. Außerdem, wenn Burcklin Zoobe ihn mit dem Falschgold versorgt hat, weshalb bezichtigt Hilden dann Wulfing Hohenthal der Goldmacherei und des Betruges?«

Die weise Frau grinste. »Denkt nach, Bastian. Ich bin sicher, dass Ihr Euch die Antwort selbst herleiten könnt.«

Bastian blickte Waltraud misstrauisch an. Er ahnte, worauf sie hinauswollte. Sie wollte ihm weismachen, dass Bernhard Hilden aus Wut über das falsche Gold den Alchemisten Burcklin Zoobe getötet hatte. Danach hatte er die entscheidenden Passagen aus dem Buch gerissen und sie einem anderen Alchemisten, nämlich Wulfing Hohenthal, vorgelegt, damit dieser die Aufgabe vollendete. Doch dafür gab es keine Beweise, und auf Basis einer bloßen Vermutung würde Bastian niemanden – und schon gar nicht einen Gefolgsmann des Erzbischofs – in den Juddeturm werfen und vor das Zonser Schöffengericht zerren.

»Ich brauche einen handfesten Beweis für Bernhard Hildens Schuld. Er gehört zum Gefolge des Erzbischofs«, sagte Bastian und erhob sich. Dieser Besuch hatte sich nicht gelohnt.

»Wartet«, raunte Waltraud und hielt Bastian am Ärmel fest. »Ihr findet den Beweis in Hildens Truhe. Dort, wo er seine geschäftlichen Unterlagen aufbewahrt.«

»Ein Beweis wären die fehlenden Seiten aus dem Buch. Seid Ihr Euch sicher?«

Die Alte nickte und gab Bastian das Buch zurück.

»Geht jetzt, und bedenkt, dass ich nicht gesagt habe, Bernhard Hilden hätte Blut an den Händen.«

Bastian verabschiedete sich und trat aus der von Qualm stickigen Hütte hinaus in den nachtschwarzen Wald. Gierig sog er die frische Luft ein. Er ging zu seinem Pferd und saß auf. Waltrauds letzter Satz schwirrte in seinem Kopf herum. Die Alte war ihm zu widersprüchlich. Erst wies sie auf Bernhard Hilden und schon im nächsten Augenblick nahm sie ihn wieder in Schutz. Was zum Teufel sollte er davon halten? Bastian trieb sein Pferd an. Immerhin wusste er jetzt, wo er nach den fehlenden Seiten suchen konnte. Doch wie sollte er an die Truhe von Bernhard Hilden kommen? Solch ein Unterfangen war so gut wie aussichtslos. Hilden lebte in Zons auf der Burg Friedestrom. Er hatte etliche Wachen, die ihn und seine Besitztümer nie aus den Augen ließen. Bastian konnte sich als Stadtsoldat zwar unbehelligt auf der Burg Friedestrom bewegen, aber das hieß noch lange nicht, dass er auch Zugang zu Hildens privaten Gemächern bekam. Selbst wenn es ihm gelang, Bernhard Hilden wegzulocken, blieben immer noch seine Wachleute. Er konnte sie ja nicht einfach in den Schlaf zaubern, so wie Wulfing Hohenthal es getan hatte. Nein, er musste sich etwas anderes überlegen. Sogar als

Bastian wieder im Bett lag, ließ ihn der Gedanke an Hildens Truhe nicht los. Kurz bevor er doch in den Schlaf sank, kam ihm endlich eine Idee.

* * *

»Pst. Kommt hier herüber.« Mechthild lächelte und drängte Bastian in eine dunkle Ecke der Vorratskammer. »Wenn die gute Agnes Euch hier sieht, dann lässt sie Euch auspeitschen, und mich jagt sie vom Hof.«

»Ich brauche einen Gefallen von Euch«, flüsterte Bastian. Seine Augen wanderten unruhig zwischen Mechthild und der Tür hin und her. Nicht nur die rührige Agnes, die wie keine andere ein strenges Regiment auf der Burg führte, auch Marie würde es nicht gutheißen, wenn Bastian mit einer Magd in der Speisekammer der Burg erwischt wurde. Zudem war Mechthild nicht irgendeine Magd, sondern ein Mädchen, das ein Auge auf ihn geworfen hatte. Marie hatte sich mehr als einmal eifersüchtig gezeigt, obwohl Bastian sich nichts zuschulden kommen lassen hatte. Lediglich ein paar nette Worte hatten sie ausgetauscht. Die Situation war heikel, aber Mechthild war die Einzige, die in Bernhard Hildens Gemächer hineingelangte, ohne Aufsehen zu erregen.

»Ich weiß nicht recht. Es hört sich gefährlich an.« Sie schlug die Augen nieder und verschränkte die Arme.

»Bitte, Mechthild. Es ist wichtig. Ich muss wissen, ob Hilden etwas Bestimmtes in seiner Truhe aufbewahrt.«

»Hilden hat mehrere Truhen«, protestierte Mechthild und zog die Arme enger um sich.

»Es geht um die Truhe, in der er seine Bücher verwahrt. Vermutlich befindet sie sich in jener Kammer, in der er getätigte Geschäfte niederschreibt und Notizen anfertigt. Ich kann Euch Münzen geben, wenn Ihr mögt.«

Mechthild winkte ab. »Wollt Ihr mich beleidigen? Ich nehme für einen Gefallen keine Bezahlung.« Sie schlug die Augen auf. »Ich will einen Tanz auf dem nächsten Stadtfest.«

»Mechthild«, stöhnte Bastian.

»Also gut. Ihr habt die Wahl«, sagte Mechthild und wandte sich Richtung Tür.

»Ihr bekommt Euren Tanz«, zischte Bastian, bevor sie aus der Speisekammer verschwand.

Triumphierend drehte Mechthild sich um. »Gut. Dann sagt mir jetzt genau, was ich für Euch aus Bernhard Hildens Truhe stehlen soll.«

* * *

Bastian trat ungeduldig von einem Bein aufs andere. Mechthild war sofort losgelaufen und hatte ihm versprochen, ohne Umwege zurückzukommen. Lange konnte er nicht mehr in der Speisekammer warten. Bald wurde es Zeit für das Mittagsmahl und er würde unweigerlich entdeckt werden. Was um Himmels willen machte Mechthild so lange? Nervös rieb er sich das Kinn und wartete noch einen Moment.

Dann hielt er es nicht mehr aus. Er musste nachsehen.

Lautlos huschte er in den Flur und anschließend die

Treppe zu Hildens Gemächern hinauf. Der Gang war leer. Nur eine Wache war vor der Tür platziert. Bastian lief an dem gähnenden Mann vorbei und horchte angestrengt. Nichts. Am Ende des Ganges lief er um die Ecke und drückte sich in eine Nische. Krampfhaft überlegte er, was er jetzt tun sollte. Was, wenn Mechthild überrascht worden war? Diebstahl wurde in Zons hart bestraft. Er machte sich Vorwürfe. Er hätte Mechthild niemals dazu überreden sollen. Er ging in die Knie und lugte in den Gang. Der Posten stand noch immer da. Von der Magd war nichts zu sehen. Bastian überlegte, unter welchem Vorwand der Wachmann ihn in Hildens Räumlichkeiten einlassen würde. Aber ein überzeugender Gedanke kam ihm nicht. Erneut spähte er vorsichtig in den Gang und atmete tief durch. Der Wachmann hatte seinen Posten verlassen. Wahrscheinlich musste er seine Notdurft verrichten. Bastian hastete los. Eine solche Gelegenheit würde sich kein zweites Mal bieten.

Es gelang ihm, ungesehen in Hildens Gemächer zu schlüpfen. Er schloss die Tür hinter sich und lehnte sich mit rasendem Herzen dagegen. Bastian war noch nie in diesem Bereich der Burg gewesen. Ein langer Flur lag vor ihm. Er hatte keine Ahnung, wie viele Räume es hier gab. Auf Zehenspitzen schlich er voran.

»Hilfe!«

Bastian erstarrte. Das war Mechthild. Er rannte los, bis zum Ende des Flures und riss eine Tür auf. Bei dem Anblick, der ihn empfing, zog er das Schwert und stürmte in die Kammer.

»Verdammter Hurensohn! Lasst sie sofort los!«,

brüllte Bastian und zerrte einen Mann von Mechthild herunter.

»Was fällt Euch ein!« Bernhard Hilden fuhr herum und schlug Bastian die Faust in die Magengrube. »Das sind meine privaten Gemächer. Dafür bringe ich Euch an den Galgen!«

Bastian drehte Hilden mit aller Kraft den Arm auf den Rücken und hielt ihm die Schwertspitze vor die Nase. »Was meint Ihr, was Euch blüht, wenn Mechthild davon berichtet, wie Ihr Euch an ihr vergehen wolltet. Was würde Euer Eheweib davon halten? Und was erst der Erzbischof?«

Hilden knurrte wütend und versuchte sich loszureißen. Bastian gab dem Mann einen kräftigen Tritt, sodass dieser strauchelte und auf die Knie fiel.

»Geht es Euch gut?«, fragte er und reichte Mechthild die Hand. Die Wangen der jungen Frau waren feuerrot. Glücklicherweise schien ihr Kleid unversehrt. Bastian hoffte inbrünstig, noch rechtzeitig gekommen zu sein.

»Mir ist nichts geschehen.« Mechthild wischte sich ein paar Tränen aus dem Gesicht und raffte ihre Röcke. Daraufhin zog sie ein paar Seiten Pergament aus ihrem Ausschnitt.

Bastian traute seinen Augen nicht. »Waren die Seiten in Hildens Truhe?«

Mechthild nickte stolz.

»O Mechthild. Das werde ich Euch nie vergessen.« Bastian nahm die fehlenden Seiten aus *Alchymey teuczsch* an sich und lächelte. Dann schob er Mechthild zur Tür. »Es ist besser, wenn Ihr jetzt geht.« Er knallte die Tür zu und warf einen scharfen Blick zu Bernhard

Hilden, der immer noch auf dem Boden saß und sich mit schmerzverzerrtem Gesicht die Schulter rieb.

»Ihr habt Burcklin Zoobe auf dem Gewissen«, brüllte Bastian und warf die Blätter auf den Boden vor Hildens Füße.

Hilden grunzte und erhob sich mühsam. »Warum hätte ich diesen Betrüger umbringen sollen? Ich hätte ihn einfach nur den Schöffen übergeben müssen. Er hat mit unechtem Gold betrogen und wäre ganz sicher zum Tode am Galgen verurteilt worden.«

»Dann erklärt mir doch, was diese Seiten in Euren privaten Gemächern zu suchen haben!« Bastian baute sich vor Hilden auf. Dieser stolperte einen Schritt rückwärts.

»Ich habe die Seiten gekauft«, keuchte er und ließ sich stöhnend auf einen Stuhl sinken. »Merkt Ihr denn nicht, dass Ihr auf der falschen Fährte seid?« Bernhard Hilden rieb sich abermals die schmerzende Schulter. »Außerdem seid Ihr sicherlich nicht so dumm, solche Anschuldigungen gegen einen Gefolgsmann des Erzbischofs zu erheben. Ihr habt doch nichts in der Hand außer ein paar Seiten Pergament.«

Bastian seufzte. Er konnte Bernhard Hilden nicht ausstehen. Aber in einer Sache hatte er vollkommen recht. Er hätte sich, was Burcklin Zoobe anging, ganz sicher nicht selbst die Hände schmutzig machen müssen. Außerdem befehligte er genügend Leute, die im Zweifel für ihn handelten. Einen Alchemisten mit einem Nagel zu töten passte nicht zu einem Mann wie Hilden.

»Ihr habt gerade versucht, der Magd Mechthild

Gewalt anzutun. Ein Wort genügt, um Euch in ernsthafte Schwierigkeiten zu bringen.« Bastian sah Hilden düster an.

Immerhin veränderte sich der selbstgefällige Gesichtsausdruck seines Gegenübers. »Sie war unbefugt in meinen Gemächern. Sie wollte mich verführen«, sagte Hilden mit sichtlichem Unbehagen.

Bastian lachte auf. »Damit wollt Ihr Eure Tat rechtfertigen? Ihr habt die Situation ausgenutzt und wolltet mit Gewalt ihren Beischlaf erzwingen«, entgegnete Bastian und setzte noch einen drauf. »Es heißt, dass Euer Eheweib sehr eifersüchtig ist. Außerdem ist Mechthild eine Jungfrau. Auf Notzucht steht mindestens der Pranger. Und was Euer Weib angeht, wisst Ihr selbst am besten, wie es reagieren würde.« Auf den nächsten Satz verzichtete Bastian. Bernhard Hilden verstand ihn auch so. Sein Eheweib war in der Tat eine Furie. Zudem stammte sie aus einer einflussreichen Familie und stopfte ständig die finanziellen Löcher, die Hilden mit seinem Lebensstil in die Kassen riss.

»Also gut, Bastian Mühlenberg. Was wollt Ihr von mir?«

»Ihr müsst mir sagen, von wem Ihr diese Seiten habt. Ich bin auf der Suche nach Burcklins Mörder. Und …« Bastian machte eine Pause und sah Hilden durchdringend an. »Ihr entlasst Wulfing Hohenthal noch heute aus dem Gefängnis. Alles, was Ihr von diesem Mann erfahren wollt, könnt Ihr auch außerhalb des Juddeturms erfragen.«

»Wulfing kommt nur frei, wenn er mir sagt, was ich wissen will«, erwiderte Hilden trotzig.

Bastian schwieg und starrte den Mann unnach-
giebig an. Bernhard Hilden senkte den Blick als Erster.

»Also gut«, fluchte er. »Ihr bekommt Euren Willen.
Aber Ihr bringt Wulfing dazu, mir Rede und Antwort zu
stehen. Zudem müsst Ihr mir Euer Schweigen zusichern
und das dieser Magd.«

»Einverstanden«, erklärte Bastian. »Doch wehe, ich
erwische Euch erneut dabei, dass Ihr jemandem Gewalt
antut, oder mit unechtem Gold. Das nächste Mal landet
Ihr vor dem Schöffengericht.«

Hilden seufzte. »Ihr könnt diese Blätter haben. Ich
brauche sie nicht mehr. Vor ein paar Nächten kam ein
Händler auf mich zu und bot sie mir zum Kauf an. Der
Preis war annehmbar und natürlich habe ich einge-
schlagen.«

Bastian dachte sofort an den Weinhändler. Der hatte
zwar beteuert, Elfriede und Georg nichts zuleide getan
zu haben, andererseits war er jedoch vor dem Haus des
Tuchhändlers gesehen worden, und außerdem trug er
einen Klumpen falsches Gold bei sich.

»Wie sah der Mann aus?«

Bernhard Hilden zuckte mit den Achseln. »Was weiß
ich. Er trug eine dunkle Kutte.«

»Könntet Ihr diesen Mann nicht ein wenig genauer
beschreiben?«

Hilden dachte eine Weile nach. »Es war mitten in
der Nacht. Besonders viel konnte ich nicht erkennen.
Doch erinnere ich mich an seine unheimlich dunklen
Augen.«

Bastian wurde hellhörig. »Wann habt Ihr den Mann
getroffen?«

»In der Nacht nach Burcklin Zoobes Tod. Er sprach bei einem meiner Männer auf der Burg vor und dieser brachte ihn dann zu mir. Wir wurden uns schnell einig.«

Bastian überdachte die Informationen. Der Metallklumpen, der sich bei dem Weinhändler fand, bildete eine direkte Spur zu Burcklin Zoobe. Natürlich war das falsche Gold längst kein Beweis, der den Mann als Mörder abstempelte. Dennoch passte zeitlich alles ins Bild. Außerdem bemerkte Bastian, dass dieser Mann bei allen Todesopfern aufgetaucht war. Nur konnte er noch immer keinen Zusammenhang zwischen den Ereignissen erkennen. Vielleicht gab es auch gar keinen. Es konnte gut sein, dass der Weinhändler Burcklin Zoobe getötet hatte, um an das Gold zu kommen. Das Rezept für die Herstellung von Gold hatte er bei der Gelegenheit aus dem Buch gerissen und es an Bernhard Hilden verkauft. Es war schließlich weit über die Stadtgrenzen hinaus bekannt, dass Hilden auf der Suche nach Gold war. Blieb nur die Frage offen, warum der Weinhändler nicht auch den anderen Goldklumpen, den Wernhart später im Zelt des Toten fand, mitgenommen hatte. Der Mann hatte sich als wandernder Händler bezeichnet. War ihm das Gewicht zweier Klumpen möglicherweise zu viel geworden?

Bastian sammelte die auf dem Fußboden verteilten Seiten der *Alchymey teuczsch* ein.

»Begleitet mich in den Juddeturm. Ich muss wissen, ob der Weinhändler, den wir dort festhalten, der Mann ist, der Euch diese Blätter verkauft hat.«

* * *

»Ich wusste, auf Euch ist Verlass, mein Freund.« Wulfing saß vor seiner Hütte und hatte die Augen geschlossen. Sonnenstrahlen fielen auf sein faltiges Gesicht. Er schien ihre Wärme zu genießen. »Setzt Euch«, sagte er und öffnete die Augen. »Berichtet mir genau, wie Ihr es angestellt habt, dass Bernhard Hilden mir plötzlich beinahe die Stiefel leckt.« Ein belustigtes Glucksen stieg aus seiner Kehle. »Ich wusste schon vom ersten Moment an, dass Ihr ein überaus kluger Bursche seid.«

Bastian hatte beschlossen, zuerst noch einmal mit Wulfing zu sprechen, und setzte sich zu ihm auf die grob gezimmerte Holzbank. »Ich habe versprochen, Stillschweigen zu bewahren. Außerdem ist eine Bedingung an Eure Freilassung geknüpft. Ihr sollt Bernhard Hilden in einem Anliegen beraten.«

Wulfing pfiff durch die Zähne. »Was will er denn von mir? Gold?« Er schüttelte den Kopf. »Falschgold kann er sich woanders besorgen. Ich habe ihm bereits erklärt, dass es kein erprobtes Rezept für die Herstellung von echtem Gold gibt. Dazu bräuchte man den Stein der Weisen.«

»Was immer Ihr könnt oder auch nicht, redet mit ihm. Es ist Teil der Vereinbarung. Ihr wisst selbst, dass Euch vor dem Schöffengericht der Galgen droht. Niemand könnte dann noch etwas für Euch tun.«

»Schon gut. Ich rede mit dem Bastard.« Wulfing winkte ab. »Zeigt mir die Seiten, die Ihr aufgespürt habt.«

Bastian holte die Pergamentseiten hervor. Der Text war verschlüsselt. Er hatte mit viel Mühe die ersten Absätze entziffert, konnte jedoch mit den Substanzen, die dort beschrieben waren, nicht sonderlich viel anfangen.

»Könnt Ihr mir sagen, was das für Spuren sind?«, fragte Bastian und legte das Buch daneben. Er deutete auf die Fingerabdrücke, die vermutlich derjenige hinterlassen hatte, der die Seiten zur Goldherstellung aus dem Buch gerissen hatte.

»Hm.« Wulfing nahm das Buch, drehte und kippte es im Licht der Sonne.

»Ich denke, das sind Rückstände von Blei.«

»Blei?«

»Dieses Rezept gibt Blei als Grundsubstanz an. Es erklärt, wie das unedle Metall in Gold umgewandelt werden kann.« Wulfing zeigte auf das Wort. »Seht hier. Wir tauschen die ersten beiden Buchstaben und nehmen statt des D wie im Schlüssel beschrieben ein B.«

Jetzt konnte Bastian es auch erkennen.

»Das besagt also, dass der Dieb Bleirückstände an den Fingern hatte.«

Wulfing nickte. »Nun, ich denke, fast alle Alchemisten haben solche Verfärbungen an den Händen.« Er hob die rechte Hand und wackelte mit den Fingern, deren Kuppen deutlich verfärbt waren. »Wenn Ihr Euch Burcklin Zoobes Fingerspitzen anschaut, werdet Ihr ähnliche Spuren entdecken.«

»Dann bringt mich diese Erkenntnis also keinen Schritt weiter?« Bastian seufzte. Plötzlich hatte er doch eine Idee. »Trotzdem bedeutet es, dass die Seiten von jemandem entwendet wurden, der selbst experimentiert hat, oder?«

Wulfing blickte Bastian an. »Das ist wohl so«, murmelte er nachdenklich. »Ich kann mir allerdings nicht vorstellen, dass Burcklin von einem von uns gemeuchelt wurde.«

Wahrscheinlich hatte Wulfing damit recht. Ein Alchemist käme sicher auch auf anderem Wege an eine Rezeptur zur Herstellung von Gold. Vielleicht sollte er in die Fingerabdrücke nicht allzu viel hineinlegen. Es war ja nur eine vage Vermutung, dass Burcklins Mörder die Seiten herausgerissen hatte. Und selbst wenn, die Abdrücke konnten auch zu einem anderen Zeitpunkt entstanden sein.

»Diese Notiz hier ist ungewöhnlich«, bemerkte Wulfing, ohne den Blick vom Buch zu heben. »Diese Handschrift kommt im gesamten Buch sonst nicht noch einmal vor.« Mit skeptischer Miene blätterte er ein paar Seiten zurück. »Irgendjemand hat an dieser Stelle das Wort *Blei* durch *Silber* ersetzt. Aber das ergibt keinen Sinn.«

»Könnte Burcklin Zoobe diese Zeilen notiert haben?«, fragte Bastian und betrachtete die wackligen Buchstaben, die aussahen, als ob sie in großer Eile oder mit zittriger Hand aufs Papier gebracht worden wären. Burcklin war ein alter Mann gewesen. Bastian konnte sich gut vorstellen, dass er die Finger nicht mehr hatte ruhig halten können.

»Wir müssten die Schrift mit einem anderen Papier von Burcklin vergleichen«, sagte Wulfing und schlug wieder die Stelle mit den fehlenden Seiten auf. Irgendetwas hielt Bastians Blick an dem zerfaserten Rand fest. Ohne genau zu wissen, warum, nahm er die losen

Seiten in die Hand und legte sie zum wiederholten Male an ihren eigentlichen Platz. Die Blätter schmiegten sich nahtlos an. Trotzdem passte etwas nicht. Bastian nahm nur die erste Seite und legte sie allein an den Rand. Er wiederholte diesen Schritt mit jedem einzelnen Blatt. Dann wusste er, was nicht stimmte.

»Es fehlt eine Seite«, bemerkte er. »Bernhard Hilden hat mir fünf Blätter überlassen und es müssten sechs sein.« In Gedanken versetzte Bastian sich zurück in Bernhard Hildens Gemächer. Wie viele Seiten hatte Mechthild ihm gegeben? Hatte sie vielleicht eine in Hildens Truhe übersehen oder hatte er selbst nicht alle vom Boden aufgesammelt? Bastian rief sich die Ereignisse genau ins Gedächtnis. Er war sich sicher, alle Seiten mitgenommen zu haben. Blieb nur die erste Möglichkeit – oder eine ganz andere: Bernhard Hilden hatte die sechste Seite nie besessen.

»Ich muss los«, sagte Bastian und erhob sich.

»Wohin so eilig? Wollt Ihr denn gar nicht wissen, was auf den Seiten steht?«

»Das weiß ich doch schon. Auf diesen Seiten wird die Herstellung von Gold erläutert.«

Wulfing Hohenthal tippte auf die letzte der losen Seiten. »Das Rezept ist genau an dieser Stelle zu Ende.«

»Was?«

»Nun, seht Ihr dieses Zeichen? Es bedeutet, dass der Text hier endet.«

Bastian nahm das Blatt zur Hand und starrte das Zeichen an. »Und was steht denn auf der fehlenden Seite?«

Wulfing hob die Schultern. »Das kann ich Euch

nicht sagen. Dazu müsstet Ihr Waltraud befragen. Es ist ihr Buch.«

* * *

»Jakob Stein, zeigt Euer Gesicht noch einmal«, befahl Bastian. Als der Weinhändler nicht gehorchte, riss Wernhart den Haarschopf des Mannes nach hinten und hielt seine Fackel dicht neben Jakobs Kopf.

»Er ist es nicht«, beharrte Bernhard Hilden. »Der Mann, der mir die Blätter verkaufte, war größer und auch nicht so kräftig.«

Wernhart ließ den Mann wieder los.

»Ihr sagtet, er hat dunkle Augen.« Bastian konnte es nicht glauben. Er war überzeugt gewesen, dass der Weinhändler der Mann war, der die Seiten an Bernhard Hilden veräußert hatte. Er wurde das Gefühl nicht los, dass Hilden ihn anlog.

Der Weinhändler wirkte in Hildens Nähe wie ein verängstigtes Kind. Bisher hatte Jakob Stein ihm und Wernhart gegenüber beinahe trotzig seine Unschuld beteuert. Aber sobald Bernhard Hilden die Zelle betreten hatte, war er um gut einen Kopf geschrumpft. Der Mann saß da wie ein zusammengesunkener Kartoffelsack. Er traute sich nicht, den Blick zu heben. Seine Finger zitterten nervös.

»Nun, wenn Ihr sagt, dass dieser Mann frei von Schuld ist, dann lassen wir ihn gehen.« Bastian gab Wernhart ein Zeichen, woraufhin dieser den Mann losließ.

»Ihr wollt ihn einfach ziehen lassen? Das ist ein

wandernder Händler.« Bastians Entscheidung überraschte Bernhard Hilden.

»Nun, ich habe nichts gegen diesen Mann in der Hand. Alwina hat ihn zwar in der Nacht gesehen, als Elfriede und Georg ermordet wurden, aber das reicht nicht. Ihr behauptet, diesen Mann nicht zu kennen. Was soll ich anderes tun, als ihn gehen zu lassen?«

»Dieser Mann hat mein Gold. Ich will es wiederhaben!«

Die Worte waren so schnell über Bernhard Hildens Lippen gekommen, dass er selbst erschrocken schien. Eilig schlug er sich die Hand vor den Mund. Sein Gesicht lief knallrot an.

»Ihr kennt den Mann also doch?« Bastian hatte es geahnt. Endlich hatte er Hilden aus der Reserve gelockt.

»Nein. Bitte. Er wird mich umbringen.« Jakob Stein schielte zu Hilden und hielt beide Arme schützend über den Kopf.

»Haltet Euer Maul, oder ich werde es Euch stopfen.« Hilden war außer sich. Wutentbrannt sprang er auf den Weinhändler zu. Aber Wernhart stellte sich rechtzeitig dazwischen, zog sein Schwert und drängte Hilden zurück.

»Setzt Euch«, brüllte Bastian. Auch er hatte seine Waffe gezogen und hielt sie drohend in die Luft. Hildens Augen funkelten böse, jedoch tat er, wie ihm geheißen.

»Ich will jetzt sofort wissen, was in jener Nacht, als Burcklin Zoobe starb, geschehen ist.« Bastian zeigte mit der Schwertspitze auf Jakob Stein, der ängstlich zusammenzuckte. »Wenn Ihr nicht die nächsten Nächte ganz unten im Verlies verbringen wollt, rate ich Euch, zu reden!«

»Ich habe nichts Unrechtes getan«, jammerte Stein und schlang die Arme zitternd um den Körper.

»Redet!«, wiederholte Bastian.

»Ich war in der Nacht bei Burcklin Zoobe wegen eines Rückenleidens. Das kommt von den schweren Weinfässern, die ich mit mir herumschleppe. Er wollte mir eine Salbe zubereiten, die ich später am Abend abholen sollte. Als ich das Zelt verließ, seid Ihr eingetreten.« Ein Erinnerungsfetzen wehte durch Bastians Gedächtnis. Aber er konnte diesen nicht richtig greifen.

»Ich habe mir das Warten vertrieben, indem ich auf dem Fest meine Weine angeboten habe. Einer Eurer Männer hat mir sogar ein ganzes Fass abgekauft. Als das Fest sich dem Ende neigte, es muss nach Mitternacht gewesen sein, bin ich zurück zu Burcklins Zelt und da ...« Er stockte und warf Bernhard Hilden einen ängstlichen Blick zu. »Da habe ich ihn erkannt.« Jakob Stein verstummte mit eingezogenem Kopf.

»Verdammt«, fluchte Bernhard Hilden nach einer Weile. »Der Kerl bringt keinen kompletten Satz zustande.«

»Jetzt sprecht gefälligst aus, wen Ihr in Burcklins Zelt gesehen habt«, forderte Bastian mit donnernden Worten.

Jakob Stein blickte vorsichtig auf und deutete auf Bernhard Hilden. »Er war dort. Als er mich bemerkt hat, zerrte er mich sogleich ins Zelt hinein.« Wieder legte Jakob Stein eine Pause ein.

»Was war dann?« Bastian verlor langsam die Geduld.

Die nächsten Worte waren kaum zu hören. »Er hat mir einen Goldklumpen gegeben, damit ich schweige.«

»Schweige?« Bastian baute sich vor Bernhard Hilden auf. »Worüber sollte Jakob Stein schweigen?«

»Liegt das nicht auf der Hand? Burcklin Zoobe lag tot auf dem Boden. Ich wollte nichts damit zu tun haben.« Bernhard Hilden sah Bastian beinahe trotzig an.

Hinter Bastians Augen pulsierte es. Er war wütend. Dieser Mistkerl hatte ihn die ganze Zeit an der Nase herumgeführt.

»Habt Ihr Burcklin Zoobe ermordet?«, fragte er und blickte Hilden unverwandt in die Augen.

»Nein. Das sagte ich bereits.«

»Was zum Teufel hattet Ihr in seinem Zelt verloren?« Bastian war kurz davor, die Klinge seines Schwertes an Hildens Kehle zu legen. Er hatte keine Lust mehr, diesem Mann und auch dem Weinhändler jedes Wort aus der Nase zu ziehen.

»Ich wollte mit ihm reden. Er hat mich betrogen. Aber als ich das Zelt betrat, da lag er tot da. Ich habe seine Sachen durchsucht und schließlich die Seiten aus diesem Buch herausgerissen. Gerade als ich gehen wollte, hat Jakob Stein mich überrascht. Ich dachte, ich könnte ihn mit Burcklins Falschgold zum Schweigen bringen, und habe ihm deshalb den Klumpen zuge-steckt.« Bernhard Hilden zuckte mit der Schulter. »Ich wollte einfach nicht in Schwierigkeiten geraten. Wie sieht es denn aus, wenn ein Gefolgsmann des Erzbi-schofs bei einem Toten angetroffen wird, der zudem auch noch Alchemist war?«

»Ihr hättet mir sofort Bescheid geben müssen«, polterte Bastian. Er hatte Hildens Lügen satt. »Ich sollte Euch ins Verlies werfen.«

Bernhard Hilden warf Bastian einen verächtlichen Blick zu. »Ihr wart an jenem Abend so betrunken, dass Ihr kaum auf den Füßen stehen konntet. Selbst wenn ich Euch informiert hätte, es hätte rein gar nichts geändert.«

»Trotzdem seid Ihr jetzt mehr denn je des Mordes an Burcklin Zoobe verdächtig. Ihr seid im Zelt mit dem Toten gesehen worden. Ihr hattet die Möglichkeit, es zu tun, und Ihr hattet zudem noch einen hinreichenden Grund.«

Bernhard Hilden schüttelte den Kopf. »Ich hätte mir niemals die Finger an diesem Mann schmutzig gemacht. Das Rezept für die Herstellung von Gold hätte Burcklin mir auch so ausgehändigt. Ansonsten wäre er wegen Betrugs und Goldmacherei vor dem Schöffengericht gelandet. Der Galgen wäre ihm so gut wie sicher gewesen.« Er hielt inne und sah Bastian durchdringend an. »Wer immer Burcklin Zoobe auf dem Gewissen hat, war hinter etwas anderem her. Denn als ich das Buch zur Hand nahm, fehlte bereits eine Seite.«

Der letzte Satz krallte sich in Bastians Kopf fest. Er hatte in der Tat die ganze Zeit etwas übersehen. Sein Herz begann zu rasen. Er musste so schnell wie möglich erneut mit dem Geheimbund der Alchemisten Kontakt aufnehmen. Es gab bis auf die Verfasser von *Alchymey teuczsch* nur einen Menschen, der vermutlich auf Anhieb wusste, was auf der fehlenden Seite stand: Waltraud, die Alchemistin aus dem Wald.

X

GEGENWART

»Hören Sie, der Mörder war gar nicht hinter Pia her. Er hatte es die ganze Zeit auf Frauke abgesehen und jetzt ist sie verschwunden.« Die letzten Worte ähnelten einem hysterischen Kreischen. Leonie konnte nicht mehr an sich halten. »Es war Fraukes Becher, in dem das Gift war. Verstehen Sie denn nicht?«

Für Leonie lag es auf der Hand. Frauke hatte mit ihrer Befürchtung richtiggelegen, warum sonst war sie auf einmal weg?

»Jetzt atmen Sie erst einmal tief durch. Ich versuche, Sie zu Kommissar Bergmann auf dem Handy durchzustellen.«

Die Stimme in der Leitung klang ruhig, ja nahezu unbeteiligt. Hatte Leonie sich nicht deutlich genug ausgedrückt? Mehrfach hatte sie versucht, Oliver Bergmann zu erreichen, aber der war nie da, wenn sie anrief. In der Zentrale hatte man sie ständig abgewimmelt. Doch das war jetzt nicht mehr akzeptabel. Sie kauerte neben Fraukes Pumps im Flur. Immer noch hatte sie keine Nachricht von ihrer Freundin. Mit jeder Sekunde wuchs Leonies Angst. Es war bestimmt etwas Schreckliches vorgefallen. Sie fühlte es ganz genau. Die Polizei musste sich sofort auf die Suche nach Frauke machen. Jemand war in ihrer Wohnung gewesen und hatte ihre Freundin verschleppt. Es konnte weiß Gott wer sein. Frauke versorgte jeden mit Essen und Trinken, der auch nur im Ansatz darum bat. Sicher hatte sie die Tür geöffnet, irgendjemanden hereingelassen, und dann war es passiert. Leonie sah dieses Szenario in grellen Farben vor sich. Frauke hatte dem Fremden in ihrer mütterlichen Art völlig arglos etwas zu trinken angeboten und wurde anschließend gewaltsam aus der Wohnung entführt. Es musste so abgelaufen sein, denn sonst wären ihre Schuhe nicht mehr hier.

Leonie war schlecht. Ihr Magen fühlte sich hart und wund an. Ihre ausgedörrte Kehle schmerzte bei jedem Schluckversuch. Das Telefon in ihrer Hand blieb stumm. Sie schüttelte es, als könne sie es dadurch zum Leben erwecken. Es war nicht einmal ein Piepton oder eine Melodie zu hören. War es nicht üblich, dass eine nervige Melodie dudelte, wenn man durchgestellt wurde? Leonie seufzte. Sie war kurz davor, durchzudrehen. Hektisch tippte sie auf das Display, das sich in den Ruhemodus gestellt hatte. Sofort ging das Licht an. Die Verbindung war immer noch intakt.

»Oliver Bergmann hier.«

Endlich.

»Hier ist Leonie Behrens. Meine Mitbewohnerin Frauke Schreiber ist verschwunden. Ich habe gerade schon versucht, es Ihrem Kollegen in der Telefonzentrale zu erklären. Der Mörder hatte es von Anfang an auf Frauke abgesehen.« Sie erklärte Oliver Bergmann, dass das Gift im Becher bei der Party für Frauke bestimmt gewesen sei und dass sie jemand aus der Wohnung entführt habe.

Sie redete so schnell, dass sie kaum noch Luft bekam, und auf einmal sagte Oliver Bergmann: »Verriegeln Sie die Tür, warten Sie in Ihrem Zimmer. Ich bin in ein paar Minuten bei Ihnen.«

Die Leitung war tot. Überrascht starrte Leonie das Telefon an. Die plötzliche Stille war noch unheimlicher. Sie fröstelte und kauerte sich etwas mehr zusammen. Dann begriff sie, was Oliver Bergmann gesagt hatte. *Verriegeln Sie die Tür.* Genau in dieser Sekunde vernahm sie Schritte im Treppenhaus. War dort draußen jemand? Lauerte der Mörder etwa vor ihrer Wohnungstür? Wollte er sie auch noch holen? Vielleicht hatte er es ja auf die ganze Wohngemeinschaft abgesehen. Sie sperrte leise die Tür ab und lehnte sich schwer atmend dagegen. Die Schritte hallten durch das Treppenhaus. Sie hatten sich längst in eine der oberen Etagen entfernt. Leonie hörte, wie eine Tür zuknallte, und stieß erleichtert die Luft aus.

Warten Sie in Ihrem Zimmer. Warum sollte sie das tun? War es im Flur nicht sicher? Erschrocken wich sie von der Tür. Das Holz war nicht sonderlich dick, das billige Schloss nicht sehr stabil. Wie lange bräuchte ein Eindringling, um die Tür aufzutreten? Leonie schüttelte sich. So ein Quatsch. Jetzt verfalle nur nicht in Panik, sagte sie sich. Was hätten Pia und Frauke an ihrer Stelle gemacht? Sie brauchte nicht lange zu überlegen und ging in ihr Zimmer. Sie hätten einfach gehört und getan, was der Kommissar riet. Sie wären nie auf die Idee gekommen, seine Anweisungen zu hinterfragen.

Als Leonie sich auf ihr Bett setzte, kannte sie die Antwort. Sie sollte vermutlich wegen der Spurensicherung nicht herumlaufen. Wenn sie alles anfasste, verwischte sie womöglich noch die Fingerabdrücke des Täters. Dann würden sie Frauke nicht rechtzeitig finden, und sie wäre schuld daran. Eine Gänsehaut überlief sie, als sie den Gedanken zu Ende führte. Schuld woran? An Fraukes Tod? Leonie kroch unter die Bettdecke. Die Vorstellung machte ihr Angst. Was, wenn Frauke tot war? Eine unsichtbare Schnur legte sich um ihren Hals und verengte ihre Kehle. Gerade als sie sich weiter in ihre Gedankenwelt hineinsteigern wollte, klingelte es an der Tür. Leonie schrak zusammen. War das schon Oliver Bergmann? Und wenn nicht? Die Tür hatte keinen Spion und auch keine Absperrkette. Vielleicht machte sie besser gar nicht erst auf.

Sie verharrte ängstlich unter der Bettdecke, bis es erneut läutete. Diesmal mehrmals kurz hintereinander. Geh nachsehen, drängte eine Stimme in ihr. Zitternd stieg sie aus dem Bett und schlich durch den Flur. Vor der Wohnungstür blieb sie stehen und legte ein Ohr ans Türblatt. Bis auf das Rauschen ihres eigenen Blutes hörte sie nichts. Sie ging in die Knie und horchte an der Tür, bis es schmerzte. Fieberhaft überlegte sie, was sie jetzt tun sollte. Sie könnte einfach fragen, wer da draußen stand. Doch dann wüsste der Mörder, dass sie anwesend war. Sie fragte sich, ob sie Oliver Bergmanns

Stimme überhaupt wiedererkennen würde. Verdammt. Sie war völlig verunsichert.

»Frau Behrens. Bitte öffnen Sie die Tür. Hier ist Oliver Bergmann von der Kriminalpolizei Neuss.«

Die Stimme klang nicht vertraut. Sie war irgendwie anders. Leonie geriet in Panik. Was sollte sie bloß tun? Wenn sie jetzt einen Laut von sich gab, wusste dieser Mann, dass sie da war. Erschrocken machte sie ein paar Schritte rückwärts. Die Türklingel schrillte erneut. Leonie schrie vor Schreck auf.

»Frau Behrens. Ich verstehe, dass Sie Angst haben. Ich bin hier, um Ihnen zu helfen.« Leonies Handy vibrierte plötzlich in der Hosentasche. Schwitzend holte sie es heraus und sah Oliver Bergmanns Nummer im Display. Mit rasendem Herzen hob sie ab.

»Es ist jemand vor meiner Tür«, flüsterte sie hektisch. »Bitte kommen Sie ganz schnell.«

»Ich stehe vor Ihrer Tür. Ich habe Sie nur angerufen, damit Sie sicher sein können, dass es niemand anderes ist. Bitte öffnen Sie jetzt einfach.«

Leonie konnte Bergmanns Stimme sowohl durch das Telefon als auch aus dem Treppenhaus hören. Schlagartig kam sie sich unendlich dumm vor. Sie öffnete die Tür.

»Tut mir leid. Ich habe Ihre Stimme nicht erkannt«, antwortete sie aufgelöst.

»Ist schon gut. Wir kriegen das alles wieder hin. Nun beruhigen Sie sich erst einmal. Was ist denn passiert?«

Leonies Herz hämmerte so schnell, dass sie erst einmal tief Luft holen musste. Dann deutete sie auf Fraukes Schuhe.

»Frauke ist weg. Ihre Pumps sind noch hier, und gerade ist mir aufgefallen, dass auch ihre Jacke an der Garderobe hängt. Außerdem liegt ihre Tasche auf dem Schreibtisch. Ohne diese Sachen verlässt sie sonst niemals das Haus.« Sie ging in die Küche und bedeutete Oliver Bergmann, ihr zu folgen. »Jemand war mit ihr hier«, erklärte sie und zeigte auf die beiden Gläser.

»Haben Sie versucht, Ihre Freundin auf dem Handy zu erreichen?«, wollte Oliver Bergmann wissen.

»Mehrfach, aber sie geht nicht ran.«

»Haben Sie es bei ihren Eltern probiert oder bei Freunden?«

Leonie starrte Bergmann an. Auf diese Idee war sie überhaupt noch nicht gekommen. Sie war gleich vom Schlimmsten ausgegangen.

»Ich rufe sofort ihre Mutter an.« Sie ging in Fraukes Zimmer und fand auf dem Schreibtisch ein abgewetztes Adressbuch.

»Zum Glück hat Frauke ihre Kontakte nicht ausschließlich im Handy gespeichert.« Leonie dachte an ihre Eltern, deren Daten sich nur digital in ihrem Telefon befanden. Sie tippte eine Nummer ein und wartete.

»Da hebt niemand ab.« Leonie legte auf.

»Könnte es sein, dass sie zusammen unterwegs sind?«

Leonie hatte keine Ahnung. Hatte Frauke erwähnt, dass sie ihre Mutter besuchen wollte? Die beiden gingen regelmäßig ins Theater. Krampfhaft grub sie in ihrem Gedächtnis. Es fiel ihr jedoch einfach nicht mehr ein. Hektisch wählte sie die Nummer einer gemeinsamen

Freundin. Diesmal ging gleich jemand ran, doch Marie wusste nicht, wo Frauke stecken könnte. Enttäuscht legte Leonie auf. Das ungute Gefühl kehrte zurück.

»Frauke denkt, dass Pia aus Versehen aus ihrem Becher getrunken hat und sie das eigentliche Ziel des Täters war.«

Bergmann runzelte die Stirn. »Wie kommt sie darauf?«

»Weil unsere Becher alle nebeneinanderstanden. Die Videosequenz ist nicht lang genug, um zu sehen, wem welcher Becher gehört. Es hätte auch mein Bier sein können.« Bergmanns Miene wirkte undurchdringlich. Er reagierte nicht, sondern ging in die Küche und packte die beiden Gläser in eine Plastiktüte, ohne sie selbst mit den Fingern zu berühren.

»Ich lasse die Fingerabdrücke umgehend sichern. Wenn sich welche darauf befinden, die in unserer Datenbank gespeichert sind, werden wir bald wissen, wer hier mit Frauke zusammen war. Ihre Freundin wird bestimmt jeden Moment nach Hause kommen. Sie wissen, dass wir nach ein paar Stunden noch keine Fahndung einleiten können.« Bergmann warf Leonie einen mitfühlenden Blick zu. »Sie haben es zurzeit nicht leicht. Aber machen Sie sich bitte nicht zu viele Sorgen.«

Bergmann bat Leonie, ihn kurz in Fraukes Zimmer zu begleiten, und öffnete dort die Tasche, die Frauke auf dem Schreibtisch liegen gelassen hatte.

»Da ist kein Portemonnaie drin. Hat sie noch eine andere Tasche?«

»Ja, klar. Wir haben alle mehrere Handtaschen.«

Leonie öffnete Fraukes Kleiderschrank und betrachtete die vielen, in ein Fach gestopften Umhängetaschen. Die pinke, die obenauf lag, hatten sie erst vor Kurzem zusammen gekauft. Sie hatte keine Ahnung, ob eine Tasche fehlte oder nicht.

»Sie hat das Portemonnaie mitgenommen und auch ihr Handy. Vielleicht sogar eine andere Tasche. Sie sollten sich wirklich nicht verrückt machen. Wenn Frauke bis morgen früh nicht aufgetaucht ist, rufen Sie mich bitte an. Das hier ist meine Handynummer.« Er drückte ihr seine Karte in die Hand.

Leonie nickte stumm. Sie wusste nicht, was sie sagen sollte. Tatsächlich hatte sie sich mehr von Oliver Bergmanns Besuch erhofft. Im Grunde genommen wollte sie, dass Bergmann ihre Freundin auf der Stelle zurückbrachte. Doch wahrscheinlich hatte er recht. Frauke hatte ihr Portemonnaie und das Handy dabei und sicherlich eine ihrer zahlreichen Taschen. Ihre Lieblings-Pumps standen zwar im Flur, aber natürlich konnte sie auch einfach andere Schuhe angezogen haben. Leonie seufzte. Es blieb wohl nichts anderes übrig, als abzuwarten.

»Sie könnten mir noch einen Gefallen tun und mir sagen, ob Sie auf diesen Fotos jemanden erkennen.« Bergmann legte mehrere Aufnahmen von Personen auf den Tisch, die Leonie jedoch noch nie gesehen hatte. Nachdem sie seine Frage verneinte, sammelte er die Fotos wieder ein.

Mit einem merkwürdigen Gefühl in der Magengegend sah Leonie zu, wie die Wohnungstür hinter dem Kriminalkommissar ins Schloss fiel. Sie starrte noch lange weiter in diese Richtung, als seine Schritte bereits längst verhallt waren.

* * *

Oliver lief zurück zu seinem Wagen und gab Gas. Die Zentrale hatte ihn zuvor angerufen, als er schon unterwegs nach Hause gewesen war. Er liebte seine erste gemeinsame Wohnung mit Emily und hatte es eigentlich eilig gehabt, aber die junge Frau tat ihm leid. Obwohl Zons überhaupt nicht auf seinem Weg lag, hatte er einen Umweg eingelegt, um nach dem Rechten zu sehen. Leonie Behrens war völlig aufgelöst, als er sie antraf. Sie war in keinem guten psychischen Zustand. Was kein Wunder war, nach allem, was sie durchgemacht hatte.

Seine Gedanken gingen zurück zu den Fotos, die er Leonie gezeigt hatte. Er hatte gehofft, sie würde wenigstens eines der toten Paare kennen. Vielleicht Evelin Brandt und ihren Freund Jonathan Kampmeister, die nur wenig älter waren. Aber Leonie hatte die beiden noch nie gesehen.

Klaus und er hatten den kompletten Tag damit verbracht, mögliche Verbindungen zu ermitteln. Ein ganzes Team war für die Recherche abgestellt worden. Es war wie verhext. Die Paare untereinander schienen sich nicht gekannt zu haben, und außerdem gab es – von den Hormonen einmal abgesehen – keine Beziehung zu Pia Brockmann. Sie hatten das familiäre Umfeld der Opfer bis in den kleinsten Winkel durchforstet, Hobbys und sonstige Gepflogenheiten geprüft.

Aber im Ergebnis lebten die Betroffenen offenbar in völlig unterschiedlichen Universen, die rein gar nichts miteinander zu tun hatten. Auch Mirko Rossbach und ein paar Auszubildende hatten sie nochmals überprüft, hier gab es lediglich eine Verbindung zu Pia Brockmann. Selbst das Mordmotiv lag weiterhin im Dunkeln. Was zum Teufel wollte der Täter mit den Hormonen im Giftcocktail erreichen? Sie wirkten nicht einmal tödlich. Die Substanzen der Spanischen Fliege hätten allein für eine Vergiftung völlig ausgereicht. Die Rechtsmedizin tippte immer noch auf eine neuartige Droge, die überdosiert worden war. Aber kein einziger Kenner der Drogenszene hatte je von dieser Mischung gehört. Oliver hatte sämtliche Kollegen der Drogenfahndung deswegen in Aufregung versetzt.

Oliver seufzte und fuhr auf den Stellplatz. Erst als er vor der Wohnungstür stand und die lachenden Stimmen hörte, fiel ihm schlagartig wieder ein, dass sie heute Abend Gäste zum Essen eingeladen hatten. Verdammt, dachte Oliver. Das passte ihm jetzt überhaupt nicht. Er hätte gerne noch ein wenig an dem Fall gearbeitet. Etwas genervt betrat er die Wohnung.

»Also, ich glaube kaum, dass man mit der Spanischen Fliege die Pest heilen konnte.« Emily lachte.

»Hier steht es schwarz auf weiß.« Maximilian pochte auf die Seiten eines aufgeschlagenen Buches. »Irgendeiner Irmgard aus dem dreizehnten Jahrhundert ist die Heilung damit geglückt.«

Emily lachte immer noch. »Du hast dir das falsche Buch ausgeliehen. Die Spanische Fliege ist ein Gift und wirkt schneller als die Pest.«

»Da muss ich Emily recht geben«, sagte Oliver und gab ihr einen Kuss. Er warf Anna einen längeren Blick zu, als er sie grüßte, und stellte zufrieden fest, dass Emilys beste Freundin sehr glücklich schien. Dann schüttelte er Maximilian die Hand. »Was wollen Sie denn mit diesem Gift anfangen?«

Maximilian klappte schmunzelnd das Buch zu und winkte ab. »Na ja, eigentlich hatte ich herausgefunden, dass es im Mittelalter ein Heilmittel gegen die Pest gewesen sein sollte. Aber damit liege ich wohl daneben.«

»Er will sich auf Kindermedizin spezialisieren und befasst sich derzeit mit einer Forschungsarbeit, die den Rückgang der Kindersterblichkeit und längst ausgemerzte Kinderkrankheiten untersucht«, fügte Emily erklärend hinzu und zog Oliver auf den Stuhl neben sich. »Ich habe ihm, was das Mittelalter angeht, ein wenig bei der Literaturauswahl geholfen.« Sie betrachtete Oliver und bemerkte: »Du siehst müde aus, Schatz.«

Oliver nickte. »Ich habe ein paar schlimme Fälle auf dem Tisch und im Augenblick verlaufen sich die Spuren.« Er grinste mühsam und lenkte vom Thema ab. »Was gibt es denn zu essen?«

Emily antwortete nicht, sondern füllte seinen Teller mit leckerem Kalbsschnitzel und Salat. Aber schon nach den ersten Bissen spürte Oliver einen Kloß im Magen. Dem Gespräch folgte er nur oberflächlich. Die meiste Zeit dachte er über Leonie Behrens und Frauke Schreiber nach. Was er vor einer Stunde noch als unrealistisch abgewiegelt hatte, drängte sich immer mehr in den Vordergrund. Was, wenn Leonie doch richtiglag und Frauke Schreiber in Gefahr schwebte? Dann konnte er hier nicht herumsitzen und einen gemütlichen Abend mit Freunden verbringen. Für sein Privatleben war dieses Essen zwar wichtig. Schließlich hatte er bisher zu Maximilian, dem neuen Freund von Anna, noch keinen wirklichen Kontakt geknüpft. Er wollte ihm im Laufe des Abends das Du anbieten. Aber im Moment hielt es Oliver einfach nicht länger ruhig auf seinem Sitz. Nervös wackelte er hin und her und stocherte in seinem Salat herum. Vielleicht sollte er wenigstens Frauke Schreibers Verbindungsdaten überprüfen lassen, damit er wusste, wann sie das Handy zuletzt eingeschaltet hatte und wo. Allerdings war sie noch nicht einmal vierundzwanzig Stunden lang weg. Sein Chef würde ihm daher sicher kein grünes Licht geben, und jeglicher Alleingang wäre illegal. Lustlos schob er ein Salatblatt in den Mund und grübelte weiter. Er könnte natürlich dem Haustechniker Mirko Rossbach einen Besuch abstatten. Wenn dieser Mann doch Dreck am Stecken hatte, erwischte er ihn womöglich auf frischer Tat. Er konnte keinen Augenblick länger warten. Hastig sprang er auf.

»Es tut mir furchtbar leid. Ich muss noch etwas Dringendes erledigen.« Er erwiderte Emilys enttäuschten Blick mit einem zerknirschten Sorry und lief zum Wagen. Schon auf dem Weg zum Parkplatz rief er Ingrid Scholten an.

»Wenn Sie zu dieser Uhrzeit anrufen, muss es aber eilig sein«, sprach die Leiterin der Spurensicherung in sein Ohr. »Sie wissen schon, dass Sie mir gerade meinen verdienten Feierabend ruinieren, oder?« Ein heiseres Lachen hallte durch die Leitung.

Oliver entschuldigte sich. Er war froh, dass Scholten ans Telefon gegangen war. »Sie müssten etwas für mich tun. Ich brauche Gewissheit über ein paar Fingerabdrücke. Es dauert auch ganz bestimmt nicht lange, und ich verspreche, mich mit einer guten Flasche Rotwein zu revanchieren.«

* * *

Leonie kauerte auf ihrem Bett. Inzwischen hatte sie sämtliche Freunde und Bekannte von Frauke kontaktiert. Ohne Erfolg. Fraukes Mutter erreichte sie nicht. Ihre Wangen brannten vor Anstrengung. Sie hatte außerdem im Internet recherchiert und wusste, dass Frauke erst nach frühestens vierundzwanzig Stunden als vermisst galt. Bis dahin konnte die Polizei nichts tun. Sie war auf sich allein gestellt. Leonies Zustand wechselte ständig zwischen Besorgnis und dem Glauben daran, dass es eine einfache Erklärung für Fraukes Abwesenheit gab. Doch je mehr Zeit verging, desto stärker wurden die negativen Stimmen, die unablässig in ihrem Kopf hallten. Irgendwie musste sie sich ablenken. Ein wenig Bewegung täte vielleicht gut. Sie schlüpfte aus dem Bett und fing an, in der Wohnung auf und ab zu laufen. Pias und Fraukes Zimmer ließ sie aus. Die Gedanken an ihre Mitbewohnerinnen machten sie panisch. Also ging sie im Flur auf und ab. Dabei kam sie immer wieder am Kalender vorbei. Schließlich blieb sie stehen und studierte die Einträge erneut. Während

Leonie an diesem Abend eigentlich zu Hause gewesen wäre, wenn sie ihn nicht spontan in der Bibliothek verbracht hätte, hätte Frauke bei ihrem Kochkurs sein sollen. Die Erkenntnis war nicht neu, trotzdem regte sich etwas in Leonies Innerem. Sie setzte sich abermals in Bewegung, ohne dass der Gedanke sie wieder losließ. Ihre Blicke blieben erneut auf dem Kalender hängen. Und dann plötzlich fiel es ihr wie Schuppen von den Augen. Das Muster, das sie schlagartig erkannte, tauchte nicht zum ersten Mal auf. Ganz ähnlich war es auch bei Pias Vergiftung abgelaufen. Ihre drei Becher hatten nebeneinandergestanden. Frauke glaubte, dass ihr Bier vergiftet gewesen war. Leonie konnte das nachvollziehen. Sie nahm sogar an, dass es auch ihr Bier gewesen sein konnte, das vergiftet gewesen war. Was, wenn sie damit richtiglag? War es denn nicht so, dass sie heute Abend zu Hause gewesen wäre, Frauke jedoch nicht? Folgerichtig wäre sie es auch gewesen, die mit jemandem in der Küche etwas getrunken hätte. Dass an ihrer Stelle Frauke zu Hause gewesen war, war dem Zufall geschuldet. Falls es jemanden gab, der ihren Tagesablauf kannte, musste er es demzufolge eigentlich auf sie abgesehen haben.

Das Herz blieb ihr beinahe stehen.

Sie ließ die Gedankenkette erneut vor sich ablaufen. Wenn sie recht hatte, war sie nur dank ihrer verpatzten Hausarbeit noch hier. Ansonsten wäre ihr das zugestoßen, was jetzt Frauke widerfahren war. Sie wanderte wieder im Flur auf und ab und verharrte vor Fraukes Schuhen. Wo bist du bloß, dachte sie verzweifelt und wählte zum wiederholten Male die Nummer ihrer

Freundin. Ein leises, kaum zu hörendes Summen erregte ihre Aufmerksamkeit. Sie legte auf und lauschte. Es war weg. Sie griff nochmals zum Telefon und drückte auf Wahlwiederholung. Da war es wieder. Ganz leise, fast nicht wahrzunehmen. Leonie regte sich nicht. Ihre Augen richteten sich auf Fraukes Jacke. Irgendwo dort kam das Geräusch her. Unwillkürlich legte sie die Hand auf das Kleidungsstück und zuckte zurück. Da vibrierte etwas. Ihre Finger wanderten in die Jackentasche und ertasteten einen Gegenstand, der rhythmisch erzitterte. Leonie zog ihren Fund heraus und starrte ihn fassungslos an. Er war die ganze Zeit über hier gewesen, in ihrer Wohnung, direkt vor ihrer Nase. Sie konnte es nicht glauben. Leonie hielt Fraukes Handy in der Hand.

* * *

»Sie sind sich absolut sicher?«

Ingrid Scholten nickte. »Es gibt keinen Zweifel.« Sie deutete auf den Computerbildschirm, auf dem ein Name geschrieben stand. »Haben Sie inzwischen herausgefunden, in welcher Verbindung die Opfer zueinander standen?«, fragte sie und fuhr den Computer wieder herunter.

»Nein«, antwortete Oliver und massierte mit der Hand seinen steif gewordenen Nacken. »Aber eine weitere Auszubildende ist verschwunden. Ihre Mitbewohnerin hat mich darüber informiert. Obwohl es erst ein paar Stunden her ist und ich nicht sicher bin, ob dem Mädchen nicht einfach nur die Decke auf den Kopf gefallen ist, habe ich ein merkwürdiges Gefühl bei der Sache.«

»Reichen die Fingerabdrücke denn nicht für einen Haftbefehl?«, fragte Scholten. »Immerhin taucht der Kerl mehrfach im Umfeld des Opfers auf.«

Oliver schüttelte den Kopf. »Ich befürchte, nein. Zum einen wissen wir gar nicht, ob Frauke Schreiber in Gefahr ist, und zum anderen ist das Vorhandensein von Fingerabdrücken kein Beweis für eine Straftat, sondern nur dafür, dass er das Glas angefasst hat. Ich bräuchte handfestes Beweismaterial. Am besten DNA des Opfers auf seiner Kleidung, Abwehrverletzungen an seinen Händen oder auch das Gift bei ihm zu Hause.«

»Wenn Sie heute Nacht noch etwas analysieren müssen, melden Sie sich«, bot Ingrid Scholten an. Ihre klugen Augen blitzten. Wahrscheinlich ahnte sie genau, was Oliver jetzt vorhatte.

»Passen Sie auf sich auf«, sagte sie und verabschiedete ihn.

Oliver lächelte und griff nach dem Autoschlüssel, den er auf den Tisch gelegt hatte. Sein nächstes Ziel war die Wohnung von Mirko Rossbach. Der Haustechniker trat in ihren Ermittlungen einfach viel zu oft in Erscheinung. Auch wenn er dem Mann noch nichts nachweisen konnte, so würde er nach dem Rechten schauen. Jetzt galt es eventuell, Schlimmes zu verhindern. Mit ein wenig Glück konnte er das Rätsel um Frauke Schreibers Verschwinden lösen und sogar die Morde heute Nacht aufklären.

* * *

Sterne funkelten am Nachthimmel, und Oliver stellte wieder einmal erstaunt fest, wie intensiv ihr Licht war, wenn es nicht von der künstlichen Beleuchtung der Stadt verschluckt wurde. In Neuss war der Himmel immer blass. Zons hingegen verwandelte er in eine nahezu mystische Nachtwelt, die durch die mittelalterliche Stadtmauer und die Burg noch verstärkt wurde. Mirko Rossbach wohnte außerhalb des historischen Stadtkerns, in der Nähe eines Neubaugebiets. Oliver stellte den Wagen in einiger Entfernung ab und ging das letzte Stück zu Fuß. Ihm war durchaus bewusst, dass der Besuch bei Rossbach vielleicht keine neuen Erkenntnisse brachte. Trotzdem wollte er zumindest nichts unversucht lassen. Er konnte jetzt einfach nicht zu Hause sitzen.

Zügig näherte er sich dem dreistöckigen Gebäude aus rotem Backstein. Rossbachs Wohnung lag im Obergeschoss. Es brannte Licht. Oliver überlegte, ob er klingeln und den Mann zur Rede stellen sollte. Es würde nicht viel bringen, nur um das Haus herumzuschleichen. Von seiner Warte aus konnte er nicht einmal durch die Fenster in die Wohnung blicken. Es sei denn, er kletterte auf einen Baum. Im Hof standen mehrere Autos. Oliver lief zu dem Wagen, dessen Kennzeichen Rossbachs Initialen MR enthielt, und legte die Hand auf die Motorhaube. Sie war warm. Er schaltete seine Taschenlampe ein und leuchtete in den Innenraum. Die Sitze waren leer. Eine Plastiktüte lag im Fußraum auf der Beifahrerseite. Ihren Inhalt konnte Oliver nicht erkennen. Der Wagen wirkte ansonsten sauber und aufgeräumt. Er blickte sich weiter im Hof um und erkannte eine Hintertür am Haus. Leise näherte er sich und drückte gegen die Tür. Sie war jedoch verschlossen. Auf Kniehöhe befand sich eine Reihe flacher Fenster, die zum Kellergeschoss gehörten. Oliver ging in die Hocke und leuchtete durch das erste Fenster. Er erblickte Gerümpel, aufeinandergestapelte Kartons und Werkzeuge wie Hämmer und Schraubenzieher, die an einem Wandregal hingen. Oliver lief zum nächsten Kellerfenster. Auch hier gab es ein ähnliches Bild. Nach drei weiteren Fenstern gab er auf.

Die Mülltonnen fielen ihm ins Auge. Er schlich hinüber und klappte einen Deckel auf. Angewidert drehte er den Kopf zur Seite. Der Gestank von verdorbenen Lebensmitteln stieg ihm in die Nase. Oliver hielt die Luft an und schaute hinein. Verfaultes Obst, Essensreste und eine halb volle Milchflasche kamen ihm entgegen. Geräuschlos ließ er den Deckel rasch wieder sinken. Die nächste Tonne beinhaltete Altpapier. Danach folgten Plastikabfälle. Oliver konnte nichts Außergewöhnliches entdecken. Gerade als er die letzte Mülltonne öffnen wollte, ging die Hintertür auf. Blitzschnell versteckte er sich hinter den Tonnen und spähte durch eine Lücke. Zunächst sah er die Silhouette eines Mannes, die sich schwarz vom erleuchteten Hausflur abhob. Als der Mann heraustrat, sprang über einen Bewegungsmelder die Außenbeleuchtung an. Oliver duckte sich ruckartig. Der Mann kam näher und Oliver konnte sein Gesicht erkennen. Es war Mirko Rossbach. Er trug einen Müllsack und ging zielstrebig auf die Restmülltonne zu. Seine Miene war ausdruckslos, die Augen starr geradeaus gerichtet. Wahrscheinlich würde er Oliver gar nicht bemerken.

Oliver presste sich an die gelbe Tonne und malte sich aus, wie er gleich hinter Rossbach hereilen, die Tür am Zufallen hindern und so ins Haus gelangen könnte. Das würde ihn zwar nicht in Rossbachs Wohnung bringen, aber ihm würde schon noch etwas einfallen. Rossbach öffnete gerade den Mülltonnendeckel, als Olivers Handy die Stille zerriss. Erschrocken drückte er eine Taste am Telefon, allerdings zu spät. Rossbach ließ den Müllbeutel fallen und drehte sich in Olivers Richtung. Ihre Blicke trafen sich. Aus dem Handy hörte Oliver eine aufgeregte Frauenstimme, die er sofort als Leonie Behrens' Stimme identifizierte. Mit halbem Ohr bekam er mit, dass sie Rossbachs Namen nannte. Doch seine gesamte Aufmerksamkeit war auf die Szenerie vor seinen Augen gerichtet, die wie in Zeitlupe ablief. Er sah das Entsetzen in Rossbachs Blick und richtete sich auf. Rossbach setzte zu einem Sprung an. Sein kräftiger Körper prallte auf die Tonne, hinter der Oliver jetzt fast wieder aufrecht stand. Die Wucht war so groß, dass Oliver nach hinten und das Handy aus seiner Hand flog. Irgendetwas traf ihn hart am Kopf. Blitze zuckten vor seinen Augen. Seine Finger suchten in der Luft nach einem Gegenstand, an dem er sich festhalten konnte. Aber da war nichts. Krachend ging er zu Boden. Die volle Tonne landete mit ihrem ganzen Gewicht auf ihm. Sein Kopf knallte auf eine Steinkante. Sein Schädel explodierte. Danach war alles schwarz.

XI

VOR FÜNFHUNDERT JAHREN

»Arnold, Ihr bleibt, wo Ihr seid!« Bastians Stimme duldete keinen Widerspruch. Der Stadtsoldat stand gehorsam vor dem Eingang zu Bernhard Hildens Gemächern. Der lehnte am Türrahmen. In seinen Augen brodelte die Wut. Er sah aus, als wollte er Arnold mit dem nächstbesten Gegenstand bewusstlos schlagen.

»Was soll das? Ich habe Euch mehrfach gesagt, dass ich nichts mit Burcklin Zoobes Tod zu tun habe«, zeterte er und ballte die Hände zu Fäusten.

Bastian konnte dieses Gebaren nicht beeindrucken. »Es ist zu Eurem eigenen Besten«, erwiderte er. »Drei Menschen sind tot, und was Burcklin Zoobe angeht, wart Ihr vermutlich einer der Letzten, die in jener Nacht in seinem Zelt waren. Ihr könnt Euch frei bewegen, doch Arnold wird Euer Schatten sein und Euch überallhin folgen, sobald Ihr Eure Gemächer verlasst. Selbst wenn Ihr ohne Schuld seid.« Bastian machte eine kurze Pause, um Bernhard Hilden klarzumachen, dass er daran zweifelte. »Dann seid Ihr zumindest ein wichtiger Zeuge und ich muss bis zur Aufklärung der Mordfälle stets wissen, wo Ihr Euch aufhaltet. Zons dürft Ihr bis auf Weiteres nicht verlassen.«

Bernhard Hilden fluchte, ohne sich jedoch gegen Bastians Anweisung zur Wehr zu setzen. Er wusste, dass Bastian ihn ebenso gut im Juddeturm festhalten könnte. Schließlich hatte er den Weinhändler mit einem Klumpen Falschgold bestochen, und außerdem war da noch die Sache mit der Magd Mechthild, die keinesfalls ans Licht kommen durfte. Trotzdem musste Hilden seinem Ärger Luft verschaffen. Mit blitzenden Augen wandte er sich dem Stadtsoldaten Arnold zu.

»Wenn Ihr mir zu nahe kommt, dann gnade Euch Gott!« Hilden knallte die Tür lautstark hinter sich zu und war verschwunden.

Arnold trat nervös von einem Bein aufs andere. Sein Gesicht war dunkelrot angelaufen. »Kann nicht jemand anderes diese Aufgabe übernehmen?«, maulte er und warf Bastian einen unterwürfigen Blick zu.

»Ihr seid jetzt für Bernhard Hilden verantwortlich. Es kann Euch doch egal sein, ob Ihr Euren Dienst hier oder an einem der Stadttore verrichtet.« Bastian verstand nicht, worauf Arnold hinauswollte.

»Dieser Mann ist mir nicht geheuer. Außerdem habe ich eine dringende Sache zu erledigen.« Sein Tonfall wurde zu einem Flüstern. »Ich wollte heute um Helenas Hand anhalten.«

Bastian sah ihn verdutzt an. Von Arnolds Heirats-plänen hatte er gar nichts gewusst.

»Ihr meint die Magd?«, fragte er und erinnerte sich

gleichzeitig an ein vollbusiges, schwarzhaariges Mädchen, das er schon mehrfach beim Wasserholen mit Mechthild gesehen hatte. »Ich dachte, Helena sei dem Stallmeister versprochen?« Eine oberflächliche Erinnerung kam in Bastian hoch. Mechthild hatte ihm davon berichtet.

Arnold schüttelte stolz den Kopf. »Nein«, sagte er etwas lauter. »Sie will mich.«

»Und ihr Vater stimmt dem zu?«

»Ich wollte ihn heute um Helenas Hand bitten«, erwiderte Arnold nervös. »Ich brauche dringend ein passendes Geschenk für die Hausherrin.«

Jetzt verstand Bastian. »Ihr braucht also freie Zeit, um die Dinge zu regeln.«

Arnold nickte. Sein Blick richtete sich auf seine Schuhspitzen.

»Ich werde Burckhardt fragen, ob er für Euch einspringen kann.« Bastian hatte es eilig. Wernhart wartete am Juddeturm auf ihn. Alle Weinhändler mussten Zeugnis über ihre Wege in den letzten Nächten ablegen. Jeder hatte einen Bürgen mitzubringen. Wernhart führte Protokoll. Jakob Stein war der Hauptverdächtige im Mordfall Elfriede und Georg, auch wenn er den Mord vehement leugnete. Alwina hatte ihn in jener Nacht gesehen und außerdem war er in Burcklins Zelt gewesen. Irgendwie musste das Pergamentstück, das beim Tuchhändler Georg unter dem Tisch gelegen hatte, aus Burcklin Zoobes Zelt in das Haus des Tuchhändlers gelangt sein. Bastian vermutete, dass Jakob Stein es dort verloren hatte. Unklar war jedoch weiterhin der Grund für die Morde. Vielleicht handelte es sich um reine Rache, weil der Tuchhändler die Zeche geprellt hatte oder Ähnliches.

Bastian lief ohne Umweg zum Juddeturm, wo Wernhart ihn bereits erwartete. Seiner Miene konnte Bastian ansehen, dass die letzte Stunde nicht sonderlich erfolgreich verlaufen war.

»Nichts«, sagte Wernhart, noch bevor Bastian den Fuß auf die unterste Stufe zum Turm gesetzt hatte. »In diesem Monat haben fünf Weinhändler ihre Waren feilgeboten. Jakob Stein befindet sich in unserem Gewahrsam. Die anderen vier haben verlässliche Bürgen, und auch ihre Bücher belegen, dass sie zur fraglichen Stunde nicht in der Nähe waren. Vielleicht sollten wir Jakob die Daumenschrauben anlegen, damit er endlich auspackt. Mir fällt wirklich nicht ein, wer die beiden sonst überfallen haben könnte, außer vielleicht Hilden oder einer seiner Männer.«

»Ich kann dir folgen. Ich verstehe nur nicht, warum Jakob Stein das getan haben sollte. Das Einzige, was ich sehe, ist eine Verbindung zwischen den beiden Fundorten. Es gibt diesen Pergamentfetzen, der aus Burcklin Zoobes Buch stammt und der bei Georg und Elfriede gefunden wurde. Alles hängt mit diesem Buch *Alchymey teuczsch* zusammen. Die Lösung liegt vermutlich schon die ganze Zeit direkt vor unserer Nase. Wir können sie nur aus irgendeinem Grund nicht sehen.«

Wernhart legte eine Hand ans Kinn. »Warum wurde das Paar erdrosselt, dem Alchemisten jedoch ein Nagel in den Kopf geschlagen? Das passt doch nicht zusammen. Vielleicht waren es verschiedene Täter. Außerdem hat jemand bei Burcklin Zoobe nach Gold Ausschau gehalten und beim Tuchhändler die wertvollen Stoffe in der Truhe zurückgelassen.«

Hier widersprach Bastian: »Der Mörder hat auch beim Alchemisten den Goldklumpen liegen lassen und nur eine Seite aus dem Buch gestohlen. Er hat nach etwas anderem gesucht, nicht nach Gold oder teuren Stoffen. Wir müssen herausfinden, was auf dieser Seite geschrieben steht.«

* * *

Bastian hatte Wernhart innerhalb der Stadtmauer von Zons zurückgelassen. Er hasste diese Geheimniskrämerei. Andererseits hatte er jedoch versprochen, das Wissen um den Bund der Alchemisten für sich zu behalten. Er musste zu seinem Wort stehen, egal, wie schwer es ihm fiel. Der enttäuschte Gesichtsausdruck seines Freundes begleitete ihn die ganze Strecke bis zu der krummen Birke, an der er haltmachte. Er musste dringend mit Waltraud sprechen. Nur die alte Alchemistin wusste, was auf der fehlenden Seite geschrieben stand. Er rief sich die Schritte ins Gedächtnis, die er gehen musste, um zu der schiefen Holzhütte zu gelangen.

Geht von der alten Birke dreihundert Schritte in den Wald hinein. Dreht Euch nach links und macht weitere fünfzig Schritte. Dann bleibt stehen. So lautete Waltrauds Anweisung. Bastian befolgte sie wie beim ersten Mal. Konzentriert lief er durch den nächtlichen Wald, er ignorierte das Knacken von Ästen und das Rauschen der Baumkronen hoch oben über ihm. Er verzichtete sogar darauf, seine Fackel anzuzünden. Den Weg fand er blind. Die Hütte lag tiefschwarz zwischen den Bäumen, deren dichtes Blattwerk nur ab und zu ein paar Mondstrahlen bis auf den Waldboden fallen ließ. Bastian pochte an die Tür und wartete. Als sich niemand rührte, spähte er durch ein Fenster.

»Waltraud, seid Ihr da?«, flüsterte er, weil er die Alte nicht erschrecken wollte.

Keine Antwort.

»Waltraud!« Diesmal rief Bastian lauter.

Nichts. Die Hütte lag still da. Die Feuerstelle spendete keinen Lichtschein, wahrscheinlich war sie kalt. Bastian ging zurück zur Tür und schob sie vorsichtig auf. Wieder rief er den Namen der Alchemistin. Als er keine Antwort vernahm, entfachte er seine Fackel. Die Hütte wirkte vollkommen verlassen. So als ob seit Jahren niemand mehr hier gewesen wäre. Verwundert befestigte Bastian die Fackel in einem Wandhalter, setzte sich auf einen Strohballen und beschloss, zu warten. Noch hatte er die Hoffnung nicht aufgegeben, dass Waltraud auftauchen würde. Er spürte die Müdigkeit in jeder Faser und machte es sich bequem. Sein Blick wanderte zum warmen Feuerschein seiner Fackel. Die Flamme züngelte hell und brachte Bastian nach einer Weile dazu, die Augen zu schließen.

Als ein Wolf ganz in der Nähe aufheulte, schreckte er hoch und stellte fest, dass er eingeschlafen war. Das Feuer war erloschen. Kälte hatte sich in seinen Knochen breitgemacht. Fröstelnd reckte er die steifen Glieder. Waltraud war nicht erschienen. Bastian beschloss, eine andere Lösung zu suchen. Er entzündete erneut seine

Fackel und schrieb eine Notiz an Waltraud. Anschließend kehrte er zur knorrigen Birke zurück und versteckte die Botschaft in dem Geheimfach. Hoffentlich würde Waltraud diese Nachricht erhalten. Er brauchte dringend Antworten. Enttäuscht machte Bastian sich auf den Heimweg.

Der Rest der Nacht verlief unruhig. Bastian wälzte sich im Bett hin und her. Ritt im Traum immer wieder den Weg bis zur Birke und versuchte, Waltraud zu finden. Jedes Mal blieb er in einer Gruppe von Bäumen stecken, die ihn mit ihren Ästen und Zweigen festhielten, sodass er nicht weiter vorankam. Völlig erschöpft wachte Bastian mit dem ersten Sonnenstrahl auf. Er quälte sich aus dem Bett und schlüpfte in seine Kleidung. Seine erste Botschaft an den Geheimbund der Alchemisten war innerhalb kürzester Zeit beantwortet worden. Warum sollte es nun anders sein? Voller Hoffnung beschloss er, sich auf den Weg zu machen, um nachzusehen, und öffnete die Tür. Dabei wäre er fast mit dem Stallmeister der Burg Friedestrom zusammengestoßen.

»Martin, was macht Ihr denn hier?«, stieß Bastian überrascht aus.

Der grobschlächtige Mann, dessen Gesicht von einer langen Narbe quer über den Nasenrücken gezeichnet war, sah ihn besorgt an.

»Ihr müsst mir helfen. Helena ist verschwunden.«

»Was?« Bastian traute seinen Ohren nicht. Er zog Martin in die Stube. »Wie meint Ihr das?«

»Ich wollte sie am frühen Morgen nach Stürzelberg begleiten, weil dort ihre jüngste Schwester mit ihrem

Gemahl lebt. Aber sie war fort. Ihr Vater und ich haben das ganze Haus durchsucht. Keine Spur von Helena.«

In Bastians Magen bildete sich ein Kloß. Er erinnerte sich gut an Arnolds Worte. Es gab also mehrere Möglichkeiten. Helenas Vater hatte Martin angelogen. Vielleicht wusste er genau, dass seine Tochter lieber mit Arnold zusammen sein wollte. Das wäre nicht weiter verwunderlich, denn schließlich war Helena dem Stallmeister versprochen. Ein Bruch dieser Vereinbarung würde für viel böses Blut sorgen. Eine andere Möglichkeit bereitete Bastian allerdings mehr Kopfschmerzen. Was wäre, wenn Arnold und Helena durchgebrannt wären? Unter Liebespaaren wäre das nicht das erste Mal. In den umliegenden Wäldern konnte man gut untertauchen und sich später in weiter Ferne, in einem anderen Teil des Landes, ein neues Leben aufbauen. Es konnte natürlich auch noch ganz andere Erklärungen geben. Aber nach Arnolds Offenbarung vom Vortag lag eine der beiden genannten Möglichkeiten nahe. Verflucht, dachte Bastian. Das hatte ihm gerade noch gefehlt. Als wenn er nicht schon genug zu tun hätte. Drei Tote und eine verschwundene Frau. Er musste schnell handeln und hoffte, dass Arnold am Ende doch nicht in die Sache verwickelt war. Waltraud musste warten.

»Geht nach Hause und macht Euch keine Sorgen«, sagte Bastian zu Martin. »Ich kümmere mich darum.« Er sah zu, wie der Stallmeister mit hängenden Schultern aus der Stube schlurfte. Bastian zog seine Stiefel an, gab Marie einen Kuss und machte sich auf. Er würde Arnold einen Besuch abstatten.

Der Stadtsoldat wohnte außerhalb der Zonser Stadtmauer auf einem Bauernhof. Da der Bauer nicht alle
Söhne mit Arbeit versorgen konnte, hatte er seinen
Jüngsten zur Stadtwache geschickt. Arnold war trotz
seiner Herkunft ein guter Kämpfer, der das Schwert
vortrefflich führte. Einzig sein Dickschädel bereitete
Bastian immer wieder Sorgen. Arnold befolgte Befehle
oft nur nachlässig, weil er sich die Welt zu seinen
Gunsten zurechtbog. Bastian erinnerte sich gut an den
Vorfall mit Wulfing im Juddeturm. Obwohl Arnold den
klaren Auftrag bekommen hatte, den listigen Wulfing
Hohenthal nicht aus den Augen zu lassen, überließ
Arnold die Bewachung den drei Männern von Bernhard
Hilden und ermöglichte dem Alchemisten so die Flucht.

Bastian sattelte sein Pferd und verließ Zons durch
das Feldtor. Die Sonne schien bereits hoch am Himmel
und der Duft des Sommers kitzelte ihn in der Nase. Ein
Blütenmeer erstreckte sich rechts und links des Weges.
Bienen summten geschäftig zwischen den Blumen. Es
war ein herrlicher Tag. Bastian erreichte den Hof und
grüßte Arnolds Vater, der ihn mit ängstlichem Blick
empfing.

»Wie geht es Arnold?«, fragte der Bauer. Mit seinen
kräftigen Händen umklammerte er eine Mistgabel. Ein
paar Hühner liefen aufgescheucht herum und
gackerten hektisch. Aus dem Hintergrund hörte Bastian
das tiefe, lang gezogene Muhen der Kühe. Überall auf
der Erde lag Stroh verteilt. Es stank nach Mist, Abfall
und den Ausdünstungen der Tiere.

»Dasselbe wollte ich Euch auch fragen«, erwiderte
Bastian und stieg vom Pferd. »Arnold hat mich gestern

um freie Zeit gebeten. Wisst Ihr von seinen Heiratsplänen?«

Der Bauer hob die Schultern und seufzte. »Natürlich. Seit Jahren ist er hinter Helena her. Ich habe versucht, es ihm auszureden. Aber ein verliebtes Herz lässt sich nicht bekehren.«

»Wo steckt Euer Sohn? Ich muss dringend mit ihm sprechen.«

Der Bauer schüttelte den Kopf. »Er war schon vor der Morgendämmerung fort. Ich dachte, er wäre bei Euch.«

Bastians schlimmste Befürchtung nahm langsam Form an: Arnold war mit Helena durchgebrannt. Und Bastian hatte ihm diese Flucht auch noch ermöglicht, indem er ihm freigegeben hatte. Verdammt.

»Kann ich seine Kammer sehen?«, fragte er und ließ sich ins Haus führen. Die Einrichtung war ärmlich, es gab nur einen Raum, in dem die gesamte Familie schlief. Arnolds Lager befand sich ganz hinten in einer Ecke. Es bestand lediglich aus Stroh. Bastian durchsuchte die wenige Habe seines Soldaten, fand jedoch keinen Hinweis auf seinen Verbleib.

»Gibt es einen Ort, an dem er sich gerne aufhält?«, wollte Bastian wissen und glättete das Strohlager wieder.

Der Bauer schob nachdenklich die Unterlippe vor. »Eigentlich nicht. Er ist Soldat Eurer Stadtwache. Dort ist sein Platz. Auf dem Hof hat ihn ansonsten nur die Küche interessiert.«

»Ich danke Euch«, sagte Bastian. Vielleicht konnte er in Helenas Elternhaus brauchbare Spuren finden. Er verabschiedete sich und ritt zurück in die Stadt. Als er die Schloßstraße hinaufkam, traf er auf Mechthild.

»Wie geht es Euch?«, fragte Bastian mit schlechtem Gewissen. Noch immer hatte er die Szene vor Augen, in der Bernhard Hilden auf dem zierlichen Körper des Mädchens lag.

Mechthild lächelte und deutete auf eine Halskette. »Bernhard Hilden ist lammfromm. Er macht mir neuerdings sogar Geschenke.«

Bastian runzelte die Stirn. »Aber er hat Euch nicht mehr angerührt?«

»Wo denkt Ihr hin? Er ist der größte Hasenfuß und hat Angst, dass sein Weib etwas erfährt.«

Bastian musterte Mechthild kritisch. Aber ihre Augen blickten offen drein, sodass er ihren Worten schließlich Glauben schenkte.

»Ich muss Euch etwas fragen.« Bastian sprang vom Pferd und lief neben Mechthild her. »Ihr kennt doch Helena ganz gut.«

»Ja, warum?« Mechthild blieb stehen und streichelte Bastians Pferd. »Ihr habt doch kein Interesse an ihr?«

Bastian lachte und schüttelte den Kopf. »Sicher nicht. Aber ich wollte trotzdem von Euch wissen, wo sie stecken könnte.«

Mechthild hob die Brauen. »Sie sollte in der Burg sein. Genauso wie ich. Ich bin heute ziemlich spät dran.« Unverzüglich setzte sie sich wieder in Bewegung.

»Ich dachte, sie wollte heute mit Martin nach Stürzelberg, ihre Schwester besuchen?«

Mechthild blieb erneut stehen und schlug sich die Hand vor die Stirn. »Das hatte ich ganz vergessen.« Sie musterte Bastian argwöhnisch. »Wenn Ihr wisst, wo sie steckt, warum fragt Ihr mich dann?«

Bastian blickte sich um und vergewisserte sich, dass niemand zufälligerweise mithörte. »Sie ist verschwunden. Martin wollte sie abholen, sie war jedoch nicht mehr da.«

»Sie hatte sich doch auf den Ausflug gefreut.« In Mechthilds Miene wechselten sich Überraschung und Sorge ab. »Ihr wird doch wohl nichts zugestoßen sein.«

Bastian winkte ab. »Nein«, erwiderte er und flüsterte: »Ich befürchte, sie ist mit Arnold durchgebrannt. Ich muss die beiden finden.«

»Mit Arnold?«, stieß Mechthild skeptisch aus. Bastian hielt ihr erschrocken den Mund zu und blickte sich um.

»Pst. Sprecht leise«, bat er und ließ Mechthild wieder los.

»Ihr meint den Stadtsoldaten? Diesen Bauernsohn?«, fragte Mechthild entsetzt und schüttelte heftig den Kopf. »Niemals würde sie sich auf diesen Tölpel einlassen.«

Die Schärfe ihrer Worte verursachte ein Grummeln in Bastians Bauch.

»Arnold ist schon lange in sie verliebt«, gab er zu bedenken.

»Das stimmt. Er schleicht ständig um sie herum. Helena jedoch interessiert sich nicht im Geringsten für ihn. Sie ist stolz auf die bevorstehende Hochzeit mit Martin, dem Stallmeister. Er ist eine gute Partie.« Mechthild warf Bastian einen verständnislosen Blick zu. »Das liegt doch auf der Hand, oder?«

Bastian wäre im Traum nicht darauf gekommen, dass Arnold sich um ein Mädchen bemühte, das seine Gefühle gar nicht erwiderte. Ob Arnolds Vater davon wusste? Bastian bezweifelte es.

»Wenn sich Helena verstecken müsste, wo würde sie hingehen?«

»Sie würde in die Kirche laufen. Glaubt Ihr, Arnold hat sie bedrängt?« Zwischen Mechthilds Brauen erschien eine tiefe Sorgenfalte.

»Ich bin mir nicht sicher«, sagte Bastian und sprang auf sein Pferd. »Ich muss sie finden.« Er winkte Mechthild zum Abschied und stob davon. Er brauchte keine zehn Atemzüge, bis er die Kirche erreicht hatte. Er band sein Pferd an den nächsten Baum und drückte die schwere Holztür der Kirche auf. Pfarrer Johannes war ins Gebet vertieft. Die rundliche Gestalt kniete vor einer Jesus-Figur.

»Verzeiht mir die Störung, aber ich muss dringend mit Euch sprechen.«

Johannes erhob sich leichtfüßig, hielt sich jedoch den Rücken. »Das Kreuz macht mir zu schaffen«, jammerte er und setzte sich auf die nächste Kirchenbank.

»Was treibt Euch so eilig in die Kirche, mein Junge?«

»Wann habt Ihr die Magd Helena zuletzt gesehen?«

Johannes sah ihn überrascht an. »Lasst mich einen Augenblick nachdenken«, erwiderte er und rieb das Kinn. »Das war vor zwei Tagen.«

»Hat sie Euch je anvertraut, ob sie mit Martin, dem Stallmeister, glücklich ist oder ob ihr Herz einen anderen begehrt?«

»Nun, das unterliegt dem Beichtgeheimnis. Ich darf niemandem Einblick in die Seele eines anderen Gläubigen geben.«

»Das verstehe ich. Ich muss aber unbedingt wissen, ob Ihr es für möglich haltet, dass Helena mit Arnold, dem Stadtsoldaten, durchgebrannt ist.«

»Was?« Der Pfarrer bekreuzigte sich.

»Bitte, Pfarrer Johannes. Ihr müsst mir helfen. Wenn Helena Euch ihre Liebe zu Arnold gebeichtet hat, dann wisst Ihr bestimmt, wo ich die beiden finden kann.«

Johannes schwieg und blickte Bastian lange an. Dann seufzte er. »Mir ist nicht bekannt, dass Helena solche Pläne mit Arnold hegte.«

»Danke«, sagte Bastian und rannte hinaus.

* * *

Die Sonne färbte den Abendhimmel rot. Bastian war erschöpft. Doch noch gönnte er sich keine Ruhe. Er hatte mit seinen Soldaten ganz Zons auf der Suche nach Helena und Arnold auf den Kopf gestellt. Die beiden waren wie vom Erdboden verschluckt. Arnolds Familie versicherte Bastian mehrfach, dass Arnold Helena niemals etwas zuleide tun würde. Martin hingegen war außer sich, genauso wie Helenas Eltern. Sie hatten Angst um die junge Magd, die aus ihrer Sicht nie im Leben einfach so davonlaufen würde. Da waren sich alle einig. Bastian wusste nicht so recht, was er glauben sollte. Er vermochte sich allerdings nicht vorzustellen, dass Arnold gewalttätig werden könnte. Dennoch war er ausgebildeter Soldat und in dieser Hinsicht auch nicht gerade zimperlich. Es schien nur eines sicher: Die beiden waren mit einem Pferd der Stadtwache unterwegs, denn Arnolds Fuchs fehlte. Bastian verschickte Botschaften in alle Richtungen. Die Wachen der umliegenden Ortschaften achteten nun an ihren Standorten auf ein junges Paar zu Pferd. Der Stallmeister stellte sogar einen Beutel Gulden als Belohnung für Helenas Auffinden in Aussicht. Sofern sie nicht abseits der üblichen Wege reisten, konnte es nicht lange dauern, bis sie gefunden wurden. Spätestens an den großen Stadttoren von Neuss oder Köln würde man sie anhand von Bastians Hinweisen aufhalten. Mehr konnte er im Augenblick nicht tun, deshalb richtete er seine Aufmerksamkeit wieder auf die Morde, die es aufzuklären galt.

Nach einem harten Ritt erreichte Bastian atemlos die Birke am Wegesrand und durchsuchte sofort das Geheimfach. Die Botschaft, die er darin fand, verschaffte ihm ein Gefühl der Hoffnung. Er hatte schon gezweifelt, Waltraud je wiederzusehen. Ihre Nachricht glich der letzten. Wieder sollte er dreihundert Schritte in den Wald hineingehen, sich dann nach links wenden und nach weiteren fünfzig Schritten stehen bleiben. Bastian gelangte problemlos zu der alten Hütte. Inzwischen war es stockdunkel. Die Baumkronen schluckten das Mondlicht. Als Bastian durch ein Fenster in die Hütte spähte, nahm er den schwachen Schimmer einer fast heruntergebrannten Kerze wahr.

»Ihr habt Euch diesmal aber Zeit gelassen. Mir geht langsam das Feuer aus.« Waltraud stand ganz plötzlich neben ihm und Bastian zuckte erschrocken zusammen.

»Ich hatte alle Hände voll zu tun«, erwiderte er und folgte Waltraud in die Hütte.

»Wie ich gehört habe, ist Wulfing Hohenthal wieder auf freiem Fuß. Das freut mich.« Die Alchemistin lächelte. »Habt Ihr das Buch dabei?«

Bastian holte die Geheimschrift aus seiner Tasche. Waltraud schlug das Buch auf und begutachtete die losen Seiten, die Bastian in Bernhard Hildens Truhe gefunden und die er wieder an ihren rechtmäßigen Platz zwischen den anderen Seiten gelegt hatte.

»Ihr hattet übrigens recht«, sagte er und erzählte Waltraud, wie sie die Seiten aufgespürt hatten. »Woher wusstet Ihr, dass Bernhard Hilden die Seiten herausgerissen hat?«

»Nun, die Wahrheit ist meist das Offensichtliche. Bernhard Hilden hatte Burcklin Zoobe den Auftrag zur Goldfälscherei gegeben und war wütend über die schlechte Qualität des Metalls. Er brauchte dringend Gold, wenn er nicht schon wieder bei seinem strengen Eheweib betteln wollte. Was hättet Ihr getan?« Waltrauds Augen hafteten auf Bastian. »Ihr hättet Euch das Rezept besorgt und wäret damit zu einem anderen kundigen Alchemisten gegangen.«

Waltrauds Begründung leuchtete Bastian ein. Trotzdem hielt er es für wahrscheinlicher, dass der Weinhändler Jakob Stein der gesuchte Mörder war. Schließlich wurde er an beiden Tatorten gesehen. Es mangelte nur noch an einem Beweggrund für diese Verbrechen.

»Es fehlt noch eine Seite. Sechs Seiten wurden

herausgerissen, fünf haben wir wiederbeschafft. Was steht auf der sechsten geschrieben?«, fragte Bastian.

»Das ist nicht so leicht zu sagen«, antwortete Waltraud. »Wie Ihr sicherlich bereits bemerkt habt, folgt der Inhalt der Schrift keiner logischen Reihenfolge. Ich muss nachdenken. Wartet draußen.« Waltraud schloss die Augen und Bastian ließ sie allein. Er lief vor der Hütte auf und ab, während er Waltrauds Stimme aus dem Inneren vernahm. Sie summte ein unbekanntes Lied.

Bastian blieb irgendwann stehen und starrte in die Finsternis. Nach einer Weile fröstelte er und begann erneut umherzulaufen. Mehrfach umrundete er die Hütte. Waltraud summte immer noch. Gerade als er sich fragte, wie lange die Alchemistin eigentlich brauchte, um sich zu erinnern, hörte der Gesang auf. Die unvermittelte Stille war unheimlich.

Eilig klopfte er an die Tür. Als Waltraud ihn hereinrief, blickte er sie erwartungsvoll an.

»Habt Ihr Euch erinnert?«

»Ja«, erwiderte sie und räusperte sich. »Es ist das Rezept für einen Liebestrank.«

»Einen Liebestrank?«, wiederholte Bastian und seufzte enttäuscht. Er hatte vermutet, es handelte sich um eine Anleitung für die Mischung von Gift oder Ähnlichem. Aber ein Liebestrank? Wie sollte er so eine Spur zum Mörder finden?

»Es ist ein besonderer Trank. Er bringt einen anderen Menschen dazu, jemanden unsterblich und bis in alle Ewigkeit zu lieben.«

Bastian machte eine finstere Miene. »Und wenn

schon. Das ist ja der Sinn eines Liebestrankes. Entweder er heizt die Liebe an oder er verführt jemanden.«

Waltraud blickte Bastian eindringlich an. »Euer Groll schwächt Euren Verstand. Wer immer diese Seite aus dem Buch *Alchymey teuczsch* gerissen hat, war auf der Suche nach Liebe.«

»Das ist mir bewusst. Aber wie soll mich das zu dem Mörder von Burcklin Zoobe und dem Tuchhändler Georg sowie seiner Elfriede führen?« Bastian verstand nicht, worauf die Alte hinauswollte. Als sie weiter schwieg, dachte er laut nach: »Also gut. Dann nehmen wir einmal an, ein unglücklich Verliebter oder vielleicht sogar eine Verliebte will den oder die Angebetete für sich erobern. Er oder sie sucht den Alchemisten Burcklin Zoobe auf. Aus welchen Gründen auch immer weigert sich Burcklin, den Trank zu brauen. Daher wurde er getötet und die Seite aus dem Buch entwendet. Aber das scheint ziemlich weit an den Haaren herbeigezogen. Findet Ihr nicht? Denn weshalb hätte Burcklin den Liebestrank verweigern sollen? Und wie hängt der Mord an ihm mit den anderen beiden Morden zusammen, falls es so ist?«

Ein Lächeln huschte über Waltrauds Gesicht. »Ihr seid ein kluger Mann, Bastian Mühlenberg. Der Grund, warum Burcklin Zoobe diesen Trank niemals gebraut hätte, steht ebenfalls auf der fehlenden Seite.« Sie schwieg einen Moment, bevor sie flüsternd fortfuhr: »Dieser Trank darf niemals hergestellt werden. Das ist der Grund, warum Burcklin den Trank nicht gebraut hat und für dieses Rezept sterben musste.«

Waltrauds Worte hallten in Bastians Kopf. Sie ergaben tatsächlich einen Sinn.

»Und warum mussten Elfriede und Georg ihr Leben lassen?«, fragte er nachdenklich.

»Weil dieses Rezept eine Zutat erfordert, die nur die beiden ihrem Mörder geben konnten.«

XII

GEGENWART

Die Blitze jagten grell durch seinen Schädel und zeichneten eine Landschaft aus Schmerz. Oliver stöhnte benommen. Die harte Steinkante drückte sich in seinen Hinterkopf. Er hörte Stimmen. Genauer gesagt eine Stimme.

»Hallo. Hallo, Herr Bergmann. Jetzt sagen Sie doch etwas. Bitte!«

Er öffnete schlagartig die Augen. Verdammt. Langsam stieß er die Mülltonne weg, setzte sich auf und realisierte, was geschehen war. Mühsam tastete er nach dem Handy und fand es zum Glück in Reichweite.

»Hallo«, sagte Oliver, während er sich mit der freien Hand an den Hinterkopf griff. Anschließend betrachtete er seine blutbeschmierten Finger.

»Gott sei Dank! Ich dachte schon, es ist etwas passiert«, hörte er die Frauenstimme.

Nach einer Weile erkannte Oliver Leonie Behrens. Er hatte Schwierigkeiten, ihrem Tempo zu folgen, mit dem sie ins Telefon sprach. Ihm wurde schwindelig.

»Ich habe Fraukes Handy gefunden. Es war die ganze Zeit hier, in ihrer Jackentasche. Es war auf Stumm gestellt. Deshalb habe ich das Klingeln nicht gehört. Sie wäre definitiv niemals ohne Telefon aus der Wohnung gegangen ...«

Oliver stöhnte leise und versuchte, sich auf ihre Worte zu konzentrieren. Seine Augen waren auf die Mülltonne gerichtet. Leonie redete ohne Unterbrechung: »Der letzte Anruf, den Frauke erhalten hat, kam von Mirko Rossbach ...« Sie erzählte noch mehr, doch Oliver hörte ihr nicht länger zu. Er rappelte sich geschwind auf.

»Tut mir leid. Ich melde mich gleich zurück«, sagte er und legte auf. Er blickte über den Parkplatz. Rossbachs Auto war weg. Verdammt. Hinter seinen Augen pochte es heftig. Oliver atmete tief durch. Für Schwäche war jetzt keine Zeit. Also ignorierte er den Schwindel und lief los. Auf der Straße vor dem Haus fuhr nicht ein einziges Auto. Kein Wunder, denn es war mitten in der Nacht. Oliver hastete zu seinem Wagen und wählte die Nummer der Einsatzzentrale. Er gab eine Fahndung nach Mirko Rossbachs Wagen heraus. Sie mussten den Mistkerl stoppen.

Oliver startete den Wagen und spielte kurz mit dem Gedanken, noch einmal bei Leonie Behrens vorbeizuschauen. Vielleicht konnte er in der Wohnung doch irgendeinen Hinweis auf den Verbleib ihrer Mitbewohnerin Frauke Schreiber finden. Aber dann fiel ihm der Müllbeutel ein, den Mirko Rossbach in der Hand gehabt hatte. Zügig fuhr er zurück auf den Parkplatz hinter dem Haus. Der Beutel lag unverändert vor dem

Hintereingang. Oliver lud ihn in den Kofferraum. Immer noch hatte er mit leichtem Schwindel zu kämpfen. Das Pochen in seinem Kopf vernebelte ihm die Sinne. Er setzte sich ins Auto, umfasste mit beiden Händen die Stirn und zwang sich zu logischem Denken. Rossbach war auf der Flucht. Das bedeutete, er hatte etwas zu verbergen. Oliver starrte das Haus an. Ob Frauke Schreiber dort in Rossbachs Wohnung war? Immerhin war Mirko Rossbach offenbar der Letzte, der zu Frauke Kontakt gehabt hatte, denn seine Fingerabdrücke waren auf einem der beiden Gläser vom Küchentisch gewesen. Er war nicht nur in ihrer Wohnung gewesen, sondern hatte sie auch angerufen. Kurz überlegte er, ob die Sachlage für einen Durchsuchungsbeschluss reichen würde. Wahrscheinlich schon, also stieg er wieder aus.

Ein glücklicher Umstand hatte dafür gesorgt, dass die Hintertür offen stand. Im Türspalt klemmte ein Stück Verpackung, das aus Rossbachs Mülltüte gefallen sein musste. Nicht dass Oliver nicht trotzdem ins Haus gekommen wäre, aber so ging es schneller. Er durchsuchte zuerst das Kellergeschoss. Muffige Luft schlug ihm entgegen. Eine Mischung aus Feuchtigkeit und Schimmel. Er ließ das Licht seiner Taschenlampe zwischen den Holzlatten vor den Kellerverschlägen über das Gerümpel schweifen, das er schon von außen durch die Fenster gesehen hatte. Er lauschte in die Stille hinein, nichts. Als Nächstes nahm er die Treppe hinauf ins Obergeschoss zu Mirko Rossbachs Wohnung. Er horchte an der Wohnungstür, konnte jedoch nichts von drinnen hören. Mithilfe seiner Kreditkarte öffnete er problemlos die Tür. Das Appartement umfasste neben dem Flur drei Räume: eine winzige, fensterlose Toilette, in der es nach Urin stank, die Küche sowie ein Zimmer, das zum Wohnen und Schlafen diente. Die Küche bot kaum mehr Platz als für Kühlschrank, Herd und die mit schmutzigem Geschirr überladene Spüle. Im Wohnzimmer lief der Fernseher und zeigte gerade ein Autorennen. Auf dem Tisch vor dem Bett, das gleichzeitig als Couch herhielt, stand eine halb geleerte Bierflasche. Daneben lag eine offene Tüte Chips. Von Frauke Schreiber fand Oliver keine Spur. Er seufzte und fragte sich, wohin Rossbach gefahren sein könnte. Vielleicht besaß er ja einen Schrebergarten oder Ähnliches. Das wäre wenigstens ein Anhaltspunkt, denn im Grunde konnte Rossbach überall sein. Oliver würde das schnellstmöglich überprüfen lassen.

Er sah sich noch ein letztes Mal genau um. Die Sorge um Frauke wuchs. Oliver hatte so sehr gehofft, sie in Rossbachs Wohnung zu finden, dass er sich jetzt ganz leer – ja, geradezu ohnmächtig fühlte. Wo sollte er als Nächstes nach dem Mädchen suchen? Er konnte doch nicht einfach nach Hause gehen und darauf warten, dass die Fahndung nach Rossbach irgendwann Erfolg hatte. Bis dahin konnte es längst zu spät sein. Das ungute Gefühl nagte unaufhörlich an ihm. Er vergrub das Gesicht in den Händen und dachte nach. Schließlich entschied er, zur Dienststelle zu fahren. Wenn er die Akten noch einmal durchging, fiel ihm möglicherweise etwas auf, was er bisher übersehen hatte.

Während der Fahrt meldete er sich bei Leonie und versuchte, sie zu beruhigen. Dabei kam er sich fast wie ein Lügner vor, denn er selbst war alles andere als ruhig. Aber was hätte er sonst tun sollen? Er musste Leonie das Gefühl geben, dass sie sich kümmerten und die Angelegenheit im Griff hatten. Was half es, wenn Leonie sich völlig verrückt machte?

Als er im Büro ankam, zog er als Erstes Gummihandschuhe über und durchsuchte Rossbachs Müllbeutel. Der Inhalt gab nicht sonderlich viel her. Er bestand hauptsächlich aus Bierdosen, ein paar Pizzaresten und leeren Verpackungen. Oliver fluchte, weil ihn das keinen Zentimeter weiterbrachte. Schließlich legte er den Müllbeutel ins Büro der Spurensicherung und hinterließ Ingrid Scholten eine Nachricht. Dann schnappte er sich die Akten und durchforstete sie gründlich. Verzweifelt stellte er fest, dass er keinen neuen Ansatzpunkt fand. Wo verdammt sollte er nach Frauke suchen? Die Wunde an seinem Hinterkopf pulsierte unaufhörlich. Oliver tastete danach. Wenigstens blutete es nicht mehr. Das Einzige, was ihm einfiel, war, Klaus anzurufen.

»Frauke Schreiber ist verschwunden, und ich habe keine Ahnung, wo sie sein könnte. Ich mache mir ernsthaft Sorgen um sie.« Oliver erzählte Klaus von seinem Besuch bei Leonie und seinem Zusammenstoß mit Rossbach. Klaus beschwichtigte ihn.

»Die Fahndung nach Rossbach läuft mit höchster Priorität. Mehr kannst du im Augenblick nicht tun. Außerdem ist die junge Frau keine vierundzwanzig Stunden weg. Vielleicht musste sie einfach mal raus.«

»Aber sie hat nicht einmal ihr Handy dabei. Wer geht denn heutzutage noch ohne aus dem Haus?«

Klaus schwieg. Nach einer Weile sagte er: »Möglicherweise hat sie ihr Handy schlicht vergessen. Sie ist bestimmt noch durcheinander wegen ihrer Mitbewohnerin Pia. Immerhin hat sie ja an ihr Portemonnaie gedacht.«

»Verflucht, Klaus. Macht dir das gar keine Angst? Was ist, wenn die Kleine in Gefahr ist, und wir sitzen hier rum?« Olivers Stimme war laut geworden. Er konnte Klaus am anderen Ende der Leitung schnaufen hören.

Dann knallte er Oliver seine Antwort an den Kopf: »Was zum Teufel willst du denn unternehmen? Willst du jedes Haus und jede Wohnung im Umkreis von zwanzig Kilometern durchsuchen? Dazu bräuchtest du eine verdammte Armee. Ich würde mir den linken Arm abhacken, wenn ich dadurch Frauke Schreiber auf der Stelle herzaubern könnte. Wir haben aber verflixt noch mal keine Ahnung, wo wir sie überhaupt suchen sollen.«

Stille.

»Scheiße«, flüsterte Oliver irgendwann. Sie konnten nichts tun. Im Moment jedenfalls nicht.

»Fahr nach Hause«, sagte Klaus etwas ruhiger. »Bis morgen früh hat die Fahndung bestimmt Erfolg. Außerdem ist doch auch nicht ausgeschlossen, dass Frauke Schreiber einfach wieder von selbst auftaucht.« Damit legte er auf.

Ohnmächtig packte Oliver seine Sachen zusammen. Inzwischen war es fast halb zwei in der Nacht. Er musste tatsächlich ein wenig schlafen, wenn er am nächsten Tag nicht völlig neben sich stehen wollte.

* * *

Einige Stunden zuvor

Er konnte sein Glück nicht fassen. Dieses Mädchen sah ihn an, als wäre er ein Gott. In seiner Kehle gluckste es. Er konnte sich das Lachen nicht verkneifen. Die Wirkung übertraf all seine Vorstellungen. Er hatte gedacht, dass es Tage dauern könnte. Stattdessen hatte die Substanz nach wenigen Minuten gewirkt. Überwältigt sank er in den Stuhl und genoss die bewundernden Blicke, die über seinen Körper huschten. So fühlte sich die Liebe an. Er schloss die Lider und stellte sich für einen Moment vor, dass es die Augen seiner Auserwählten wären, die ihn so hingebungsvoll anblickten. Wie ein Verrückter hatte er geschuftet, um so weit zu kommen. Es war ja nicht nur die äußerst komplizierte Übersetzung der uralten Schrift, sondern auch die Beschaffung der verschiedenen Stoffe, die alles andere als einfach gewesen war. Aber jetzt endlich war er ans Ziel gelangt und das Ergebnis ließ sich mehr als sehen. All seine Bemühungen lohnten sich am Ende. Jeder Zweifel war wie weggeblasen. Die Liebe fand ihren Weg und der Zweck heiligte die Mittel. Dieser Satz war wie ein Mantra. Er betete ihn immer wieder vor sich her, sobald sein Gewissen sich regte. Was hätte er auch tun sollen? Niemand sollte einsam und allein sein. Der Mensch war nicht dafür geschaffen. Warum also hätte ausgerechnet er verzichten sollen? Dass es Opfer gab, war unvermeidbar. Auf dieser Welt gab es nichts, was ohne Preis zu haben war. Er bezahlte mit seiner Unschuld. Er musste mit den Dingen leben, die er getan hatte. Niemand würde je die schrecklichen Szenen aus seinem Kopf löschen können, die er durchlitten hatte. Es war wesentlich schwieriger, einen Menschen in der Realität zu töten als nur in der Fantasie. Die Geräusche und der Geruch von Blut waren etwas, was er vollkommen unterschätzt hatte. Vorher hatte er nie darüber nachgedacht, dass der Tod nicht immer leise kam, sondern häufig mit einem Röcheln oder anderen unangenehmen Geräuschen einherging. Er war kurz vor dem Ziel. Und wenn er ganz ehrlich zu sich selbst war, dann war nur die erste Tötung ein grauenhaftes Erlebnis gewesen. Doch der Mensch gewöhnte sich an alles und beim zweiten Mal hatte er es bereits genossen. Das Blut, das Knirschen von Haut und Knochen, das Gefühl von Macht, wenn er den letzten Atemzug bestimmte, und die Erleichterung, nachdem es endlich vorbei war. Wenn die Muskeln erschlafften und die Seele den Körper verließ. Wenn der Prozess unumkehrbar war. Erregt starrte er das Mädchen an. Sie erwiderte seinen Blick mit einem Lächeln. Was soll ich nun bloß mit dir anstellen, fragte er sich und strich mit dem Finger über die zarte Haut ihres Halses. Er brauchte dieses Mädchen nicht. Er wollte ein anderes haben. Sie war nur Mittel zum Zweck. Er wollte nicht riskieren, dass seine große Liebe an einer tödlichen Dosis verendete. Und weil er das Schicksal nicht ein weiteres Mal herausfordern wollte, hatte er eine Testperson benötigt. Doch jetzt, wo das Experiment erfolgreich beendet war, hatte er keinen Nutzen mehr von dem rundlichen Mädchen. Er betrachtete sie und lächelte.

»Komm her, Kleine«, flüsterte er und legte seine Hände fest um ihren Hals.

* * *

Niedergeschlagen schloss Oliver die Wohnungstür hinter sich. Er schaltete das Licht an und ging ins Wohnzimmer. Die Gäste waren längst weg und der Esstisch abgeräumt. Erleichtert bemerkte Oliver, dass Emily bereits schlief. Sie war sicher sauer auf ihn, weil er das gemeinsame Abendessen mit Anna und ihrem neuen Freund hatte platzen lassen. Er fragte sich, ob es ein gutes oder schlechtes Zeichen war, dass sie nicht auf ihn gewartet oder wenigstens noch einmal angerufen hatte. Spätestens morgen früh würde er die Antwort kennen. Emily war sehr temperamentvoll. Sie würde ihrem Ärger schnell Luft machen. Ein wenig graute es Oliver davor. Aber er hatte einfach nicht tatenlos rumsitzen können, wenn Frauke vielleicht in Lebensgefahr schwebte. Ihr Verschwinden ließ ihn nicht mehr los. In seinem Magen rumorte es. Das lag an der Sorge und auch an der Ohnmacht, im Augenblick nichts weiter tun zu können, als die Fahndung abzuwarten.

Mit hängenden Schultern schlurfte er zum Esstisch. Seine Augen blieben an einem Buch hängen, das aufgeschlagen auf dem Tisch lag. Die Schrift konnte er nicht gut lesen. Vermutlich beschäftigte Emily sich wieder mit mittelalterlicher Literatur. Sie hatte eine Vorliebe für solche Geschichten. Ihre

Karriere als Journalistin war mit einer mehrteiligen Reportage über einen Frauenmörder gestartet, der vor über fünfhundert Jahren das kleine Städtchen Zons heimgesucht hatte. Oliver erinnerte sich nur allzu gut daran, denn als ein Nachahmer die Morde in der Gegenwart kopierte, lernte er Emily während der polizeilichen Ermittlungen kennen. Ein zufriedenes Lächeln huschte über sein Gesicht. Er hatte sich von Anfang an in Emily verliebt. Dass sie jetzt sogar schon eine Weile zusammenwohnten, hätte er damals nicht für möglich gehalten. Er entdeckte eine handschriftliche Notiz von Emily, die zwischen den Seiten des Buches steckte. Interessiert überflog er die Zeilen. Dem Anschein nach handelte es sich um ein Buch von Alchemisten, die ihr Wissen zusammengetragen hatten. Oliver hielt die Rezeptur für einen Liebestrank in der Hand, die Emily offenbar erst noch fertig entschlüsseln musste. Große Teile des Buches waren in einer Geheimschrift verfasst. Oliver nickte lächelnd. Er konnte sich lebhaft vorstellen, mit welchem Eifer Emily die Zeilen entschlüsselte. Sie war seit jeher fasziniert von solchen Dingen.

»Da bist du ja.«

Oliver ließ vor Schreck das Blatt fallen. Emily kam schlaftrunken ins Wohnzimmer getapst. Vorsichtig musterte er sie.

»Hast du noch etwas erreicht?«, erkundigte sie sich und schmiegte sich an ihn.

»Nein. Gar nichts. Ein Mädchen ist verschwunden und der Verdächtige auf der Flucht. Ich mache mir wirklich Sorgen«, erwiderte er und schlang die Arme um Emilys Taille. Wenigstens war sie nicht sauer auf ihn.

»Es ist bestimmt nichts passiert«, beruhigte sie Oliver und drückte ihm einen Kuss auf die Wange. »Und den Verdächtigen wirst du morgen garantiert schnappen.« Ihre Finger fuhren über seinen Kragen.

»Was ist das denn? Blutest du etwa?«

»Nicht der Rede wert«, wiegelte Oliver ab und fasste sich an den Hinterkopf. »Ich bin gestürzt.«

Emily musterte die Wunde. »Damit solltest du morgen früh gleich zum Arzt.«

»Jaja, wir werden sehen.«

»Ich habe etwas für dich herausgefunden«, sagte Emily und angelte nach dem Zettel auf dem Boden. »Neulich, in der Nacht, als du diesen Albtraum hattest, da hast du beinahe alle Inhaltsstoffe dieser Mixtur aufgezählt. Es hat mir einfach keine Ruhe gelassen, und ich dachte, es könnte dich vielleicht interessieren.«

Sie hielt Oliver das Blatt hin. Doch der warf nur einen flüchtigen Blick darauf und legte es auf den Tisch.

»Ich schaue mir das morgen an«, sagte er. Seine Gedanken kreisten unaufhörlich um Frauke Schreiber.

»Das ist ein Rezept für einen Liebestrank«, flüsterte Emily und schmiegte sich enger an ihn. Ihre Hände wanderten über seinen Rücken. Dann, ehe er ihr Vorhaben realisieren konnte, war sie plötzlich auf den Knien und spielte an seiner Hose.

»Glaubst du, dass wir einen Liebestrank brauchen?«, fragte sie verführerisch. Oliver konnte nicht antworten. Das Gefühl, das Emily mit ihren Lippen auslöste, hatte ihn mit einem Schlag vollkommen im Griff. Er war nicht einmal mehr in der Lage, sich zu rühren.

»Was glaubst du?«, wiederholte sie und blickte ihn von unten an.

»Ich denke nicht«, stöhnte er, als sie weitermachte. Er schloss die Augen und ließ sich fallen.

* * *

Wenige Stunden später klingelte Olivers Handy. Die Morgendämmerung hatte gerade eingesetzt. Die aufkeimende Helligkeit hatte bisher nichts an Olivers Tiefschlaf ändern können. Erst das aufdringliche Schrillen brachte ihn dazu, die Augen etwas zu öffnen. Widerwillig nahm er den Arm von Emilys Hüfte und tastete nach dem Telefon.

»Bergmann«, krächzte er, ohne auf das Display zu schauen.

»Wir haben eine tote Frau in den Rheinauen vor Zons. Ein Jogger hat sie entdeckt. Ihr Partner und die Spurensicherung sind bereits informiert. Sie müssen sofort zum Fundort fahren.« In der Leitung klickte es. Oliver riss die Augen auf und fuhr hoch. Verdammt. Sein Magen wurde zu Eis. Er zog sich hastig an und verließ das Haus. Die Fahrt von Neuss nach Zons dauerte knapp zwanzig Minuten. Er kam am Altstadtkern vorbei und bog rechts ab in Richtung eines großen Parkplatzes direkt vor den Rheinauen. Schon von Weitem erkannte er das rot-weiße Absperrband. Er stellte das Auto ab und wurde von einem Streifenpolizisten zum Fundort durchgelassen.

»Ein Jogger hat sie gefunden«, erklärte der Mann und ließ das Absperrband wieder sinken.

Olivers Augen brannten. Am liebsten hätte er nicht hingeschaut. Denn er ahnte, um wen es sich bei der Toten handelte. Mühsam richtete er den Blick auf die junge Frau, die auf dem Rücken lag und die Augen starr in den Himmel gerichtet hatte.

»Verdammt«, fluchte Oliver und drehte sich weg. Er schnappte nach Luft. Es war Frauke Schreiber.

»Auf den ersten Blick würde ich sagen, dass sie erdrosselt wurde.«

Oliver fuhr herum und erkannte Ingrid Scholten. Die Leiterin der Spurensicherung deutete auf dunkelrote Würgemale am Hals des Opfers. »Genau muss das natürlich die Rechtsmedizin sagen, aber ich sehe nichts, was auf eine Vergiftung schließen ließe. Die Mundwinkel sind trocken. Bei Pia Brockmann sah das ganz anders aus.«

»Wir hätten sie vielleicht retten können«, sagte Oliver belegt. Er hörte seine eigene Stimme wie aus weiter Ferne. Wenn er Rossbach gestern Nacht geschnappt hätte, würde diese Frau womöglich noch leben. Exakt in diesem Moment ging sein Handy los. Der Blick auf das Display brachte ihn für eine Sekunde aus der Fassung. Leonie Behrens rief an. Er atmete tief durch und hob ab.

»Bergmann.«

»Frauke ist immer noch nicht zu Hause.«

Er vernahm ein Schluchzen und starrte währenddessen auf Fraukes Leiche. Alles in ihm schien zu einem Eisklumpen erstarrt. Was sollte er jetzt sagen?

»Wir analysieren derzeit die Situation. Essen Sie was, trinken Sie einen Kaffee. Ich melde mich später bei Ihnen.« Er hätte sich selbst für diese Antwort ohrfeigen können. Aber was sonst sollte er Leonie sagen? Dass er gerade auf ihre tote Freundin schaute, während sie sich unaufhörlich sorgte und keine Ahnung hatte, dass es längst zu spät war? Das durfte er allein der Ermittlungen wegen nicht, doch er hätte es auch als herzlos empfunden. Eine solche Nachricht musste er persönlich überbringen.

»Die Totenstarre ist bereits voll ausgeprägt. Ich tippe darauf, dass sie nicht erst in den frühen Morgenstunden gestorben ist.« Scholten musterte Oliver lange. »Außerdem haben Sie nichts unversucht gelassen, um die Frau zu finden. Die Wunde an Ihrem Hinterkopf muss genäht werden, wenn Sie mich fragen.«

Oliver ignorierte Scholtens letzten Satz. »Sie glauben, dass sie schon gestern Abend gestorben ist?« In diesem Fall wäre sie schon tot gewesen, als er sich auf die Suche nach ihr gemacht hatte.

»Wie gesagt, die Rechtsmedizin wird den Todeszeitpunkt genauer feststellen können. Die Totenstarre ist nur ein Indiz. Aber im Allgemeinen ist sie nach sechs bis zwölf Stunden voll ausgeprägt. Das sind die Werte bei Zimmertemperatur. Bei Kälte dauert der Prozess länger.« Scholten ging in die Hocke und berührte die Tote. »Hier draußen lag die Temperatur heute Nacht bei ungefähr zwölf Grad. Sie können davon ausgehen, dass Frauke Schreiber seit weit mehr als sechs Stunden tot ist. Wir haben jetzt gerade einmal kurz nach fünf. Mit hoher Wahrscheinlichkeit ist sie also vor dreiundzwanzig Uhr gestorben. Wenn wir die kühle Temperatur dazunehmen, dürfte der Todeszeitpunkt vor einundzwanzig Uhr liegen. Darauf deuten auch die Totenflecken hin, die bereits weitestgehend fixiert sind.«

Irgendwie verschaffte ihm die Analyse von Ingrid Scholten trotzdem keine Erleichterung. Oliver betrachtete die junge Frau, die ihr Leben eigentlich noch vor sich gehabt hätte. Trotz des gewaltsamen Todes sah ihr Gesicht seltsam friedlich aus. Die Augen starrten in den Himmel, als wenn sie dort das Paradies erwarten würde. Ihre Hände lagen auf dem Bauch. Die Fingernägel waren intakt. Es schien keine Abwehrspuren zu geben. Hatte Frauke Schreiber denn gar keinen Widerstand geleistet?

»Ich möchte, dass die Obduktion so schnell wie möglich stattfindet. Am besten sofort«, sagte Oliver nachdenklich. Im Kopf rekonstruierte er den gestrigen Abend. Leonie Behrens hatte ihn gegen einundzwanzig Uhr angerufen und über Fraukes Verschwinden informiert. Dann war er zu ihr in die Wohnung gefahren und hatte sich kurz darauf mit Ingrid Scholten getroffen. Anschließend hatte er Mirko Rossbachs Wohnung durchsucht.

»Haben Sie eigentlich den Müllbeutel gefunden?«

Scholten nickte. »Ich habe mir den Inhalt angeschaut. Da ist nichts von Bedeutung drin. Mir liegen inzwischen auch die Ergebnisse zum Inhalt der Gläser vor. Da war nur Tafelwasser drin.«

Oliver nickte langsam. Mirko Rossbach war mit Frauke Schreiber zusammen in ihrer Küche gewesen und hatte Wasser getrunken. Außerdem standen die beiden in telefonischem Kontakt. Was hatte die junge Frau von dem Haustechniker gewollt? Ein düsterer Gedanke stieg in ihm hoch. Leonie Behrens hatte ihm erzählt, dass die beiden Frauen sich sehr mit dem Mord an ihrer Mitbewohnerin beschäftigt hatten. Er wusste, dass Leonie und Frauke stundenlang die vorhandenen Videoaufnahmen analysiert hatten. Ob Frauke Mirko Rossbach vielleicht ausfragen wollte und dabei unbeabsichtigt auf ihren Mörder gestoßen war? Er überlegte, ob Rossbach das Mädchen getötet und sich dann mit einem Bier gemütlich vor den Fernseher gesetzt hatte. Das wäre verdammt abgebrüht. Aber auszuschließen war es nicht. Oliver war gegen Mitternacht von Rossbach niedergeschlagen worden und erst danach in seiner Wohnung gewesen. Er hätte genug Zeit gehabt. Oliver zog das Handy aus der Tasche und erkundigte sich nach dem Stand der Fahndung. Leider war Rossbachs Wagen immer noch nicht wieder aufgetaucht.

»Tut mir leid. Ich bin spät dran.« Klaus unterbrach Olivers Gedanken. Er klopfte ihm zum Gruß auf die Schulter und schüttelte den Kopf. »Ich blicke da langsam nicht mehr durch«, sagte er entsetzt. »Ich hatte schon ein blödes Gefühl, als der Anruf kam. Ist nicht besonders schön, zu sehen, dass ich damit richtiglag.« Er ging in die Hocke und musterte die Tote.

»Sie hat keine Jacke an«, stellte er fest.

Oliver nickte. Das war ihm auch schon aufgefallen.

»Sie trägt ja Schuhe.«

Klaus sah ihn stirnrunzelnd an. »Reicht doch, dass sie keine Jacke anhat, oder? Warum sollte sie barfuß unterwegs gewesen sein?«

»Weil ihrer Mitbewohnerin gestern aufgefallen ist, dass sie ihre Pumps dagelassen hat.«

Klaus zuckte mit den Achseln. »Frauen haben doch immer mehr als ein Paar Schuhe im Schrank.«

»Da hast du wohl recht.« Oliver rieb sich nachdenklich das Kinn. »Sie ist vermutlich gestern am späten Nachmittag vom Chemiewerk nach Hause gefahren. Dann hat sie mit Mirko Rossbach gesprochen. Warum, wissen wir nicht. Das Treffen fand in ihrer Wohnung statt, es gab vor Ort keine sichtbaren Spuren von Gewaltanwendung, auch nicht in Rossbachs Wohnung. In den Trinkgläsern wurden keine Betäubungsmittelreste oder sonstige schädigenden Substanzen nachgewiesen.« Er machte eine kurze Pause und atmete zweimal durch. »Es sieht so aus, als wäre Frauke Schreiber ihrem Mörder aus freien Stücken gefolgt. Zu dieser Uhrzeit wäre es auch zu offensichtlich gewesen, eine betäubte oder vielleicht auch tote Person aus dem Haus zu tragen. Nachbarn hätten es beobachten können oder jemandem auf der Straße wäre es aufgefallen.«

Oliver seufzte. »Das bringt uns alles nicht weiter. Wir müssen uns auf den Hauptverdächtigen Mirko Rossbach konzentrieren. Er ist sicher nicht ohne Grund untergetaucht. Und wir sollten uns seine sowie die Wohnung des Opfers noch einmal gründlich vornehmen. Möglicherweise finden wir doch noch irgendetwas, was uns auf die richtige Fährte führt.«

»Ich kümmere mich sofort um die Wohnung des Verdächtigen«, bot Ingrid Scholten an.

»Dann fahren wir jetzt zu Leonie Behrens. Ich möchte einen Blick auf Fraukes Handy werfen. Fährst du mit mir? Ich bringe dich nachher zu deinem Wagen zurück.«

Klaus nickte und folgte Oliver. Nachdem sie ins Auto gestiegen waren, fragte er: »Glaubst du, dass es sich um denselben Täter handelt? Es ist doch ungewöhnlich, dass er ständig die Methode ändert. Er vergiftet ein Mädchen, er erdrosselt zwei Paare und nun erwürgt er die Mitbewohnerin, und alles an unterschiedlichen Tatorten.«

Oliver sagte nichts. Darüber hatte er auch schon nachgedacht. Stand der Ermittlungen war jedenfalls, dass Pia Brockmann und die beiden Paare vermutlich vom selben Täter umgebracht worden waren. Schließlich hatten sie DNA-Spuren eines Paares im Getränk von Pia nachgewiesen. Aber eine Erklärung für die unterschiedlichen Tathergänge hatte er nicht. Er erinnerte sich nur an eine Äußerung von Leonie Behrens.

»Frauke Schreiber hat geglaubt, Pia Brockmann habe aus Versehen aus ihrem Becher getrunken. Sie war wohl der Meinung, dass der Täter es von Anfang an auf sie abgesehen hatte. Das hat Leonie Behrens berichtet.«

»Was? Dann sollten wir uns dringend die Videos noch einmal ansehen.« Olivers Handy unterbrach Klaus. Sie kamen gerade vor dem Wohnhaus der drei Frauen an. Oliver stoppte den Wagen und nahm das Gespräch an.

»Wir haben Mirko Rossbach. Er ist freiwillig aufs Revier gekommen.«

Oliver wendete und bat Ingrid Scholten telefonisch, sich nach Rossbachs Wohnung auch die der Wohngemeinschaft vorzunehmen. Dann gab er Gas. Endlich hatten sie den Mann. Diesmal würde er ihn festnageln. Jedes Mal war er in der unmittelbaren Nähe der Opfer gewesen, wenn man von den vier Toten in der Erdgeschosswohnung absah. Aber diesen Zusammenhang würden sie schlussendlich auch noch herausfinden.

Keine zwanzig Minuten später saßen sie im Vernehmungsraum Nummer fünf.

»Wollen Sie Ihren Anwalt hinzuziehen?«, fragte Oliver und starrte Rossbach mit eiskalter Miene an. Die Wunde an seinem Hinterkopf hatte plötzlich wieder zu pochen begonnen.

»Nein, ist nicht nötig. Ich habe mit ihm telefoniert. Erst einmal möchte ich mich für gestern Abend entschuldigen. Ich hätte nicht wegrennen dürfen. Außerdem tut es mir wirklich unendlich leid, dass ich Sie verletzt habe.« Rossbach blickte Oliver reumütig an.

»Sie haben einen Polizeibeamten niedergeschlagen und stecken ordentlich in der Klemme. Vielleicht ziehen Sie sich am eigenen Kragen aus dem Sumpf und berichten uns, was gestern mit Frauke Schreiber passiert ist«, forderte Klaus ihn auf.

»Hören Sie, ich hab irgendwie die Panik gekriegt, als Kommissar Bergmann da plötzlich hinter dem Haus stand. Es war schon dunkel. Ich dachte zuerst, es wäre ein Einbrecher oder so. Ich habe gegen die Mülltonne getreten und erst in diesem Moment gesehen, dass es Bergmann war. Dann bin ich durchgedreht und einfach losgelaufen. Ich habe wirklich die ganze Nacht kein Auge zugetan. Mein Kumpel, zu dem ich gefahren bin, hat mich schließlich überzeugt, dass es das Beste ist, mit Ihnen zu sprechen und mich zu entschuldigen.«

»Erzählen Sie uns von Frauke Schreiber«, drängte Oliver den Haustechniker.

Mirko Rossbach blickte ihn unsicher an. »Ich war gestern bei ihr. Sie wollte herausfinden, was ich über Pias Tod weiß. Ich habe ihr von dem Verhör erzählt. Hätte ich das nicht tun dürfen?«

Oliver hob die Schultern. »Solange Sie uns nichts verschwiegen haben, können Sie reden, mit wem immer Sie wollen. Wir interessieren uns eher dafür, was Sie genau mit Frauke Schreiber angestellt haben und warum.«

Rossbachs Augen huschten nervös zwischen Oliver und Klaus hin und her. »Na ja«, hob er an und schluckte. »Ich habe ihr alles berichtet, was ich weiß. Sie wollte wissen, ob ich die Becher auf dem Tisch gesehen hatte. Aber das konnte ich ja nicht, weil ich darunter gesessen und den Stromanschluss des Projektors überprüft habe. Ich glaube, sie hatte irgendwie Sorge, dass Pia aus ihrem Becher getrunken hat. Ich konnte ihr nicht wirklich weiterhelfen.«

Oliver warf Klaus einen Blick zu. Wollte der Kerl sie etwa auf den Arm nehmen oder hatte er tatsächlich keine Ahnung und war am Ende unschuldig? Steckte womöglich eine Strategie seines Anwalts dahinter? Sollte Rossbach das Unschuldslamm mimen?

»Vielleicht fangen wir noch einmal von vorne an. Wann genau waren Sie gestern bei Frauke Schreiber und was haben Sie danach gemacht?«, fragte Klaus.

»Wir waren eigentlich am Morgen in der Cafeteria verabredet. Frauke, Leonie und ich. Aber es gab einen technischen Notfall und ich kam zu spät. Frauke hat mir ihre Telefonnummer hinterlassen. Als ich mit der Reparatur fertig war, habe ich sie angerufen und mich mit ihr um sechs in ihrer Wohnung verabredet. Leonie war noch nicht da. Ich war etwa eine halbe Stunde dort. Es gab ja nicht viel zu sagen. Es ist eine schreckliche Sache mit Pia. Die Mädels tun mir echt leid. Sie werden bestimmt noch lange brauchen, bis sie darüber hinweg sind. Haben Sie den Mistkerl denn jetzt gefasst?«

Oliver starrte Rossbach irritiert an. Der Mann war entweder dreist oder sie hatten den Falschen unter Verdacht. Er stand auf und ging um den Tisch herum. Genau in diesem Augenblick öffnete sich die Tür des Vernehmungsraumes.

»Ich habe ein dringendes Telefonat für Sie.« Der Polizist machte eine betroffene Miene. Oliver hielt inne und stürmte sofort hinaus.

»Worum geht es?«

»Das ist Ingrid Scholten für Sie.« Der Beamte drückte Oliver das Telefon in die Hand.

»Hallo, Frau Scholten, was kann ich für Sie tun?«

Aus dem anderen Ende der Leitung war ein tiefer Seufzer zu hören.

»Ich stehe vor der Wohnung der drei jungen Frauen. Leonie Behrens hat mir nicht aufgemacht und ist auch nicht ans Telefon gegangen, also habe ich die Kollegen gebeten, die Tür aufzubrechen. Wir haben jeden Zentimeter abgesucht. Leonie Behrens ist verschwunden.«

XIII

VOR FÜNFHUNDERT JAHREN

Bastian ritt zurück nach Zons, als wäre der Teufel hinter ihm her. Helena war in Gefahr. Er musste sie retten. Was hatte Arnold bloß getan? Unwillkürlich musste Bastian an Anna denken. Würde er für sie töten?

Die Erkenntnis ängstigte ihn. Ja, verdammt. Er würde für diese Frau nahezu alles tun. Sogar sterben. Aber würde er auch so handeln, wenn Anna ihn gar nicht wollte? Würde er sie zu Gefühlen zwingen, die nicht echt waren? Nein, niemals. Die Antwort schoss durch seinen Kopf wie eine Kanonenkugel. Eine Illusion der Liebe wäre Bastian zu wenig. Er erreichte den Bauernhof, auf dem Arnold lebte, sprang vom Pferd und donnerte mit den Fäusten gegen das Tor. Es war mitten in der Nacht. Doch Bastian hatte keine Zeit zu verlieren. Er musste verhindern, dass Helena etwas Schreckliches zustieß. Nach Waltrauds Worten ergab plötzlich alles einen Sinn. Bastian ahnte, warum Arnolds Lieblingsplatz auf dem Hof die Küche war. Wo sonst hätte er diesen verdammten Liebestrunk brauen können? Er brauchte eine Feuerstelle und verschiedene Gefäße. Die Küche war der einzig geeignete Ort.

Hinter dem Tor erklangen schlurfende Schritte.

»Verflucht. Wer ist dort draußen und stört unsere Nachtruhe?«

»Hier ist Bastian Mühlenberg. Ihr müsst mich sofort einlassen.«

Die Tür ging auf.

»Habt Ihr meinen Sohn gefunden?« In den kleinen Augen von Arnolds Vater leuchtete Hoffnung. Er hielt eine brennende Fackel in der Hand.

»Nein. Noch nicht. Ich muss mir Eure Küche ansehen.«

Der Bauer sah ihn fragend an. »Wollt Ihr mich zum Narren halten? Was soll das bringen mitten in der Nacht?«

»Euer Sohn hat vermutlich Helena entführt. Ich muss ihn finden, bevor ein Unglück geschieht.«

Arnolds Vater stöhnte auf. »Ihr habt mit Helenas Eltern gesprochen, nicht wahr? Die hatten noch nie ein gutes Wort für uns übrig und außerdem halten sie sich für etwas Besseres.«

»Wo finde ich die Küche?« Bastian hatte keine Lust, über Familienstreitigkeiten zu diskutieren. Arnold und Helena waren seit dem Morgengrauen verschwunden. Er hatte sie also schon beinahe den ganzen Tag in seiner Gewalt. Bastian mochte sich gar nicht ausmalen, was in dieser Zeit alles passiert sein konnte.

Arnolds Vater brummte Unverständliches in seinen Bart, ließ Bastian jedoch herein.

»Die Küche ist dahinten«, sagte er und ging voraus. Bastian folgte ihm dicht auf den Fersen.

»Leuchtet mir mit Eurer Fackel«, verlangte Bastian, als sie die niedrige Küche betraten, und begann sogleich, die Töpfe und die Feuerstelle zu inspizieren. Er durchwühlte ein Regal, danach einen Schrank. Er stellte die gesamte Küche auf den Kopf, fand jedoch nichts.

Verzweifelt schritt Bastian auf und ab. Irgendwo musste doch ein Hinweis zu finden sein. Irgendetwas, was ihn auf die richtige Fährte führte. Er wandte sich Richtung Fenster, eine Holzdiele unter seinen Füßen knarrte. Sofort hielt er inne. Er trat noch einmal auf dieselbe Stelle. Das Brett gab knarrend nach. Bastian ging in die Knie und tastete den Boden ab. Ein Brett war locker. Er hob es an und entdeckte einen Hohlraum. Seine Finger untersuchten das Versteck und ertasteten ein zusammengerolltes Papier. Bastians Herz gefror zu Eis, als er es betrachtete. Arnold hatte ihn die ganze Zeit an der Nase herumgeführt. Er hatte ihn für einen guten Mann gehalten, stattdessen hatte Arnold sich auf die kriminelle Seite geschlagen und ein Mädchen gegen seinen Willen entführt. Er missbrauchte seine Stellung als Zonser Stadtsoldat.

Bastian blinzelte, um sicherzugehen, dass er sich nicht täuschte. Er hielt eine Seite aus *Alchymey teuczsch* in der Hand. Es war die fehlende Seite. Enttäuscht von Arnolds Verrat las er die unverschlüsselte Überschrift. *Ein unwiderstehlicher Liebestrank* stand dort fein säuberlich geschrieben.

Er seufzte und hob den Blick. Arnolds Vater sah ihn mit großen Augen an.

»Er will Helena mithilfe eines Liebestrankes dazu bringen, seine Gefühle für sie zu erwidern. Wusstet Ihr, dass Helena Euren Sohn gar nicht will?«

Der Bauer schüttelte den Kopf. In seinen Augen konnte Bastian sehen, dass er überhaupt nicht verstand, was sein Sohn angerichtet hatte. Aber im Moment fehlte die Zeit für Erklärungen. Bastian musste die beiden so schnell wie möglich finden.

Als er sich verabschieden wollte, blieben seine Augen an ein paar Fässern hängen.

»Was ist da drin?«

»Wein. Arnold verdient sich ab und zu etwas beim Weinhändler Jakob Stein dazu. Er hilft ihm, die Fässer auf den Wagen zu schleppen, und dafür erhält er den ein oder anderen guten Tropfen als Entlohnung.«

In Bastians Kopf ratterte es. Jakob Stein saß im Juddeturm. Dass Arnold und der Weinhändler sich kannten, war ihm ganz neu. Er starrte auf die Weinfässer.

Plötzlich wusste er, wo er Arnold und Helena suchen musste.

* * *

Sie hämmerte mit den Fäusten gegen das grobe Holz. Es gab kein Stück nach. Im Laufe des Tages hatten sich immer mehr Splitter in ihre Haut gegraben. Es blutete und schmerzte bei jedem Schlag, doch Helena gab die

258

Hoffnung nicht auf, Arnold endlich zur Besinnung zu bringen.

»Lasst mich hier raus. Martin ist sicher längst auf der Suche nach mir. Früher oder später wird er Euch finden, und dann gnade Euch Gott …« Sie kämpfte mit den Tränen und sank in die Knie. Ob Arnold sie überhaupt hörte? Sie schluchzte und presste ein Ohr gegen die Tür. Als nichts zu hören war, stand sie wieder auf und hämmerte erneut dagegen.

»Verdammt. Ich habe Hunger und Durst. Lasst mich endlich raus.«

Keine Antwort.

»Ich will hier raus«, kreischte Helena und diesmal gab sie der Tür einen kräftigen Tritt. Das schwere Holz knarrte nicht einmal. Die Stille verhöhnte sie regelrecht. Langsam verließ Helena doch der Mut. Bisher war sie fest davon ausgegangen, dass Arnold ihr nichts zuleide tun würde. Aber inzwischen erfassten sie ernstliche Zweifel. Seit Stunden hatte sie nichts mehr von ihm gehört. Was, wenn er nicht zurückkehrte? Wenn er sie hier verrecken ließe, nur weil sie seine Liebe nicht erwiderte? Sie wusste nicht einmal genau, wo sie hier überhaupt war. In einem Kellerraum, so viel war sicher. Doch in welchem? Wem gehörte dieses Haus? Die einzige Lichtquelle, die ihr ein wenig von ihrer Umgebung verriet, war eine fast heruntergebrannte Kerze auf dem Tisch.

Sie trommelte erneut mit den Fäusten gegen die unnachgiebige Tür. Nach einer Weile sank sie erschöpft zu Boden. Ihre Kehle war komplett ausgetrocknet. Die Zunge lag wie ausgedörrtes Leder in ihrem Mund. Ihre

Lippen waren aufgesprungen. Unwillkürlich wanderten ihre Augen zu dem Becher. Arnold hatte verlangt, dass sie ihn leerte. Aber der sonderbare Geruch hatte sie abgehalten. Kräuterdämpfe und etwas Scharfes waren ihr in die Nase gestiegen. Es war nicht so, dass der Inhalt stank. Jedoch wollte sie nichts Unbekanntes zu sich nehmen. Was, wenn Arnold sie vergiften wollte? Er wäre nicht der erste Mann, der seine Angebetete in den Tod trieb. Sie kannte eine Menge Geschichten und ließ lieber Vorsicht walten.

Was, wenn er nicht wiederkam? Irgendwann würde sie verdursten und verhungern. Je mehr Kraft sie verlor, desto geringer wurden ihre Überlebenschancen. Sicher suchte Martin nach ihr. Doch wie sollte er sie finden, wenn sie selbst nicht einmal annähernd wusste, wo sie sich befand.

Sie versuchte, sich zu erinnern. Bis spät in die Nacht war sie auf der Burg geblieben, wie es so üblich war. Die Mägde wechselten sich mit den Aufgaben ab, wenn es ein Ereignis zu feiern gab. Sie hatte darauf gewartet, dass die Halle sich endlich leerte und die Saufköpfe müde auf ihre Betten fielen. Aber es hatte gedauert. Immer wieder war sie zwischen Küche und Halle hin und her gelaufen und hatte frisch gefüllte Krüge mit Wein und Met herbeigeschleppt. Als schließlich der letzte Feiernde abgezogen war, hatte Helena es eilig gehabt, nach Hause zu kommen.

Ihre Lider waren bleiern vor Müdigkeit gewesen, und sie bemerkte überhaupt nicht, dass sie verfolgt wurde. Plötzlich legte sich eine Hand von hinten über ihren Mund, doch da war es längst zu spät. Als sie

Arnold erkannte, war sie erleichtert, aber als er sie nicht losließ und die Hand nur fester auf ihre Lippen presste, bekam sie es mit der Angst zu tun. Sie spürte seine kräftigen Muskeln und ahnte, dass sie nicht entfliehen konnte. Somit hatte sie sich folgsam die Kapuze tief ins Gesicht ziehen lassen und war blind vor ihm hergegangen.

Helena überlegte, wie viele Schritte sie wohl gemacht hatte, bis er sie in ein Haus stieß, in dem sie noch nie gewesen war. Sie dachte fieberhaft nach. Hätte Arnold sie aus der Stadt hinausgeführt, hätten sie eines der Tore passieren müssen. Alle Tore waren Tag und Nacht bewacht. Selbst Arnold als Stadtsoldat hätte Schwierigkeiten gehabt, ihren Auftritt zu erklären. Also musste sie noch in Zons sein. Bloß wo? Soweit sie wusste, besaß er kein eigenes Haus innerhalb der Stadtgrenzen. Oder doch? Hatte sie ihn womöglich völlig falsch eingeschätzt?

Sie grübelte weiter. Viele Schritte waren es jedenfalls nicht gewesen. Sie hatte auf dem ganzen Weg niemanden sonst bemerkt. Wenn sie sich noch in der Stadt befanden, dann bestand die Hoffnung, dass Martin sie bald fand. Vielleicht konnte er sie hören, wenn sie nur laut genug schrie. Sie hatte bereits vielfach um Hilfe gerufen, doch stets vergeblich. Trotzdem wollte sie es erneut probieren. Helena öffnete den Mund und krächzte nur. Ihre Stimme klang geradezu jämmerlich. Ein Spatz konnte lauter schimpfen und auf sich aufmerksam machen. Sie brauchte etwas zu trinken, wenn sie nicht wollte, dass ihre Stimme vollends versagte.

Erneut wanderten ihre Augen zu dem Becher auf dem Tisch. Sie machte ein paar Schritte darauf zu. Sollte sie es wagen? Wenigstens einen Schluck, damit ihre Kehle wieder geschmeidig wurde? Helena sog den Duft ein, der aus dem Getränk aufstieg.

Sie drehte den Kopf weg. Nein, es war besser, abzuwarten. Entschlossen ging sie zur anderen Seite des Kellerraumes und ließ sich auf einem geflochtenen Deckelkorb nieder. Ihre Augen suchten die Wände ab, als könnten sie irgendwo einen Fluchtweg finden. Nach und nach beschlich Helena eine bleierne Müdigkeit. Durchhalten und abwarten, sagte sie sich immer wieder. Sie schlang die Arme um die Knie und wippte vor und zurück. Die Stille fraß sie langsam auf. Als sie es nicht mehr aushielt, sprang sie auf und hämmerte erneut atemlos gegen die Tür.

›Lasst mich hier raus‹, wollte sie rufen, brachte jedoch keinen Ton hervor. Sie hatte solchen Durst. Der Becher zog sie magisch an. Sie ging wie hypnotisiert zu dem Tisch. Die Kerze flackerte und sie tauchte einen Finger in das Getränk. Sie leckte die Feuchtigkeit ab, der Geschmack war himmlisch. Eine innere Stimme warnte sie, wollte sie davon abhalten, den Becher in die Hand zu nehmen. Die Stimme schrillte, sie solle der Versuchung widerstehen. Doch Helena hatte Blut geleckt. Sie musste etwas trinken. Sie brauchte Flüssigkeit. Der Drang, das rettende Nass zu trinken, war größer als die Angst vor Gift. Letztendlich würde sie so oder so sterben. Sie setzte, wie von Geisterhand geführt, den Becher an die Lippen und ließ den köstlichen Trank durch ihre Kehle rinnen. Die Augen hielt sie starr auf die Wand gerichtet. Mit einem Mal registrierte sie ein kleines Loch in der Wand, als sie etwas anblinzelte. Entsetzt ließ sie den leeren Becher fallen.

»Arnold?«, rief sie und stürzte auf die Wand zu.

Sie spähte durch das Loch und sah einen weiteren Kellerraum, in dem eine Kerze brannte. Es schien niemand dort zu sein. Doch dann hörte sie Schritte und den schweren Riegel vor ihrer Tür. Sie drehte sich um und wollte zur Tür hinauslaufen, doch ein heftiger Schwindel ergriff sie und raubte ihr die Sinne. Ohnmächtig sank Helena zu Boden und in die Dunkelheit, die sie sanft in ihre Arme nahm.

* * *

Bastian ritt, so schnell er konnte, zur Stadt. Er hatte erwogen, Wernhart zu Hilfe zu holen, sich aber dagegen entschieden. Er durfte keine Zeit mehr verlieren. Viel zu lange hatte er sich auf das Falschgold konzentriert. Geglaubt, dass es um die Gier nach Wohlstand ging. Dabei hatte er übersehen, dass Arnold jedes Mal in der Nähe des Tatortes gewesen war. Das galt für den Mord an Burcklin Zoobe – wobei zugegebenermaßen ganz Zons in der Nähe gewesen war – und auch für den Mord an Georg und Elfriede. Arnold hatte sie in das Haus des Tuchhändlers geführt. Es gab in Zons nur noch ein Haus, das Bastian mit seinen Soldaten nicht nach Helena und Arnold durchsucht hatte: Georgs Haus. Es war versiegelt und nur die Stadtwache hatte Zutritt. Es war also ein Leichtes für Arnold, sich Einlass zu verschaffen. Er konnte das wächserne Siegel nach

Belieben aufbrechen und wieder erneuern. Bei einem Kontrollgang würde nichts auffallen. Etwas Wichtiges, was Bastian auf dem Bauernhof überdies ins Auge gefallen war, waren die Weinfässer. Sie sahen haargenau so aus wie das Fässchen in Georgs Stube. Ein Weinfass mit einer kupfernen Einlassung, wie sie nur einer verwendete: Jakob Stein. Der Händler, dem Arnold in regelmäßigen Abständen aushalf.

Schon weit vor dem Haus des Tuchhändlers band Bastian sein Pferd an ein Brunnengatter. Er wollte Arnold keinesfalls mit dem Hufschlag vorwarnen. Lautlos huschte er durch die Nacht. An der Haustür blieben seine Augen an dem Wachssiegel hängen. Es war intakt. Trotzdem zog Bastian das Schwert, brach das Siegel und drückte die Tür ganz langsam auf. Auf Zehenspitzen schlich er hinein. Der Mond schien durch das Fenster und ließ zumindest schemenhaft das Innere der Stube erkennen. Bastian sah den Tisch, an dem Georg und Elfriede sich tot gegenübergesessen hatten. Das Weinfass stand immer noch da. Er durchsuchte das Erdgeschoss. Von Arnold oder Helena fand sich keine Spur. Bastian beschloss, oben nachzusehen. Nachdem er vielleicht die Hälfte der Treppe erklommen hatte, hörte er jemanden lachen. Er blieb stehen und lauschte. Ein Glucksen folgte, dann sagte jemand etwas, was Bastian nicht verstehen konnte. Aber er hörte, dass es sich um eine männliche Stimme handelte. Sie kam von unten. Eilig schlich er die Stufen wieder hinunter. Ein erneutes Lachen trieb ihn an. Das war Arnold, ohne Zweifel.

Bastian hastete lautlos die Kellertreppe hinunter.

Irgendwo flackerte eine Kerze. In ihrem schwachen Licht erkannte er drei massive Holztüren. Die erste stand offen, durch den Spalt fiel der Kerzenschein. Die beiden anderen Türen waren verschlossen. Vor der mittleren Tür lag ein schwerer Eisenriegel, der jedoch nicht vorgeschoben war. Wieder hallte Arnolds Lachen durch die Luft. Bastian umklammerte den Griff seines Schwertes. Auf Zehenspitzen schlich er an die offene Tür, doch der Kellerverschlag dahinter war bis auf die Kerze leer. Er schlich weiter zur Tür mit dem Riegel und öffnete sie vorsichtig einen Spaltbreit. Was er sah, nahm ihm den Atem.

»Ihr seid so stark, mein Liebster.«

Bastian traute seinen Ohren nicht und auch nicht seinen Augen. Denn Helena stand dicht vor Arnold und blickte ihn an, als wäre er die Verheißung des Himmels. Arnold lachte. Er strahlte über das ganze Gesicht. Verwirrt wich Bastian einen Schritt zurück und steckte das Schwert in die Scheide. Er war sich sicher gewesen, dass Arnold die Magd gegen ihren Willen in seiner Gewalt hielt. Aber damit lag er offensichtlich völlig falsch. Er hatte angenommen, Helena retten zu müssen, doch jetzt kam er sich beinahe vor wie ein Störenfried. Nachdenklich schloss er die Tür wieder. Ohne dass er es sich selbst erklären konnte, führten ihn seine Schritte in den ersten Kellerraum. Arnolds Umhang lag auf dem Boden. Bastian erkannte Arnolds Schwert, eine Hose und ein Hemd. In einer Ecke befand sich ein Strohlager. Offenbar hatte Arnold in diesem Raum genächtigt. Er blickte sich weiter um und bemerkte einen Krug. Die trübe Flüssigkeit darin roch merkwürdig. Dann sah Bastian das Loch in der Wand. Neugierig lugte er hindurch. Er konnte Helena und Arnold sehen, die sich an den Händen hielten. Noch einmal begutachtete er die Flüssigkeit im Krug. War das der Liebestrank aus dem Buch *Alchymey teuczsch*?

Bastian beschloss, den Raum gründlicher zu durchsuchen. Er durchwühlte das Lager. Tatsächlich kam ein Hammer zum Vorschein. Bastian entdeckte Blutspritzer auf dem Stiel. Er untersuchte Arnolds Umhang. Zwei lange Nägel befanden sich in der linken Tasche. Bastian seufzte. Genau so ein Nagel hatte in Burcklin Zoobes Stirn gesteckt. Es gab kaum einen Zweifel mehr. Arnold hatte den Alchemisten getötet, um an das Rezept für den Liebestrank zu kommen. Bastians Blick ging erneut zum Krug. Und er hatte Georg und Elfriede ermordet, um eine ganz besondere Zutat zu erhalten.

»Was habt Ihr hier zu suchen?«

Bastian fuhr herum. Arnold stand in der Tür, Helena direkt hinter ihm.

»Dasselbe frage ich Euch«, erwiderte Bastian und musterte den Mann, der ihn die ganze Zeit getäuscht hatte. »Hättet Ihr nicht mit ehrlichen Mitteln um Helena werben können?«

»Wie meint Ihr das?«

Bastian seufzte. Arnold versuchte immer noch, über die Wahrheit hinwegzutäuschen. Bastians Augen wanderten zu dem Krug.

»Es ist keine echte Liebe. Sie ist erzwungen«, sagte Bastian leise. »Ihr wart ein guter Soldat und hättet früher oder später ein Weib gefunden. Wie könnt Ihr

Euer Glück nur auf dem Tod dreier Menschen aufbauen? Habt Ihr denn gar keine Ehre?«

»Ich liebe ihn doch!« Helena zwängte sich an Arnold vorbei und plusterte sich auf. »Wir wollen fortgehen. Ich will Martin nicht zum Gemahl.«

»Hat Arnold Euch aus diesem Krug eingeschenkt?«

Helena schüttelte heftig den Kopf. »Arnold hat mir gleich gesagt, dass es schwer werden wird, Verständnis für unsere Liebe zu finden. Ihr, Bastian Mühlenberg, seid der beste Beweis dafür.«

Bastian lächelte traurig. »Und wie kommt es, dass Ihr Euch in diesem Keller verstecken müsst? Ihr hättet Arnold doch gleich nach Neuss oder Köln oder sonst wohin folgen können.« Auf Helenas Stirn erschien eine Falte. Bastian setzte nach. »Ihr seid hier gefangen gewesen, bis Ihr diesen Trunk zu Euch genommen habt. Jetzt ist Euer Geist verwirrt. Ihr liebt diesen Mann nicht.«

Arnold lief dunkelrot an. »Wie könnt Ihr es wagen?«, schrie er und stürzte sich auf Bastian.

Seine Faust traf Bastian unter dem Auge. Bastian rammte Arnold das Knie zwischen die Beine. Arnold brüllte und ging zu Boden. Aber schneller als erwartet rappelte er sich wieder auf und drehte sich blitzschnell um. Erst im letzten Augenblick erkannte Bastian den Hammer in Arnolds Hand. Geschickt wich er aus. Doch zu spät. In seiner Schulter krachten die Knochen. Ein heißer Schmerz schoss durch seinen Arm. Grelle Blitze zuckten vor seinen Augen. Schon hörte er den Hammer erneut durch die Luft schwingen. Doch diesmal hob er rechtzeitig die Hand und stoppte den Schlag mitten in der Bewegung. Der Hammer flog durch die Luft. Bastian rammte mit aller Wucht die Stirn gegen Arnolds Nasenbein. Es knirschte und eine Fontäne von Blut spritzte ihm ins Gesicht. Arnold würgte. Dann schlug er wie von Sinnen um sich. Helena warf sich dazwischen. Bastian hatte Mühe, sie zurückzuhalten. Die Frau attackierte ihn aus Leibeskräften und biss ihm in die Hand. Er fluchte und stieß sie von sich.

»Ihr seid festgenommen«, donnerte er und drückte Arnold mit seinem gesamten Gewicht zu Boden. Er zerrte eine Schnur aus seinem Wams und fesselte ihn.

»Warum müsst Ihr alles zerstören«, wimmerte Arnold. Er hatte seine Gegenwehr aufgegeben.

»Ihr habt drei Leben zerstört.«

»Was blieb mir denn übrig? Sie hat mich einfach nicht erhört. Glaubt Ihr vielleicht, es war leicht, den Tuchhändler und seine Elfriede zu töten? Aber ich brauchte ihre Tränen. Die letzten vor dem sicheren Tod. Die Tränen, in denen die ganze Kraft der Liebe und Verzweiflung zweier Liebender steckt.«

»Ich kenne die Rezeptur«, unterbrach ihn Bastian harsch. Waltraud hatte sie ihm verraten. Der Trank verzauberte das Herz. Sobald Helena davon getrunken hatte, musste sie sich zwangsläufig unsterblich in den ersten Mann verlieben, den sie erblickte. Die letzten Tränen, die ein Liebespaar vor dem Tod weinte, war das grausige Geheimnis dieses Liebestranks. Nur diese Tränen bargen eine wirksame Essenz zur Entfaltung der Liebe. In den letzten Tränen waren Liebe und Sehnsucht in hoher Intensität gespeichert. Denn sie entstanden in dem Moment, in dem das liebende Paar wusste, dass es sterben und sich nie wiedersehen würde. Es mussten die Tränen des Mannes und seiner Liebsten sein. So sah es die Rezeptur vor. Jedoch genau aus diesem Grund stand auch die Warnung unter dem Rezept, dass die Mixtur niemals hergestellt werden dürfte. Das Rezept war nur deshalb in das Buch aufgenommen worden, weil die Verfasser wertvolles Wissen für die Ewigkeit vollständig sammeln wollten. Es war nicht dazu gedacht, es anzuwenden. Denn das Auslöschen zweier Menschenleben war kein Liebeszauber wert. Bastian mochte sich gar nicht vorstellen, wie Georg und Elfriede gelitten hatten. Wie ihr letzter verzweifelter Augenblick seinen Verlauf nahm. Sie hatten Arnold arglos hereingebeten, weil er ihnen Wein anbot. Doch statt eines köstlichen Tropfens lauerte der Tod auf sie.

»Ihr werdet an den Galgen kommen«, sagte Bastian und zerrte Arnold auf die Füße.

»Nein, das könnt Ihr nicht tun!«, schrie Helena. Sie hatte sich unbemerkt den Hammer gegriffen und fiel von der Seite über Bastian her. Er versuchte auszuweichen, doch der Hammer traf, Blut spritzte abermals, Bastian wartete auf den Schmerz, auf die Blitze vor den Augen.

Doch beides blieb aus. Er brauchte einen Augenblick, um zu begreifen, dass der Hammer nicht ihn, sondern Arnold erwischt hatte. Fassungslos starrte er auf den Stadtsoldaten, der blutüberströmt auf dem Boden lag.

»O nein! Was habe ich getan?« Helena ließ den Hammer fallen und sank über Arnold zusammen.

Der Hammer hatte ihn an der Schläfe getroffen, die Wunde blutete heftig. Sein Atem ging flach.

»O nein, bitte nicht. Bleibt bei mir!«, flüsterte Helena verzweifelt. Ihre Hände krallten sich in Arnolds Brust. Seine Lippen bewegten sich langsam. Helena legte ihr Ohr dicht an sein Gesicht.

»Ich liebe Euch«, hauchte Arnold. Sein Brustkorb hörte auf, sich zu heben und zu senken. Auf seinem Gesicht lag eine tiefe Zufriedenheit. Seine Augen blickten leer in eine unbestimmte Ferne. In ihnen schimmerte der Glanz erfüllter Liebe.

»Nein«, schrie Helena und rüttelte an dem leblosen Körper. »Lasst mich nicht alleine! Bleibt bei mir!«

Bastian zog sie weg.

»Es ist vorbei«, sagte er leise.

Helena wollte sich aus seinem Griff winden, doch Bastian hob sie einfach hoch und trug sie hinaus.

»Eines muss ich noch wissen«, murmelte er und schleppte sie die Treppe hinauf. »Habt Ihr aus dem Becher getrunken?«

Helena nickte. »Ja, warum?«

»Es war ein Liebestrank.«

»Nein, ich liebe Arnold schon immer.«

»Ich weiß, wer Euch helfen kann«, sagte Bastian und nickte ihr aufmunternd zu, bevor er sie zu seinem Pferd brachte.

* * *

»Ihr Geist ist noch verwirrt«, erklärte Wulfing Hohenthal und strich mit dem Handrücken über Helenas

Stirn. »Das liegt an den Zutaten, die Ihr mir gezeigt habt. Die Rezeptur ist ein wahres Teufelszeug. Die Spanische Fliege verursacht starke Rauschzustände. Sie wirkt auch anregend, wenn Ihr versteht ...« Wulfing Hohenthal grinste. Dann wurde sein Gesicht jedoch erneut ernst. »In zu hoher Dosis wirkt dieser Trank nach geraumer Weile als absolut tödliches Gift. Seht Ihr ihre Pupillen? Sie reagieren kaum noch auf Lichtreize. Hätte Helena den ganzen Krug geleert, würde sie längst nicht mehr unter uns weilen.«

»Wird sie wieder gesund werden?«, fragte Bastian besorgt. Er hatte Helena zu Wulfing gebracht, wie er es einst mit seinem kranken Bruder getan hatte. Er hoffte, dass Wulfing helfen konnte.

»Ich denke schon. Sobald die Substanzen nicht mehr wirken, wird ihr Geist wieder klar sein.«

»Und was ist mit Arnold? Wird sie ihn dann vergessen haben?«

Wulfing dachte einige Augenblicke lang nach, bevor er antwortete: »Diese Mixtur wirkt sehr stark. Ich werde ihr zur Sicherheit einen Vergessenstrank verabreichen. Schon in ein oder zwei Tagen wird sie sich nicht mehr an Arnold erinnern können. Jedenfalls nicht in der Art und Weise, wie sie es jetzt tut. Sie wird mit ihrem Herzen zu ihrem Zukünftigen zurückkehren.«

»Das ist gut«, sagte Bastian und entdeckte einen Goldklumpen in einem Korb. Bisher hatte er sich in Wulfings Hütte gar nicht umgesehen. Seine Sorge um Helenas Wohlergehen war zu groß gewesen. Vier Menschen waren tot, Arnold eingeschlossen, es sollte nicht noch eine weitere Seele hinzukommen.

»War Bernhard Hilden bei Euch?«, erkundigte er sich und deutete auf den Korb.

Über Wulfings Gesicht huschte ein Schatten. »Der Mann ist ein Narr, wusstet Ihr das?«

Bastian nickte. »Ich hatte ihn lange in Verdacht, Burcklin Zoobe auf dem Gewissen zu haben. Eigentlich müsste ich ihn wegen Goldfälscherei vor das Schöffengericht bringen.«

»Ach, die Mühe braucht Ihr Euch nicht zu machen.« Wulfing winkte ab. »Burcklin Zoobe hat Hilden ganz schön über den Tisch gezogen. Stellt Euch vor, nachdem der erste Versuch, aus Blei Gold zu machen, schiefging, hat er es mit Silber versucht.«

»Also will er doch betrügen«, folgerte Bastian.

»Nein. Er ist zu mir gekommen, um sein Silber zurückzuholen.« Wulfing nahm den Klumpen in die Hand. »Schaut her.« Er wischte mit seinem Ärmel über das Metall. »Ihr könnt mit bloßem Auge erkennen, dass es sich um Silber handelt. Es ist nur völlig verunreinigt durch die anderen Stoffe, die Burcklin Zoobe daruntergemischt hat. Ich muss den Klumpen erhitzen und das Silber herauslösen.« Er drehte ihn zwischen den Fingern. »Das wird nicht leicht gehen«, murmelte er und legte ihn wieder in den Korb.

»Warum habt Ihr Bernhard Hilden denn nicht gleich geholfen? Dann hätte er Euch sicher nicht in den Juddeturm werfen lassen.«

Wulfing zuckte mit den Achseln. »Ich dachte zunächst wie Ihr, dass er Gold von mir will. Ich muss eingestehen, dass ich dem Mann nicht richtig zugehört hatte. Er ist ein Gefolgsmann des Erzbischofs und sein arroganter Auftritt hat mich provoziert. Ich wollte ihm nicht helfen. Hätte ich ihn ausreden lassen, wäre mir klar geworden, dass er lediglich sein Silber zurückwollte.«

Bastian grinste. Das war typisch für den Alchemisten. Er war störrisch und ließ sich von niemandem etwas vorschreiben. Obwohl er den meisten Menschen – Bastian eingeschlossen – unheimlich war, so hatte Wulfing Hohenthal am Ende doch ein gutes Herz. Bastian sah zu, wie Wulfing den Kupferkessel vom Feuer nahm und eine dampfende Brühe in einen Becher füllte.

»Trinkt das. Vorsichtig. Es ist heiß«, sagte der Alchemist zu Helena, die völlig unbeteiligt auf einem Strohlager hockte und den Becher geistesabwesend in die Hände nahm.

»Ist das der Vergessenstrank?«, fragte Bastian, und Wulfing nickte. Unwillkürlich erinnerte sich Bastian an den Trank, den Burcklin Zoobe für ihn gebraut hatte. Er konnte sich immer noch nicht richtig an die besagte Nacht erinnern. Daher ahnte er, dass er den Becher wohl doch geleert hatte. Anna hingegen konnte er nicht vergessen. Sobald er nur an ihren Namen dachte, schlug sein Herz schneller. Und es schmerzte bei jedem Schlag. Die Sehnsucht nach ihr übermannte ihn für einen Moment. Seine Augen klebten an dem Becher, den Helena gerade an die Lippen führte.

»Könnte ich auch etwas von diesem Trank haben?«, fragte er und sah Wulfing an. »Es gibt da jemanden, den ich vergessen muss.«

Wulfing musterte Bastian lange. Dann legte er ihm die Hand auf die Schulter.

»Mein lieber Bastian Mühlenberg. Der Trank des Vergessens wird Helena helfen. Euch allerdings nicht.« Er schwieg einen Moment. Seine durchdringenden Augen ruhten auf Bastian.

Dem kam es geradewegs so vor, als könnte Wulfing jeden seiner Gedanken lesen.

Dann fuhr der Alchemist fort: »Die Erklärung ist im Grunde genommen ganz einfach. Auch wenn Euch das wenig hilft, aber es gibt kein Mittel auf dieser Welt, das Euch die wahre Liebe vergessen machen kann!«

XIV

GEGENWART

Anna rührte gedankenverloren in ihrem Kaffee. Es gab Momente, da zweifelte sie an ihren Gefühlen für Maximilian. In der Nacht hatte sie wieder von Bastian Mühlenberg, dem mittelalterlichen Stadtsoldaten, geträumt. Immer wenn er sich in ihre Träume schlich, dann war alles so real. Die Traurigkeit in seinen Augen war so echt, dass es ihr den Atem raubte. Sie fragte sich wiederholt, ob sie in Maximilian bloß einen Ersatz sah. Wäre es fair, mit jemandem zusammen zu sein, nur weil man einen anderen nicht haben konnte? Sie nahm einen Schluck aus ihrer Tasse und betrachtete Maximilian, der neben ihr saß und ebenfalls Kaffee trank. Sie hatten sich gleich morgens bei ihr verabredet, damit sie mehr Zeit füreinander hatten. Anna war in ihrem Job in der Bank ziemlich stark eingespannt, sodass – bis auf die Wochenenden – nur die Abendstunden blieben. Maximilian bestand darauf, sie auch häufiger bei Tageslicht zu sehen. Sie fand seinen Wunsch richtig süß. Überhaupt war er unheimlich charmant und intelligent. Er hatte alles, was sie von einem Mann erwartete, und dennoch spukte Bastian ständig in ihrem Kopf herum. Sie beneidete Emily, die nur Augen für ihren Kriminalkommissar hatte. Da gab es keinen anderen Mann, der dazwischenfunkte und an den eigenen Gefühlen zweifeln ließ.

Maximilian lehnte sich zu Anna hinüber und gab ihr einen Kuss auf die Wange. Seine Berührung löste ein Prickeln in ihr aus. Trotzdem musste sie schon eine Sekunde später wieder an Bastian denken. Als ob Maximilian ahnen würde, dass sie abgelenkt war, nahm er sie in die Arme und küsste sie innig. Anna spürte, wie lebendig dieser Kuss war. Er war real und fand nicht nur in ihren Träumen statt. Und er fühlte sich verdammt gut an. Plötzlich war sie unendlich dankbar. Denn was konnte sie mehr von ihrem Schicksal erwarten, als dass ein direkter Nachfahre von Bastian Mühlenberg in ihr Leben stolperte und mit ihr zusammen sein wollte? Maximilian war keine Kopie, sondern ein Original. Natürlich war er nicht Bastian Mühlenberg, aber das musste er auch nicht sein. Er war alles, was sie im Moment brauchte. Auf einmal wurde ihr klar, dass die Liebe zwischen zwei Menschen immer einzigartig war. Man liebte seine Eltern anders als seine Kinder und die Liebe für den Partner unterschied sich wiederum davon. Und sobald der Partner wechselte, entstand ein neues Gefühl, das vorher nicht da war und das man nur mit diesem einen Menschen teilte. Anna seufzte. Vielleicht sollte sie die Dinge nicht so schwernehmen. Sie hatte Bastian Mühlenberg in ihren Träumen, während Maximilian der reale Mann an ihrer Seite war. Sie erwiderte Maximilians Kuss gefühlvoll.

Als sie darauf erneut an ihrem Kaffee nippte, dachte Anna an den gestrigen Abend, den sie eigentlich zusammen mit Emily und Oliver hatten verbringen wollen. Oliver war viel zu spät gekommen und dann sofort wieder verschwunden. Sein aktueller Fall rieb ihn völlig auf. Emily war enttäuscht gewesen, wusste jedoch, dass Oliver für seinen Beruf brannte, und vor allem, dass ein Menschenleben auf dem Spiel stand. Nachdem er wieder weg war, hatten sie in einem alten Buch geblättert. Maximilian war für seine medizinische Arbeit auf der Suche nach mittelalterlichen Heilmitteln. Sie entschlüsselten die verschiedenen Rezepte. Alchemisten hatten ihr Wissen im Mittelalter in Geheimschrift festgehalten, um es vor Missbrauch zu schützen. Eines der Rezepte ging Anna nicht mehr aus dem Sinn. Es handelte sich um einen Vergessenstrank, der versprach, alles Leid für immer aus dem Herzen zu löschen. Vielleicht sollte sie es damit einmal probieren. Sie blickte kurz zu Maximilian und bewunderte sein markantes Profil. Ein Sonnenstrahl fiel durch das Küchenfenster und verwandelte sein Haar in Gold. In diesem Augenblick sah er Bastian Mühlenberg wieder unheimlich ähnlich. Anna schluckte. Nein, sie wollte nicht vergessen. Weder den einen noch den anderen. Sie würde sie beide lieben, jeden auf eine eigene Art.

»Küss mich«, sagte sie und ließ sich in Maximilians Arme fallen, die sie voller Hingabe umschlossen. Schmetterlinge flatterten durch ihren Bauch, als ihre Lippen sich berührten. Nein, sie wollte nicht vergessen.

Anna schloss die Augen und sah Bastian Mühlenberg vor sich. Er lächelte. Er würde immer ein Teil von ihr sein und sie würde ihn niemals vergessen.

* * *

»Wiederholen Sie das bitte noch einmal!« Oliver schwitzte. Die Ereignisse überschlugen sich.

»Leonie Behrens ist nicht auffindbar. Wir haben sämtliche Kontaktmöglichkeiten ausgeschöpft.« Ingrid Scholtens Stimme knarrte durch das Telefon.

»Das kann nicht sein. Ich habe doch gerade noch mit ihr telefoniert. Ist sie vielleicht unterwegs zum Chemiepark?«

»Das habe ich bereits überprüft. Niemand weiß, wo sie ist«, erwiderte Scholten nüchtern.

»Verdammt.« Oliver legte auf und stürmte zurück in den Vernehmungsraum.

Mirko Rossbach saß unverändert da und hatte eine Unschuldsmiene aufgesetzt. Am liebsten hätte Oliver den Kerl richtig in die Mangel genommen, aber er beherrschte sich. Wenn er Leonie Behrens vor einer möglichen Katastrophe beschützen wollte, musste er jetzt unbedingt ruhig Blut bewahren. Zuerst flüsterte er Klaus die neuen Informationen ins Ohr. Für einen kurzen Moment sah Oliver, wie seinem Partner unmerklich die Gesichtszüge entgleisten.

»Ich wiederhole noch einmal«, sagte Klaus mit tiefer Stimme. »Sie waren also in der Zeit von achtzehn bis achtzehn Uhr dreißig mit Frauke Schreiber zusammen und haben sich mit ihr über den Mord an ihrer Mitbewohnerin Pia Brockmann unterhalten. Was haben Sie anschließend gemacht?«

»Na ja, dann hatte ich einen Abendkurs an der Volkshochschule in Neuss. Ich hole mit einem Freund das Abitur nach. Der Kurs fängt um sieben an und geht bis halb zehn. Ich war ein paar Minuten zu spät. Danach bin ich nach Hause gefahren und den Rest kennen Sie ja.«

Oliver fixierte ihn. »Warum fahren Sie extra nach Neuss? In Dormagen gibt es auch eine Abendschule.«

»Richtig, aber dort kriegt man kein Abitur.«

Oliver machte eine kleine Handbewegung in Richtung Spiegel. Die Kollegen, die vom Nebenraum aus zusahen, sollten das Alibi sofort überprüfen. Im Kopf ging er die Zeitangaben durch. Wenn Rossbach die Wahrheit sagte, war er erst gegen zehn Uhr wieder nach Hause gekommen, zu einem Zeitpunkt, an dem Frauke Schreiber wahrscheinlich schon tot war. Natürlich konnte er sie auch vor der Abendschule ermordet haben. Die Ergebnisse der Obduktion würden bald vorliegen, vielleicht bekamen sie dann auch den genauen Todeszeitpunkt. Oliver musterte Mirko Rossbach, der offenkundig keine Ahnung zu haben schien, dass Frauke Schreiber nicht mehr lebte. Irgendwie kaufte Oliver ihm das ab. Die Körperhaltung des Mannes, seine gesamte Gestik und Mimik sprachen eher dafür, dass er die Wahrheit sagte.

»Was haben Sie gemacht, bevor Sie zu Frauke Schreiber gefahren sind?«, wollte Oliver der Vollständigkeit halber wissen.

»Ich habe gearbeitet. Es gab gestern einige kleine

Kurzschlüsse. Den letzten Auftrag hatte ich in der Ausbildungsstätte. Im Flur vor dem Büro von Dr. Meuten und seinem Assistenten waren die Steckdosen ausgefallen. Die Reinigungskräfte konnten dort deshalb keinen Staubsauger benutzen.«

Oliver hörte aufmerksam zu und nickte.

»Jedenfalls habe ich Leonie Behrens gesehen. Sie kam aus dem Büro von Andreas Koch und sah nicht besonders glücklich aus. Ich habe mitbekommen, dass sie noch in die Bibliothek musste.« Oliver wurde hellhörig.

»Und haben Sie sonst jemanden aus Leonies Ausbildungsgang bemerkt?«

Mirko Rossbach schob die Unterlippe nach vorn und dachte nach. »Nur Konstantin Lemke. Der wollte auch zu Andreas Koch, dem Assistenten.«

»In welchem Verhältnis stehen Sie eigentlich zu Frauke Schreiber? Wollen Sie sich noch einmal mit ihr verabreden?« Oliver hatte beschlossen, eine Fangfrage zu stellen. Er musste ein Gefühl dafür entwickeln, ob Rossbach nun log oder nicht. Der Mann lief prompt rot an. Oliver fixierte ihn mit eisigem Blick.

»Ich hatte ehrlich gesagt darauf gehofft, Leonie zu treffen«, stotterte Rossbach und senkte den Blick.

»Sie sagten doch gerade, dass Leonie in die Bibliothek gegangen ist.«

»Ja«, sagte Rossbach und sah Oliver jetzt direkt in die Augen. »Ich hatte ja keine Ahnung, wie lange das dauern würde. Ich ...« Rossbach suchte nach den richtigen Worten. »Sie sagen ihr aber bitte nichts davon, ja?«

Das war genug. Vielleicht spielte dieser Mann mit

ihnen, möglicherweise auch nicht. Im Augenblick war aus ihm jedenfalls nichts Brauchbares herauszubekommen. Oliver durfte keine weitere Zeit verschwenden. Er musste sich auf die Suche nach Leonie Behrens konzentrieren.

»Ich möchte, dass Sie sich heute freinehmen und den Tag hier bei uns verbringen. Die Sache ist absolut freiwillig, aber ich möchte Ihnen dringend dazu raten. Sie können deswegen gerne Ihren Anwalt konsultieren.«

»Warum das denn?« Mirko Rossbach wirkte mit einem Mal völlig aufgelöst. »Was soll ich meinem Anwalt denn erzählen? Bin ich jetzt etwa wegen Körperverletzung verhaftet? Ich habe doch schon gesagt, dass es mir leidtut.«

Klaus ergriff das Wort. »Frauke Schreiber ist heute Morgen tot aufgefunden worden.«

Mirko Rossbach saß da wie vom Donner getroffen. Seine Augen weiteten sich. Der Mund stand halb offen.

»Was?« Seine Stimme überschlug sich. »Wie das denn?«

»Nun«, erwiderte Klaus trocken. »Diese Antwort hatten wir uns eigentlich von Ihnen erhofft.«

* * *

Die Luft war geschwängert von Desinfektionsmittel und noch etwas anderem. Es roch nach Tod. Olivers Augen klebten an Frauke Schreibers Leichnam. Der Anblick zerriss ihm das Herz. Die Körperhöhle war noch geöffnet, die Organe des Opfers in Edelstahlschalen daneben gelagert, und quer oberhalb der

Stirn verlief die tiefe Sägelinie, die das Gehirn für die Obduktion freilegte. Wenn es irgendwie ging, vermied Oliver den Besuch in der Rechtsmedizin. Im Normalfall genügten die schriftlichen Obduktionsberichte, aber momentan lief ihm die Zeit davon. Da er schon Frauke Schreiber nicht hatte retten können, musste er wenigstens Leonie Behrens rechtzeitig finden. Die Spurensicherung drehte zurzeit jeden Zentimeter ihrer Wohnung von rechts auf links. Des Weiteren hatte er die Ortung von Leonies Handy beauftragt. Nach dem gewaltsamen Tod von Frauke Schreiber hatte Hans Steuermark dafür sofort grünes Licht gegeben. Oliver war mit Klaus umgehend in die Rechtsmedizin gefahren, nachdem aus Mirko Rossbach keine hilfreichen Informationen mehr herauszubekommen waren.

Dr. Hans Pankalla, ein grau melierter, stämmiger Mann mit dunkelgrünem Kittel, sortierte gerade ein paar Instrumente auf einem Edelstahltablett.

»Den Todeszeitpunkt schätzen wir vorsichtig auf gestern neunzehn Uhr. Plus/minus zwei Stunden. Das Opfer wurde erdrosselt. Der Täter hat zunächst die Hände benutzt und später ein Seil zu Hilfe genommen. Die Faserspuren werden derzeit im Labor analysiert. Die Ergebnisse hierzu erwarte ich in den nächsten Stunden. Der toxikologische Befund dürfte für Sie interessant sein. Im Magen des Opfers fanden sich dieselben Substanzen wie bei Pia Brockmann. Alraune, Fingerkraut, Cantharis oder Spanische Fliege und Oxytocin. Die Dosierung der giftigen Stoffe war allerdings im Gegensatz zum ersten Fall nicht tödlich. Ich vermute, dass der Täter Frauke Schreiber deshalb im Nachgang erdrosselt hat.«

Oliver ließ die Analyse des Rechtsmediziners auf sich wirken. »Stammen die Hormone wieder von dem getöteten Paar Evelin Brandt und Jonathan Kampmeister?«, wollte er wissen.

Dr. Pankalla nickte. »Wie gesagt, die Substanzen sind bis auf die Dosierung identisch.«

»Wie zeigt sich denn die Wirkung bei geringerer Dosierung?«

Der Rechtsmediziner kratzte sich nachdenklich am Kopf. »Die Zusammensetzung wirkt auf jeden Fall rauschartig. Sie ergibt für mich leider nach wie vor keinen Sinn. Einen Rauschzustand könnte man schließlich auch ohne die Zugabe des Hormons Oxytocin erreichen. Dieses Hormon wird übrigens auch als Kuschelhormon oder Liebesdroge bezeichnet. Forscher an der Universitätsklinik Bonn haben sich vor ein paar Jahren intensiv damit beschäftigt und herausgefunden, dass es die Partnerbindung und Monogamie beflügelt.«

Irgendetwas klingelte in Olivers Kopf. Noch bevor er den Gedanken greifen konnte, reagierte sein Körper. Er zog den Zettel aus der Tasche, den Emily ihm gestern gegeben hatte.

»Tun Sie mir einen Gefallen und sehen Sie sich das einmal an«, bat er Dr. Pankalla und drückte ihm die Rezeptur für den mittelalterlichen Liebestrank in die Hand.

»Das ist erstaunlich«, erwiderte der Mediziner nach einer Weile. »Die Substanzen sind identisch, nur das Hormon fehlt.«

Oliver holte tief Luft. Da war noch etwas, was ihm jedoch einfach nicht einfallen wollte. Er stellte sich neben Dr. Pankalla und überflog das Rezept.

»Tränen«, sagte Oliver. »Sind in Tränen nicht auch Hormone enthalten? Ich habe da mal irgendetwas gelesen ...«

»Du meine Güte«, unterbrach ihn der Rechtsmediziner. »Das ist es. Sie haben vollkommen recht. Es gibt diverse Studien, die sich mit menschlichen Tränen beschäftigen. Warten Sie mal«, sagte er und verließ hastig den Obduktionssaal. Kurze Zeit später erschien er wieder mit einem Ausdruck in der Hand. Dr. Pankalla studierte das Papier, während er mit dem Zeigefinger imaginäre Linien darauf malte.

»Hier haben wir es. Tränen bestehen aus Proteinen, Salzen und Hormonen. Es gibt drei verschiedene Arten von Tränen: basale Tränen, Reflextränen und emotionale Tränen. Einige Forscher gehen davon aus, dass emotionale Tränen Stresshormone enthalten, die beim Weinen ausgeschieden werden und den Körper dadurch ins Gleichgewicht zurückbringen. Ein recht bekannter Neurologe und Professor aus Kanada hat herausgefunden, dass Hirnregionen wie der Hypothalamus mit einem Teil des Hirnstamms verbunden sind, der Tränenkern heißt und der die Tränenproduktion auslöst. Wir wissen, dass der Hypothalamus über den Hypophysenstiel mit der Hirnanhangdrüse verbunden ist.« Dr. Pankalla blickte auf und sah Oliver an. »Lange Rede, kurzer Sinn: Es ist durchaus möglich, dass die Tränenflüssigkeit je nach emotionalem Zustand bestimmte Hormone enthält.«

Oliver setzte sich. Er musste nachdenken. Was hatte das alles zu bedeuten? Pankallas Worte »je nach emotionalem Zustand« setzten sich in seinem Kopf fest. Er sah plötzlich die beiden ermordeten Paare vor sich, die sich selbst im Tod noch angeblickt hatten.

»Haben die getöteten Paare vor ihrem Tod geweint?«, fragte Oliver.

»Das ist absolut denkbar, allerdings schwer nachweisbar. Die Tränen trocknen schnell ab. Wir könnten die Gesichtshaut noch auf Salzspuren überprüfen. Bei den Obduktionen haben wir nicht explizit danach gesucht.«

»Nehmen wir einmal an, die Personen hätten geweint. Welche Hormone würden Sie denn beim Anblick Ihres Partners so kurz vor dem Tod ausstoßen?«

Der Rechtsmediziner wiegte den Kopf hin und her. »Ganz sicher Stresshormone. Aber vermutlich auch Oxytocin.«

In Olivers Kopf überschlugen sich die Gedanken. Er hatte Schwierigkeiten, den roten Faden zu finden.

Doch in dem Moment kam Klaus ihm zu Hilfe. »Der Täter wollte einen Liebestrank herstellen. Er hat offenbar dieses mittelalterliche Rezept gefunden und versucht, es zu verbessern. Statt sich auf die bloßen Tränen zu verlassen, hat er das Liebeshormon direkt aus der Hirnanhangdrüse entnommen. So wollte er sichergehen, dass er genügend Wirkstoff erhält. Wie hieß diese Methode gleich noch mal?«

»Hypophysenchirurgie«, antwortete Dr. Pankalla. »Das ist eine endoskopische Operationsmethode, mit der man eigentlich Tumore aus der Hirnanhangdrüse entfernt. Es ist ein minimalinvasiver Eingriff, der mithilfe von Spezialinstrumenten durchgeführt wird, die ausreichend lang und dünn sind, um durch die Nase bis zur Schädelbasis geführt werden zu können. Unser Täter hat allerdings etwas anderes benutzt. Vermutlich ein schmales Edelmetallrohr mit Spitze. Das ist auch der Grund für den Austritt von Blut und Gehirnmasse aus der Nase.«

Oliver verzog das Gesicht. Bei der Vorstellung wurde ihm schon wieder übel. »Also gut. Der Täter wollte diesen mittelalterlichen Liebestrank nachbilden. Das würde auch erklären, warum die Paare sich die ganze Zeit ansehen mussten. Denn beim Anblick des geliebten Partners wird Oxytocin ausgestoßen. Die Frage ist nur, weshalb hat er gleich zwei Paare umgebracht.«

»Vielleicht ist beim ersten Mal etwas schiefgegangen«, warf der Rechtsmediziner ein. »Der Hormonausstoß funktioniert nur, wenn sich das Paar wirklich liebt.«

Oliver machte sich eine Notiz.

»Okay, nehmen wir an, es war so. Warum ist Pia Brockmann dann gestorben? Und warum hat der Täter Frauke Schreiber getötet?«

Klaus stöhnte. »Die Liste der Motive ist lang.«

»Ja, aber wir bewegen uns im Umfeld der Naturwissenschaften«, erwiderte Oliver, der plötzlich eine Idee hatte. »Was, wenn unser Täter mit dem Rezept experimentiert hat?«

Klaus starrte Oliver an. »Wie meinst du das denn?«

»Ich kann natürlich völlig danebenliegen, aber wenn ein neues Medikament getestet wird, probiert man es ja auch nicht zuerst an der Zielgruppe aus. Man testet es an Mäusen oder Ratten und schaut, ob die gewünschte Wirkung erzielt wird. Wenn der Täter also einen Liebestrank braut, würde er diesen vielleicht zuerst an einer anderen Frau testen und nicht gleich bei seiner Zielperson einsetzen.«

»Dann läge Leonie Behrens mit ihrer Aussage richtig, dass der Täter es letztendlich auf sie abgesehen hat.«

Oliver nickte. Er erinnerte sich nur allzu gut an die Angst des Mädchens. Sowohl Leonie als auch Frauke Schreiber hatten große Sorge, selbst im Visier des Killers zu stehen.

Klaus musterte Oliver nachdenklich. »Demnach wäre Pia Brockmann die erste Testperson gewesen. Die Dosis war zu hoch, sodass unser Täter nachjustieren musste. Er hat sich das zweite Mädchen geschnappt, das praktischerweise in derselben Wohngemeinschaft lebte.«

»Ja, und nach dem erfolgreichen Experiment hat sie ihren Zweck erfüllt und ist nutzlos für ihn geworden. Also tötet er sie und schnappt sich das richtige Mädchen«, ergänzte Oliver. »Leonie! Und sie ist plötzlich wie vom Erdboden verschwunden.«

»Wir suchen also nach einem Täter aus dem Umfeld, der unglücklich in Leonie Behrens verliebt ist.«

* * *

Er spürte, wie er langsam die Beherrschung verlor. Was hatte er nicht alles getan, um es so weit zu bringen. Er hatte geforscht, experimentiert und sogar getötet für diese Frau, die jetzt vor ihm saß und in deren Blick nicht mehr Liebe lag als für eine giftige Schlange. Er hatte gehofft, dass sie seine Bemühungen wenigstens zu würdigen wusste. Stattdessen spuckte sie ihn an.

Welcher Mann tat so viel für eine Frau? Leonie hingegen versteifte sich aufs Trotzen. Sie weigerte sich standhaft, den Liebestrank zu probieren. Er hatte es im Guten versucht. Er wollte sie nicht zwingen, hatte auf ihre Kooperation gebaut. Aber er hatte ihren Sturkopf ganz eindeutig unterschätzt. So kurz vor der Ziellinie würde er sich keinen Strich durch die Rechnung machen lassen. Wenn es nicht mit wohlwollendem Zureden ging, dann musste es eben mit Gewalt sein.

»Du trinkst das jetzt«, befahl er und warf ihr einen scharfen Blick zu.

»Du kannst mich mal. Wo ist Frauke?«

Er verdrehte die Augen. Wie oft wollte sie ihn noch mit ihrer Freundin nerven? Gefühlte tausend Mal hatte er ihr versichert, dass Frauke längst wieder zu Hause war. Aus irgendeinem Grund glaubte sie ihm nicht. Er nahm den Becher mit dem Liebestrank und baute sich vor ihr auf.

»Trink das, und alles wird gut.«

»Ich war so dumm. Warum ist mir nicht gleich aufgefallen, dass du hinter allem steckst?«

Er grinste selbstgefällig. Es war in der Tat richtig, dass sie ihn komplett unterschätzt hatte. Schon immer. Sein Grinsen wurde breiter. Der heutige Tag hatte so gut angefangen. Es war ziemlich leicht gewesen, Leonie zu überwältigen. Sie hatte völlig gedankenverloren die Wohnung verlassen und ihn nicht einmal bemerkt, als er direkt hinter ihr ging. Verzweiflung und Angst um andere Menschen führten häufig dazu, dass man die eigene Sicherheit aus den Augen verlor. Er seufzte. Leonie war so selbstlos. Das gefiel ihm gut an ihr. Er hielt ihr erneut den Becher vor die Nase. Sie schüttelte den Kopf.

Jetzt reichte es ihm. Er nahm sie in die Zange, hielt mit dem linken Arm ihren Kopf fest und drückte ihr mit der rechten Hand den Becher an den Mund.

»Mund auf!«

»Nein«, schrie sie und verpasste dem Becher einen Stoß mit dem Kinn. Er landete auf dem Boden und die Flüssigkeit sickerte in die Dielen.

»Verdammt«, schimpfte er. »Was habe ich dir denn getan? Jetzt reicht es!« Er verlor die Beherrschung. Viel war von dem Liebestrank nicht mehr übrig. Das hätte nicht passieren dürfen. Zornig schlug er Leonie die flache Hand ins Gesicht. Doch sie drehte den Kopf rechtzeitig weg. Er traf sie am Ohr und hob drohend den Zeigefinger. Leonie schien unbeeindruckt. Trotzig blickte sie ihn an. Dann riss sie plötzlich den Mund auf, fuhr nach vorn und biss ihm mit aller Kraft in den Finger. Der Schmerz ließ ihn torkeln.

»Verflucht«, heulte er. »Was bist du für ein gemeines Biest?« Leonie verhielt sich ganz anders, als er es erwartet hatte. So kannte er sie überhaupt nicht. Im Augenblick besaß sie keinerlei Ähnlichkeit mehr mit der Frau, nach der er sich so lange verzehrt hatte. Außer sich betrachtete er den Finger, der heftig blutete. Was war nur passiert? Hatte er sich etwa die falsche Frau ausgesucht? Die leidenschaftlichen Gefühle, die er für sie gehegt hatte, verwandelten sich in Zorn. Blind schlug er zu. Seine Faust landete krachend in ihrem Gesicht.

»Dich mach ich fertig«, zischte er und holte erneut aus.

* * *

»Lass uns alles noch einmal systematisch durchgehen«, brummte Oliver und starrte auf das Whiteboard in seinem Büro. Klaus stand neben ihm und tippte auf das Foto eines jungen Mannes.

»Robin Mohr ist auf alle Fälle hinter Leonie her«, erklärte er und malte einen roten Kreis um den Namen.

Oliver erinnerte sich an den Blick, den der Auszubildende Leonie bei der Geburtstagsfeier hinterhergeworfen hatte.

»Dann müssen wir auch Fabian Sieverding ins Visier nehmen. Was ist mit Mirko Rossbach?«

»Ingrid Scholten und ihr Team haben seine Wohnung auf den Kopf gestellt. Es finden sich keinerlei Hinweise auf die Mädchen oder die eingesetzten Substanzen. Außerdem hat mir ein Kollege gerade bestätigt, dass Rossbach zur Tatzeit tatsächlich in der Abendschule war. Sowohl die Lehrkraft als auch sein Freund sowie weitere Abendschüler haben das versichert. Ich schlage vor, dass wir ihn im Auge behalten, uns aber jetzt auf die anderen Kandidaten konzentrieren.«

Oliver nickte und kreiste den Namen von Fabian Sieverding ein. Dann ging er die Listen durch, die sie nach dem Mord an Pia erstellt hatten. In der Nähe der drei Mädchen hatten sich noch zwei andere junge Männer aufgehalten: Konstantin Lemke, das war der Auszubildende, der das erste Video an die Polizei übermittelt hatte, und Andreas Koch, der Assistent des Ausbilders Dr. Meuten.

»Nach welchem Tätertyp suchen wir?«, fragte er mehr an sich selbst gerichtet als an seinen Partner. »Einen Mann, der wenig Selbstbewusstsein hat und verrückterweise glaubt, dass er ein Mädchen mithilfe eines Liebestranks herumkriegen kann. Vermutlich hatte er bei Leonie nie eine richtige Chance.« Sein Blick fiel wiederum auf das Foto von Robin Mohr. Er unterstrich den Namen zusätzlich. »Auf der Geburtstagsparty hat sich Leonie zwar mit Robin unterhalten, ihre Aufmerksamkeit jedoch sofort auf Fabian Sieverding gelenkt, als dieser in ihre Nähe kam.«

»Ich würde diesen Fabian trotzdem nicht von der Liste streichen«, sagte Klaus. »Was ist mit den anderen beiden: Konstantin Lemke und Andreas Koch?«

Oliver zuckte mit den Schultern. »Schwer einzuschätzen.« Plötzlich erinnerte er sich an die Aussage von Mirko Rossbach. »Hatte Leonie nicht gestern nach dem Unterricht noch einen Termin mit Andreas Koch?«

»Ja«, bestätigte Klaus. »Nach meiner Erinnerung soll auch Konstantin Lemke noch bei dem Assistenten gewesen sein.«

Oliver nahm einen Stadtplan zur Hand und zeichnete mehrere Punkte ein.

»Hier wohnt Leonie«, erklärte er und tippte auf eine Markierung. »Mirko Rossbach, Robin Mohr und

Andreas Koch wohnen ebenfalls in Zons. Alle in unmittelbarer Nähe. Fabian Sieverding lebt in Hackenbroich. Das liegt weiter entfernt, südwestlich vom Chemiepark. Dasselbe gilt für Konstantin Lemke. Der wohnt bei seinen Eltern in Dormagen Mitte.« Er griff nach dem Telefon und versuchte, den Kollegen, der mit der Ortung von Leonies Handy beschäftigt war, zu erreichen.

»Bergmann hier. Haben Sie Neuigkeiten für mich?«

»Ich wollte Sie auch gerade anrufen. Leider ist das Handy ausgeschaltet. Wir konnten nur noch die Funkzelle ermitteln, in der das Telefon zuletzt aktiv war. Der Radius beträgt ungefähr fünf Kilometer um die Wohnung von Leonie Behrens herum.«

»Wann war das?«

»Heute Morgen.«

Oliver legte auf.

»Verdammt«, fluchte er lauthals und blickte Klaus an. »Das Handy ist aus.« Er fuhr sich mit beiden Händen durch die Haare und überlegte, was sie als Nächstes tun sollten. In seinem Kopf kreisten zahllose Gedanken, die keinen Sinn ergeben wollten. Er starrte auf das Whiteboard und auf das Foto von Robin Mohr. Schließlich hatte er die zündende Idee. Er tätigte einen weiteren Anruf. Es dauerte eine Weile, bis die Frau am anderen Ende die Unterlagen durchgesehen hatte. Dann gab sie Oliver einen Namen.

»Wir müssen los«, sagte er zu Klaus und sprang auf.

* * *

»Verstärkung ist unterwegs«, flüsterte Klaus. »Steuermark hat die Sache abgenickt.«

»Ich hoffe, dass wir den richtigen Mann im Visier haben.« Oliver öffnete die Haustür mit einem Dietrich. Sie schlichen lautlos die Treppe hinauf. Im oberen Geschoss blieben sie vor der Wohnungstür stehen und lauschten. Das Blut rauschte in Olivers Ohren, seine Fingerspitzen kribbelten. Er hing an der Vorstellung, dass Leonie irgendwo hinter dieser Tür saß und noch am Leben war. Geräuschlos knackte er mit einem weiteren Werkzeug die Wohnungstür, die nicht zugeschlossen war. Er spitzte die Ohren und zog die Waffe. Klaus war dicht hinter ihm. Die Wohnung bestand aus einem quadratischen Flur, von dem vier Türen abgingen. Oliver registrierte ein paar Männerschuhe gleich links an der Wand. An der Garderobe hingen zwei Jacken. Auf einer schmalen Kommode lagen Zeitungen und Briefe, fein säuberlich aufeinandergestapelt. Die auf den ersten Blick strenge Ordnung passte zum organisierten Tätertyp. Dieser Mann handelte nicht aus dem Affekt heraus, sondern plante seine Taten weit im Vorfeld. Olivers Adrenalinspiegel war inzwischen so hochgeschossen, dass ihm selbst leiseste Geräusche nicht entgingen. Er hörte Klaus' Magen knurren. Irgendwo draußen auf der Straße vor dem Haus knatterte ein Motorrad vorbei. In der Wohnung jedoch war keinerlei Geräusch zu vernehmen. Er bewegte sich vorwärts und warf einen Blick durch die offen stehende Badezimmertür. Keine Badewanne, stattdessen eine Duschkabine, Toilette, Waschbecken und ein paar Handtücher. Nichts von Bedeutung. Sie schlichen weiter. Die Küche war geordnet und blitzsauber. Es sah fast so aus, als würde sie nur selten zum Kochen genutzt. Es gab kein dreckiges Geschirr. Topflappen und Handtücher hingen ordentlich aufgereiht an ihren Haken. In einem Wasserkocher entdeckte Oliver etwas Flüssigkeit, der einzige Beleg, dass diese Küche tatsächlich benutzt wurde.

Im Wohnzimmer setzten sie ihre Suche fort. Es fand sich dasselbe aufgeräumte Bild. Oliver sah einen Schreibtisch, rechts und links standen Bücherregale. Auf dem Tisch lag allerdings etwas, was sein Herz höher schlagen ließ. Sie waren richtig hier. Er gab Klaus einen Wink und tippte auf kopierte Seiten aus einem Buch. *Alchymey teuczsch* lautete der Titel. Klaus hielt den Daumen nach oben und deutete zur Tür. Das Schlafzimmer hatten sie noch vor sich. Die Tür war zu. Klaus stellte sich rechts von ihr auf. Jeder Muskel in Olivers Körper spannte sich an. Vorsichtig drückte er die Klinke hinunter und stieß die Tür auf. Sein Atem stockte. Mit gezogener Waffe stürmte er das Zimmer.

Hier war niemand.

Fassungslos drehte er sich zu Klaus um.

»Mist«, fluchte er und ließ die Waffe sinken. Was um Himmels willen hatten sie übersehen? Er konnte es einfach nicht glauben.

»Das darf nicht wahr sein«, schimpfte Klaus enttäuscht. »Das muss der Kerl aber sein. Auf seinem verdammten Schreibtisch liegt das Rezept mit dem Liebestrank. Er hat sie. Die Frage ist nur, wo er steckt? Vielleicht nehmen wir uns mal den Keller vor.«

Oliver hatte sich ans Fenster gestellt und sah hinaus.

Irgendetwas fesselte ihn da draußen. Die Straße vor dem Haus mündete in einen Kreisverkehr. Dort befand sich eine Bushaltestelle, die aus dieser Perspektive allerdings nicht gut zu sehen war. Leonies Wohnung lag nicht weit entfernt. Wenn sie mit dem Bus fuhr, musste sie genau zu dieser Haltestelle kommen. Ein Gedanke blitzte auf. Plötzlich wusste Oliver, wo sie zu suchen hatten.

»Er ist auf dem Dachboden«, verkündete er alarmiert. »Der Kerl hat die drei ständig beobachtet. Von da oben konnte er jeden Tag sehen, ob und wann Leonie den Bus nimmt.« Oliver rannte auf leisen Sohlen hinaus und die Treppe hoch. Er nahm immer gleich mehrere Stufen auf einmal. Atemlos blieb er vor der Tür zum Dachboden stehen. Er drückte die Klinke behutsam hinunter, doch es war abgeschlossen. In seinen Adern pulsierte das Blut. Mit dem Dietrich öffnete er lautlos die Tür. Sie schwang auf und Oliver warf vorsichtig einen Blick in den Dachboden. Er war viel größer, als er angenommen hatte. Zahlreiche Balken stützten das Dach und machten ihn unübersichtlich. Auf dem Boden bemerkte Oliver Vogelkot. Rechter Hand gab es einen mit Brettern abgetrennten Bereich. Durch eine völlig verdreckte Luke drang spärliche Helligkeit. Seine Augen benötigten einen kurzen Augenblick, um sich an die Lichtverhältnisse anzupassen.

Unvermittelt registrierte er eine Bewegung in der Mitte.

»Stehen bleiben«, brüllte er und lief mit gezogener Waffe in den Dachraum hinein. Eine Taube flatterte aufgebracht über seinem Kopf und lenkte ihn für

Sekunden ab. Erneut nahm er einen Schatten wahr, der in einer dunklen Ecke verschwand. Oliver fixierte die Stelle und versuchte etwas zu erkennen. Er ging näher heran. Wieder flog die Taube auf, doch diesmal hielt er den Blick starr auf den Fleck gerichtet.

»Kommen Sie raus. Es ist vorbei«, rief er und näherte sich weiter. Mit jedem Schritt sah er mehr. Die Dunkelheit zerriss wie ein Schleier vor ihm. Endlich entdeckte er den Mann, der zusammengesunken unter der Dachschräge kauerte.

»Kommen Sie da raus und nehmen Sie die Hände hoch über den Kopf«, wiederholte Oliver. Er sah, wie der Mann zitterte.

»Dahinten ist noch eine Tür«, meldete Klaus. Sein Partner stand mit gezogener Waffe hinter ihm.

»Was ist da drin?«, brüllte Oliver. »Halten Sie Leonie Behrens dort gefangen?«

Der Mann gab keine Antwort. Stattdessen hob er die Hände und richtete sich langsam auf. »Bitte. Ich habe ihr nichts getan«, stotterte er.

»Ist Leonie Behrens hinter dieser Tür?«, brüllte Oliver. Der Mann senkte den Blick. »Nimm ihn fest. Ich sehe nach«, sagte er zu Klaus und eilte zu der Tür. Sie war unverschlossen. Schon der erste Blick in den Verschlag dahinter ließ das Blut in seinen Adern gefrieren. Vor ihm saß eine junge Frau, der schlanke Körper an einen Stuhl gefesselt. Ihr Kopf hing schlaff nach vorn.

»Leonie?« Oliver berührte sie behutsam an der Schulter. Sie reagierte nicht. Er strich das lange, blonde Haar zur Seite. Ihre rechte Gesichtshälfte war ramponiert. Gerötete Flecken überzogen die Haut unter ihrem Auge und auf der Wange.

»Leonie?«, wiederholte er und zog den Knebel aus ihrem Mund. »Können Sie mich hören?«

Die junge Frau riss die Augen auf. Ihr Blick war merkwürdig entstellt. Sie wirkte high, aber lebendig.

Erleichtert befreite Oliver Leonie von ihren Fesseln. Vorsichtig setzte er sie auf den Boden. Als Nächstes rief er den Rettungswagen.

»Wo ist Frauke?«, lallte Leonie und starrte ihn an. Hinter ihrem verschleierten Blick erkannte Oliver die nackte Angst. Er brachte es nicht fertig, ihr die Wahrheit zu sagen. Er murmelte eine Beruhigungsfloskel. Doch die junge Frau ließ sich nicht täuschen. Ihre Miene verzog sich schmerzvoll. Tränen quollen aus ihren Augen.

»Nein«, jammerte sie und kam wackelig auf die Beine.

»Es wird alles wieder gut. Sie sind in Sicherheit«, beruhigte Oliver sie und griff ihr unter die Arme. Leonie machte ein paar Schritte. An der Tür blieb sie stehen.

»Mörder«, lallte sie und hob den Zeigefinger. Ein Ruck ging durch den schmalen Körper. Sie nahm Anlauf und stolperte auf den Mann zu, dem Klaus die Handschellen angelegt hatte.

»Du verfluchter Mörder«, kreischte sie und trommelte mit den Fäusten auf die Brust des Mannes. Oliver zog sie zurück.

»Er wird seine Strafe bekommen«, sagte er und hielt die weinende Leonie fest.

Andreas Koch, Dr. Meutens Assistent, blickte Leonie

für einige Sekunden an und senkte anschließend den Blick.

»Ich habe dich geliebt«, flüsterte er heiser. Doch seine Worte gingen in Leonies Schreien unter.

»Mörder, Mörder«, brüllte sie so lange, bis der Notarzt und die Sanitäter eintrafen. Sie rief es immer wieder, sogar dann noch, als die Verstärkung der Polizei Andreas Koch bereits abgeführt hatte. Leonie stand völlig neben sich. Irgendwann wurde sie plötzlich schwächer. Es war, als hätte jemand einen Schalter umgelegt und dem Mädchen jegliche Lebensenergie ausgesaugt. Kraftlos sank sie zu Boden. Der Notarzt reagierte umgehend. Er gab knappe Befehle und sorgte dafür, dass die Sanitäter Leonie an der Liege festschnallten. Das Mädchen war verstummt.

Oliver stand auf dem Bürgersteig und sah zu, wie Leonie Behrens die Treppe heruntergebracht und in den Rettungswagen verfrachtet wurde. Die Türen schlugen zu und der Wagen startete mit Blaulicht und Sirene. Der Lärm ging Oliver durch und durch. Das Gift hatte sich in Leonies Körper ausgebreitet. Die tiefe Sorgenfalte auf der Stirn des Notarztes verhieß nichts Gutes.

»Halte durch«, flüsterte Oliver. »Halte durch!« Dann stieg er in seinen Dienstwagen und klammerte ohnmächtig die Hände ums Lenkrad.

EPILOG

Zwei Wochen später

Die Friedhofsglocken läuteten und mit jedem Glockenschlag wurde es Oliver schwerer ums Herz. Jeder Schritt, den er auf den Sarg zu machte, schnürte ihm die Kehle mehr zu. Es war, als hätte sich das Gravitationsfeld der Erde auf dem Friedhof verstärkt. Seine Füße schlurften bleiern über den Boden. Die Anziehungskraft der Erde wollte ihn festhalten, versuchte, ihn von dem Sarg fernzuhalten und von der jungen Frau, die hier ihre letzte Ruhe finden würde.

»Sie war eine warmherzige und hoffnungsvolle Persönlichkeit, die ihr ganzes Leben noch vor sich hatte«, sagte der Pfarrer und bekreuzigte sich. »Es ist eine Tragödie. Aber der Herr wird sie sanft zu sich nehmen. Ihre Seele wird Frieden finden.«

Oliver hielt sich im Hintergrund. Klaus war neben ihm. Auch wenn er letztendlich nichts für den Tod der jungen Frau konnte, so wünschte er sich trotzdem, dass er ihn hätte verhindern können. Wenigstens saß Andreas Koch jetzt hinter Schloss und Riegel.

Oliver hatte ihn schlussendlich als möglichen Täter entlarvt, weil er in der Bibliothek angerufen hatte. Bevor Emily den Nachdruck des mittelalterlichen Bandes *Alchymey teuczsch* mit dem Rezept für den Liebestrank in die Hände bekam, hatte ihn Andreas Koch ausgeliehen. Das Buch wurde nur sehr selten nachgefragt, die letzte Ausleihe vor Koch lag fast zwei Jahre zurück. Damit waren die anderen Verdächtigen auf ihrer Liste nach hinten gerutscht.

Andreas Koch würde wahrscheinlich nie wieder auf freien Fuß kommen. Dafür hatte er zu viele Menschenleben auf dem Gewissen. Nach der Haftstrafe würde wohl eine Sicherungsverwahrung auf ihn warten. Immerhin war der Mann geständig gewesen, sodass sie die Verbrechen lückenlos aufgeklärt hatten.

Alles begann mit seiner unglücklichen Liebe zu einer Auszubildenden, die von ihren männlichen Mitschülern umschwärmt wurde und für Andreas Koch nichts übrighatte. Auf die eine oder andere Weise hatte er im Laufe der Zeit versucht, sich ihr zu nähern. Aber er kam einfach nicht an sie heran. Sie nahm ihn überhaupt nicht als potenziellen Kandidaten wahr, sondern sah in ihm nur einen pedantischen Ausbilder. Einmal warf sie ihm sogar den Satz an den Kopf, dass er für sie sowieso zu alt wäre. Er hingegen beobachtete sie in jeder Unterrichtsstunde. Jeden Tag, wenn sie mit dem Bus fuhr. Wenn sie abends nach Hause kam. Er entwickelte eine regelrechte Besessenheit. Zunächst gab er sich mit der Rolle des Beobachters zufrieden. Leonie war jung. Sie war Single und schien keine Ambitionen zu haben, das zu ändern. Doch dann rückten Robin Mohr und auch Fabian Sieverding plötzlich stärker in den Fokus. Sie warben um Leonie und insbesondere der attraktive Fabian Sieverding erlangte immer öfter Leonies Aufmerksamkeit. Andreas Koch bemerkte diese Veränderungen. Er musste handeln, bevor sich seine Traumfrau in jemand anderen verliebte.

Als er zufällig bei der Vorbereitung einer Praxisstunde über Alchemie und die Goldherstellung in einem mittelalterlichen Buch auf das Rezept für einen Liebestrank stieß, reifte eine Idee in ihm. Das war seine Chance, endlich bei Leonie zu landen. Er musste sich nicht mehr abmühen, ständig um sie herumkreisen und mit ansehen, wie ihre Mitauszubildenden sie anhimmelten.

Zunächst dachte er sich nicht sonderlich viel dabei. Er besorgte die Zutaten und verzichtete auf die im mittelalterlichen Rezept als besonders entscheidend hervorgehobenen Tränen. Stattdessen erwarb er künstliche Hormone. Oxytocin gab es sogar in Form von Nasenspray im Internet. Auf der nächsten Party verabreichte er Leonie unbemerkt das Mittel. Leider passierte überhaupt nichts. Sie war zwar berauscht, zeigte sich ihm gegenüber jedoch weiterhin völlig abweisend. Als Fabian Sieverding am selben Abend eng umschlungen mit ihr tanzte, gingen die Pferde mit ihm durch. Er würde nicht zulassen, dass dieser Milchbubi mit seiner Frau anbandelte. Im Nachhinein stellte Andreas Koch fest, dass er die altdeutsche Geheimschrift falsch entziffert hatte. Seine erste Dosierung war viel zu niedrig angesetzt gewesen.

Er beschloss, auf Nummer sicher zu gehen und natürliches Oxytocin zu beschaffen. Er folgte den Angaben der Alchemisten bis auf eine Ausnahme. Koch besorgte im Internet Instrumente, wie sie für eine Lobotomie eingesetzt wurden, denn er wollte sich nach der schlechten Erfahrung nicht auf die Gewinnung von Tränen verlassen. Er entschied sich dazu, das Hormon direkt am Entstehungsort, aus der Hirnanhangdrüse, zu entnehmen. Zunächst hatte er Skrupel gehabt, ein Liebespaar für seine persönlichen Motive umzubringen. Auf der anderen Seite war er bereit gewesen, für die große Liebe zu töten. Die Liebe erforderte Opfer. Dass er es am Ende genossen hatte, konnte er nicht vorhersehen.

Nachdem er endlich hatte, was er brauchte, um den Liebestrank fertigzustellen, bot die nächste Geburtstagsfeier eine perfekte Gelegenheit für ihn. Er präparierte eine Bierflasche mit dem Liebestrank und drückte Leonie die Flasche in die Hand. Natürlich hatte er nicht damit gerechnet, dass die Mädchen ihre Becher vertauschen würden. Auch wollte er Leonie nicht umbringen. Er war zu eifrig gewesen und hatte das Mittel überdosiert. Als Pia zu Boden ging und ihm klar wurde, dass er sie vergiftet hatte, rief er sofort den Notarzt.

Danach beschloss er, wie bei einem richtigen Experiment vorzugehen. Er brauchte ein Versuchsobjekt. Mithilfe ihrer vermasselten Hausarbeit lockte er Leonie in die Bibliothek und schnappte sich Frauke in der Zwischenzeit. Er wandte einen überaus geschickten

Trick an, indem er sie anrief und behauptete, dass Leonie einen Unfall an der Bushaltestelle gehabt habe. Natürlich eilte Frauke sofort dorthin. Auf dem Weg zur Haltestelle schlug er zu und zog Frauke gewaltsam hinter die Absperrung einer Baustelle, die seit Monaten stillstand. Dort überwältigte er sie und schleppte das Mädchen in seine Wohnung. Dass Frauke in der Hektik nicht in Pumps, sondern Joggingschuhen das Haus verließ, war in der Nachbetrachtung mehr als verständlich.

Andreas Koch zwang Frauke, den Liebestrank zu sich zu nehmen. Er fesselte sie dazu an einen Stuhl und drückte ihr einen Trichter in den Mund. Der Trank wirkte. Die Spanische Fliege verschaffte ihr einen Höhenrausch, den der Täter mit Verliebtheit gleichsetzte. Überzeugt davon, dass das mittelalterliche Getränk funktionierte, wollte er es so schnell wie möglich an Leonie anwenden. Da er Frauke nicht mehr brauchte und er sie außerdem als Zeugin ausschalten musste, erdrosselte er sie kurzerhand.

Leonie ging Andreas Koch am nächsten Morgen in die Falle. Nachdem sie verzweifelt bei Oliver Bergmann angerufen hatte, um ihm mitzuteilen, dass Frauke immer noch nicht wieder aufgetaucht war, wollte sie eine Kleinigkeit zu essen besorgen. Sie machte sich auf den Weg zum Bäcker, bei dem sie jedoch nie ankam. Andreas Koch hatte ihre Wohnung die ganze Zeit beobachtet. Er kannte ihre Gewohnheiten und wusste, wohin sie wollte. Er hätte ebenso gut die Sorte Brot, die Leonie kaufen würde, vorhersagen können. Also lief er ihr eine Weile hinterher. Als Leonie sich seinem Wagen näherte, den er zuvor in einer Seitengasse abgestellt hatte, presste er ihr von hinten ein mit Chloroform getränktes Tuch auf den Mund. Dann legte er das betäubte Mädchen ins Auto, fuhr zurück zu seiner Wohnung und brachte es auf den Dachboden.

Oliver schüttelte sich bei den Gedanken an die darauffolgenden Stunden. Seine Erinnerung schweifte zurück zum Verhör. Zu der Stelle, an der Andreas Koch ohne jede Regung die Morde an den beiden Paaren schilderte. Kochs Persönlichkeit war geprägt von mangelndem Selbstbewusstsein und der Unfähigkeit zur Empathie. Wie ein Kleinkind nahm er sich, was er wollte, ohne Rücksicht auf andere. Sein Vater besaß ein Fotostudio. Dort hatte Koch die Opfer ausgewählt und gezielt nach Fotos von Paaren gesucht. Alleiniges Kriterium war für ihn der Ausdruck der Verliebtheit in ihren lächelnden Gesichtern. Alter und Aussehen waren unerheblich. Nachdem Koch Carolin Meinert und Stefan Kuhn ermordet und das Hormon Oxytocin entnommen hatte, entdeckte Andreas Koch in der Jackentasche des Mannes einen roten Umschlag. Es war ein Liebesbrief an seine Geliebte, in dem er ihr versprach, sich in den nächsten Tagen von seiner Freundin zu trennen. In diesem Augenblick wurde dem Täter klar, dass die Hormonentnahme schiefgelaufen sein musste, denn Oxytocin wird beim Anblick des geliebten Partners ausgestoßen und er brauchte die Hormone von beiden. So sah es die Rezeptur vor. Doch Stefan Kuhns Liebe für seine Freundin war längst erloschen. Also machte er sich auf die Suche nach einem anderen Paar, das er zunächst betäubte, in der

Wohnung des ersten Paares, nachdem sie wieder erwacht waren, dazu brachte, verliebte Blicke zu tauschen, und anschließend umbrachte. Diesmal bekam er, was er wollte, und das Unheil nahm seinen Lauf.

Oliver schluckte. Eine schmale, blonde Frau kam auf ihn zu. Ihre Augen waren gerötet. Das Gesicht erschreckend blass. In den letzten Tagen hatte sie offensichtlich erheblich an Gewicht verloren.

»Mein herzliches Beileid«, murmelte Oliver betroffen. »Es tut mir wirklich sehr leid.«

»Ich wollte Ihnen danken. Dafür, dass Sie mich gerettet haben.« Leonie Behrens sah Oliver tief in die Augen. Ihr Blick war wieder völlig klar, auch wenn unendlich viel Traurigkeit darin lag. Hinter ihnen löste sich derweil die Trauergesellschaft von Fraukes Beerdigung auf. Eine Frau mit elegantem Hut und vollkommen in Schwarz gekleidet lief, gestützt von einem Mann, an ihnen vorbei. Ihre trauernden Mienen sprachen Bände. Das mussten Fraukes Eltern sein. Es gab nichts Schlimmeres auf der Welt, als das eigene Kind zu Grabe zu tragen.

»Was werden Sie jetzt tun?«, fragte Oliver und überlegte, ob die junge Frau vor ihm jemals wieder ein glückliches Leben führen konnte.

»Erst einmal suche ich mir eine neue Wohnung«, erklärte sie leise. »Die Ausbildung werde ich aber nicht hinschmeißen. Das bin ich Pia und Frauke schuldig.« Ein wehmütiges Lächeln huschte über ihr Gesicht. »Wissen Sie, das hätten sie nicht gewollt. Wir hatten große Pläne, wollten gemeinsam arbeiten und forschen.

Vielleicht sogar ganz neue Stoffe oder Reaktionen entdecken.« Sie schluckte und richtete die blauen Augen in den Himmel, als ob sie dort etwas sehen könnte. »Deshalb werde ich weitermachen und mich nicht unterkriegen lassen. Für Pia und Frauke, für mich, für uns alle.«

ENDE

NACHWORT DER AUTORIN

Liebe Leserin, lieber Leser,

ich möchte mich bei Ihnen dafür bedanken, dass Sie meinen Roman gekauft und gelesen haben. Ich hoffe, Ihnen hat die Lektüre gefallen und Sie hatten ein spannendes Leseerlebnis. An dieser Stelle möchte ich insbesondere für die historisch interessierten Leser noch folgende Punkte anmerken:

Die meisten im Thriller beschriebenen Orte existieren tatsächlich. Die von mir gezeichnete Karte, die Sie ganz vorne im Buch finden, stellt den historischen Stadtkern von Zons dar. Genauso werden Sie die Stadt vorfinden, wenn Sie ihr einen Besuch abstatten. Schauen Sie doch dann einmal in der Tourist-Information gegenüber dem Kreismuseum an der Schloßstraße vorbei. Sie werden dort einen ähnlichen Plan erhalten.

Die im Buch genannte geheime Schrift *Alchymey teuczsch* gibt es wirklich. Sie wurde zu Beginn des fünfzehnten Jahrhunderts im östlichen Bayern, vermutlich in der Nähe von Passau, von mehreren Alchemisten verfasst. Federführend war nach bisherigen Erkenntnissen Niklas Jankowitz. Er wird in dem Buch, das noch heute in der Universitätsbibliothek Heidelberg besichtigt werden kann, mehrfach namentlich erwähnt. Des Weiteren finden sich Texte eines gewissen Michael von Prapach, eines Michael Wülfing und eines nicht näher benannten Friedrich in dem Werk. Leider ist über das Leben der Personen nichts weiter überliefert außer den erhaltenen Schriften. Der Alchemistenzirkel um Jankowitz verfasste zahlreiche Texte in Geheimschrift und hinterlegte den Code zur Entschlüsselung in der Handschrift selbst. Sie dokumentiert Experimente, die sich mit der Transmutation (Verwandlung von Stoffen) oder auch der Mehrung von Gold beschäftigen. Außerdem sind diverse medizinische Rezepte, beispielsweise zur Behandlung von Blähungen, Vergiftungen und auch Fieber, enthalten. Natürlich gibt es auch einen Liebestrank, dessen Rezeptur für »Tränentod« ein wenig erweitert wurde.

Die Alchemie des Mittelalters ist der Vorläufer der heutigen Chemie. Haupttriebfeder dieser Wissenschaft war der Wunsch, aus unedlen Stoffen Gold herzustellen. Deshalb wurden Alchemisten zu jener Zeit oft auch als Goldmacher bezeichnet. Bis zum späten Mittelalter wurde diese Wissenschaft in Klöstern und auch an fürstlichen Höfen gefördert. Dann geriet die Alchemie allerdings in den Ruch des Teufelswerks und der Betrügerei. Im Jahre 1317 erließ Papst Johannes XXII. die Bulle »Spondent quas non exhibent« gegen Alchemisten und Goldmacher. Danach waren alle Praktiken untersagt, die sich der Magie bedienten oder Betrug zum Ziel hatten. Auch zahlreiche Städte und Länder gingen gegen Alchemisten vor. 1380 sprach Karl V. von Frankreich ein Verbot der Alchemie aus. Im Jahre 1492 folgte England und auch die Stadt Nürnberg erließ 1493 eine entsprechende Verordnung. Trotzdem gab es diverse Fürstenhöfe, die die Alchemie weiter förderten und dafür sorgten, dass diese Wissenschaft das ganze Mittelalter hindurch praktiziert wurde. Wir verdanken der Alchemie unter anderem die Erfindung von Schwarzpulver, Porzellan, Messing, die Herstellung von Farbstoffen und verschiedenen Arzneimitteln.

Die Figuren im Buch sind, bis auf die oben genannten, frei erfunden. Ich möchte nicht ausschließen, dass der eine oder andere Charakter Ähnlichkeiten mit heute lebenden Personen hat. Dies ist jedoch keinesfalls beabsichtigt.

Wenn Sie an Neuigkeiten über anstehende Buchprojekte, Veranstaltungen und Gewinnspiele interessiert sind, dann tragen Sie sich in meinen Newsletter oder meine WhatsApp Liste ein:

- **Newsletter: www.catherine-shepherd.com**
- **WhatsApp: 0152 0580 0860** (bitte das Wort „Start" senden)

Sie können mir auch gerne bei Facebook, Instagram und Twitter folgen:

- **www.facebook.com/Puzzlemoerder**

- www.twitter.com/shepherd_tweets
- Instagram: autorin_catherine_shepherd

Natürlich freue ich mich ebenso über Ihr Feedback zum Buch an meine E-Mail-Adresse:

kontakt@catherine-shepherd.com

Zum Abschluss habe ich noch eine persönliche Bitte an Sie. Wenn Ihnen dieses Buch gefallen hat, würde ich mich über eine kurze Rezension freuen. Keine Sorge, Sie brauchen hier keine »Romane« zu schreiben. Einige wenige Sätze reichen völlig aus.

Sollten Sie bei *Leserkanone*, *LovelyBooks* oder *Goodreads* aktiv sein, ist natürlich auch dort ein kleines Feedback sehr willkommen. Ich bedanke mich recht herzlich und hoffe, dass Sie auch meine anderen Romane lesen werden.

Ihre Catherine Shepherd

WEITERE TITEL VON CATHERINE SHEPHERD

Zons-Thriller Band 1 bis 4

Zons-Thriller Band 5 bis 8

Zons-Thriller Band 9 bis 11

Laura Kern-Thriller Band 1 bis 4

Laura Kern-Thriller Band 5 und 6

Julia Schwarz-Thriller Band 1 bis 4

Julia Schwarz-Thriller Band 5

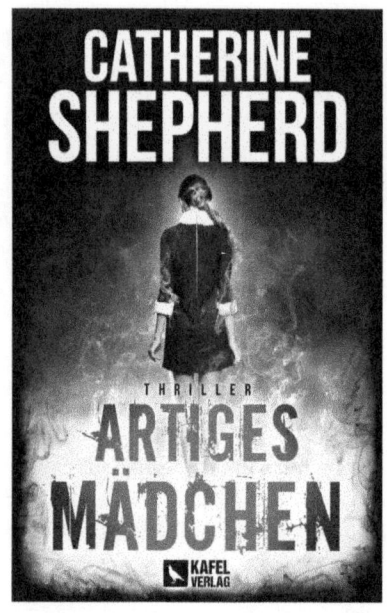

STADT ZONS AM RHEIN

Die kleine Stadt Zons – ehemals Zollfeste Zons genannt – liegt am Niederrhein direkt bei Dormagen im Rhein-Kreis Neuss, fast genau in der Mitte zwischen Düsseldorf und Köln. Auf der anderen Seite des Rheins liegt Düsseldorf-Urdenbach. Beide Orte sind durch eine Fährverbindung über den Rhein miteinander verbunden. Zons ist eine der am besten bewahrten mittelalterlichen Städte mit einer im ganzen Rheinland einzigartigen, gut erhaltenen Befestigungsanlage aus dem 14. Jahrhundert, sozusagen das Rothenburg des Rheinlands.

Die kleine Stadt Zons blickt auf eine lange und bewegte Geschichte zurück:

Ebenso wie in das heutige Gebiet der Stadt Köln und der benachbarten Stadt Neuss kamen die Römer auch in die Nähe von Zons. Dies hat man jedenfalls bei Ausgrabungen festgestellt, nach denen es bei Zons einen römischen Friedhof und ein Militärlager der Römer gegeben hat.

Gesichert ist ebenfalls die Erkenntnis, dass Zons im Jahr 1373 das Stadtrecht erhalten hat. Der Kölner Erzbischof Friedrich von Saarwerden hatte zuvor im Jahr 1372 den Rheinzoll vom Gebiet des heutigen Neuss nach Zons verlagert. Zons wurde daraufhin durch Mauern und Gräben befestigt. Im Zentrum der befestigten Ortschaft befanden sich wohl etwa einhundertzwanzig Häuser. Im 15. Jahrhundert war der seinerzeitige Ausbau von Zons abgeschlossen. Die Bevölkerung war im Wesentlichen im Ackerbau, der Viehzucht und in den Bereichen Bier-, Wein- und Getreidehandel tätig. Daneben existierten Handwerksbetriebe, Ziegeleien sowie Woll- und Leinenwebereien. Zwischen dem 15. und dem 17. Jahrhundert gab es offenbar einen moderaten Wohlstand in der Stadt.

Das 17. Jahrhundert war keine gute Zeit für Zons. 1620 gab es erneut einen schweren Brand in der Stadt, von dem der Überlieferung nach nur wenige Häuser verschont blieben. Auch der Dreißigjährige Krieg hat durch entsprechenden Beschuss in Zons schwere Spuren der Zerstörung hinterlassen. Die Pest schwächte das Städtchen in mehreren Wellen, z. B. 1623 und 1666. Im Jahr 1794 eroberten die Franzosen Zons. Es gehörte nunmehr zu Frankreich und war bis 1814 im Kanton Dormagen des Arrondissements Köln beheimatet.

1815 ging Zons an die Preußen über und wurde dem Kreis Neuss sowie 1822 dem Regierungsbezirk Düsseldorf zugeordnet. Bereits seit 1900 ist Zons ein beliebtes Ausflugsziel. 1975 wurde Zons Teil von Dormagen. Zons nannte sich daher ab diesem Zeitpunkt Feste Zons. Seit 1992 darf Zons sich wieder Stadt nennen, allerdings handelt es sich hierbei nicht um eine eigenständige Gemeinde im Rechtssinn, sondern um einen Titel, den man Zons aufgrund der hohen historischen Bedeutung gewährt hat. Heute hat Zons über 5.000 Einwohner und gehört als Stadtteil von Dormagen zum Rhein-Kreis Neuss.

Weitere Informationen über Zons finden Sie auf: www.zons-am-rhein.info oder auf der Facebook-Seite www.facebook.com/zonsamrhein. Vielleicht schauen Sie sich das schöne Zons einmal persönlich an. Einige der Plätze, die in diesem Buch eine Rolle spielen, sind auch heute noch gut erhalten.

Die Autorin Catherine Shepherd (Künstlername) lebt mit ihrer Familie in Zons und wurde 1972 geboren. Nach Abschluss des Abiturs begann sie ein wirtschaftswissenschaftliches Studium und im Anschluss hieran arbeitete sie jahrelang bei einer großen deutschen Bank. Bereits in der Grundschule fing sie an, eigene Texte zu verfassen, und hat sich nun wieder auf ihre Leidenschaft besonnen.

Ihren ersten Bestseller-Thriller veröffentlichte sie im April 2012. Als E-Book erreichte »Der Puzzlemörder von Zons« schon nach kurzer Zeit die Nr. 1 der deutschen Amazon-Bestsellerliste. Es folgten weitere Kriminalromane, die alle Top-Platzierungen erzielten. Ihr drittes Buch mit dem Titel »Kalter Zwilling« gewann sogar Platz Nr. 2 des Indie-Autoren-Preises 2014 auf der Leipziger Buchmesse. Seitdem hat Catherine Shepherd die Zons-Thriller-Reihe fortgesetzt und zudem zwei weitere Reihen veröffentlicht.

Im November 2015 begann sie mit dem Titel »Krähenmutter« eine neue Reihe um die Berliner Spezialermittlerin Laura Kern (mittlerweile Piper Verlag) und ein Jahr später veröffentlichte sie »Mooresschwärze«, der Auftakt zur dritten Thriller-Reihe mit der Rechtsmedizinerin Julia Schwarz.

Mehr Informationen über Catherine Shepherd und ihre Romane finden sich auf ihrer Website:

www.catherine-shepherd.com